エ[illegible]事件簿

A・デイヴィッドスン

池央耿 訳

河出書房新社

エステルハージ博士の事件簿　目次

眠れる童女、ポリー・チャームズ　13
エルサレムの宝冠　または、告げ口頭　51
熊と暮らす老女　107
神聖伏魔殿　153
イギリス人魔術師　ジョージ・ペンバートン・スミス卿　191

真珠の擬母　235

人類の夢　不老不死　273

夢幻泡影　その面差しは王に似て　295

解説　殊能将之　311

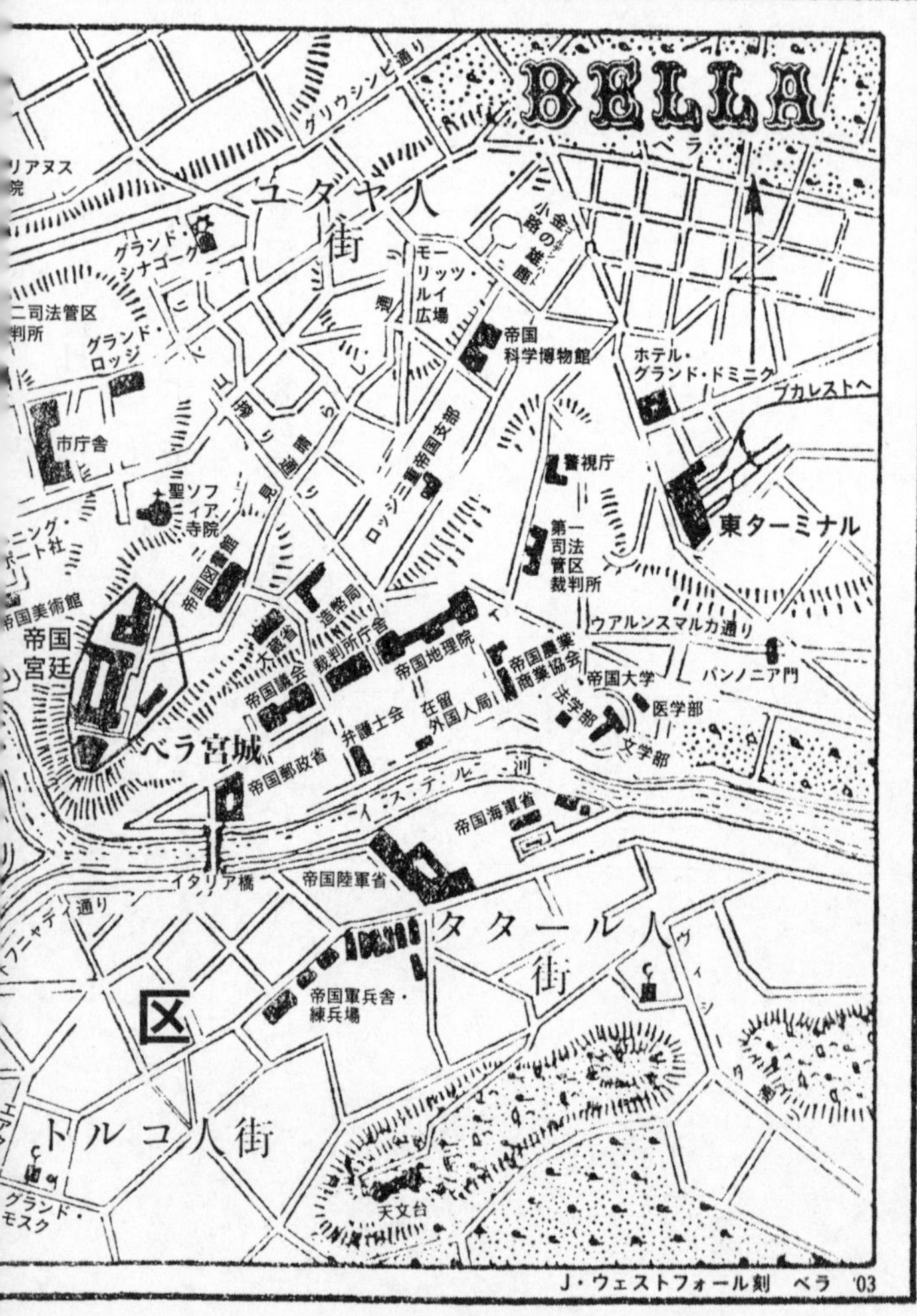
BELLA
ベラ
グリウシンピ通り
ユダヤ人街
グランド・シナゴーグ
モーリッツ・ルイ広場
小金路の雄鹿
帝国科学博物館
ホテル・グランド・ドミニク
ブカレストへ
第二司法管区裁判所
グランド・ロッジ
市庁舎
聖ソフィア寺院
警視庁
東ターミナル
ロッジ三重帝国支部
第一司法管区裁判所
帝国図書館
帝国美術館
帝国宮廷
造幣局
大蔵省
裁判所庁舎
帝国地理院
帝国農業商業協会
ウアルンスマルカ通り
パンノニア門
帝国大学
医学部
法学部
文学部
帝国議会
弁護士会
在留外国人局
ベラ宮城
帝国郵政省
イステル河
帝国海軍省
イタリア橋
帝国陸軍省
タタール人街
帝国軍兵舎・練兵場
区
トルコ人街
グランド・モスク
天文台
J・ウェストフォール刻 ベラ '03

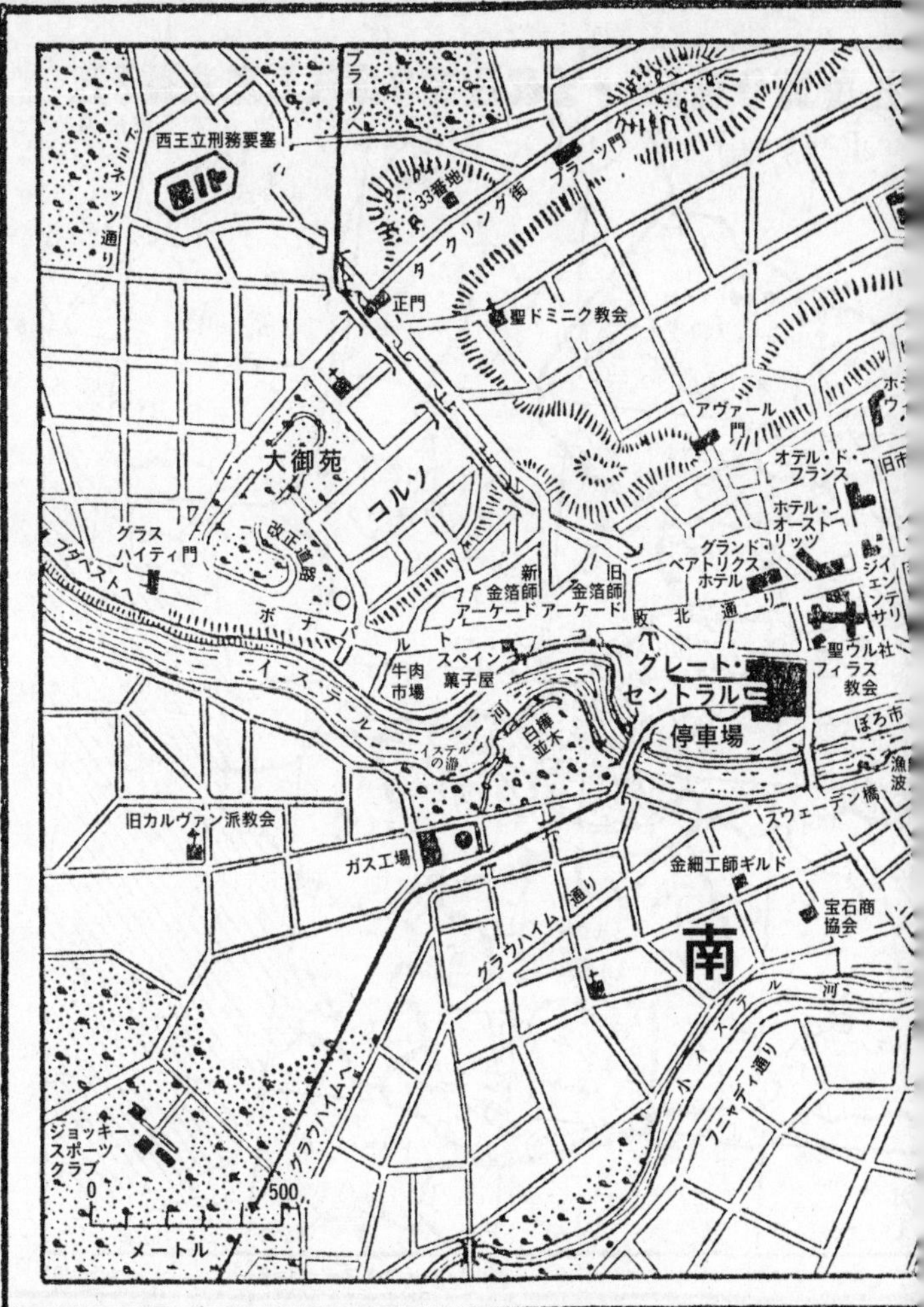

西王立刑務要塞
ドミネッツ通り
プラーツへ
33番地
タークリング街
プラーツ門
正門
聖ドミニク教会
大御苑
コルソ
アヴァール門
オテル・ド・フランス
ホテル・オーストリッツ
グランド・ベアトリクス・ホテル
ジイェンテサリ
グラスハイティ門
ブダペストへ
改正道路
新金箔師アーケード
旧金箔師アーケード
ボナパルト
敗北通り
牛肉市場
スペイン菓子屋
グレート・セントラル停車場
聖ウルフィラス教会
社
ぼろ市
イステール河
白樺並木
イステルの瀞
スウェーデン橋
旧カルヴァン派教会
ガス工場
金細工師ギルド
宝石商協会
グラウハイム通り
南
ホイステル河
フニャディ通り
グラウハイムへ
ジョッキー・スポーツ・クラブ
0
500
メートル

ANNONIA-TRANSBALKANIA
スキタイ=パンノニア=トランスバルカニア三重帝国
重帝国
ヤシ
キシナウ
ドニエストル河
オデッサ
ロシア
帝国
シュロス・トッシュ
アウィストルワイス
パンツピド
ステパメトロポイ
ギオン
プラーツ
メキクスポラックス
スキタイ
ゴート
グリウシンピ
ベラ
ウアルンスマルカ
低地
グロス=クロプレッツ
ファクレム
ヴィシーター
バルニルヴァ
アプシタット
アルプス
フィントン
バルティ
アヴァール=イステル
ガラツィ
ウブライラ
プロイエシティ
ブカレスト
コンスタンツァ
黒
海
アレクサンドルスタイガ
ゼンダ
ストレルサウ
パンノニア
ティルクムント
カイサーリア
ブルガリア
ソフィア
ビザンティア
タットドルム
リットパルティ
小ビザンティア
アドリアノープル
コンスタンティノープル
ストルミツァ
コ
ル
24°
26°
28°
30°
46°
44°
42°
J・ウェストフォール刻
ベラ '03

SCYTHIE
ウィーン
プレスブルグ
ドナウ河
ハンガリー
ブダペスト
デブレツェン
オーストリア
グラーツ
バラトン湖
リッチリ
ニムツォラン
イステル河
ドミネッツ
リッチリ=グルジウ
ウオジュス
ルーマハイモトリ
ポプーシキ
マルカ
ポポシキ=グルジウ
フラーハ
スナルウスベルギ
アグラム
アポログラード
ヨハネスオーレイ
トランスバルカニア
ゴラセロ
ゴート中部
ラウスタル
カラゴラ
スタマイネスカウヤ
ベオグラード
ドナウ河
大ウロクス
ファウラマテレイスシュロス
泥沼
ブルクス
小ウロクス
イリリア
セルビア
ヴァリクム
ニーシュ
モンテネグロ
ツェティニエ
アドリア海
スクタリ
スコピエ
トルコ
0
50
100
マイル
グリニッジ東経
16°
18°
20°
22°
48°
46°
44°
42°

エステルハージ博士の事件簿

眠れる童女、ポリー・チャームズ

スキタイ＝パンノニア＝トランスバルカニア三重帝国の首府、全盛の大都ベラには訪れれば一生の思い出となる観光名所が多くあり、案内人も大勢いて、旅行者はどこへ行くにも困らない。あいにく時間にゆとりがなく、見物は三か所に限らなくてはならないとしたところで、案内人がいくらかなりとものを心得ていれば、事情がどうあれ、ざっと駆け足にでも見ずには済まされない三か所がある。

言うまでもなく、その筆頭は大御苑（だいぎょえん）である。何はさておき、御苑がもはや王室の所有でないことは、これまた言うまでもない。国王皇帝イグナッツ・ルイが世捨て人だった狂王マッツィミリアンの跡を襲って位（くらい）に即（つ）くと、まずまっさきに御苑を一般市民に開放したからである。広い公園に生まれ変わった御苑は景観設計の奇跡とまで言われているが、庶民大衆にしてみれば、ありがたがるほどのことではない。なにせ、目当ては世界一の大観覧車で、造園の趣向などはどうでもいい。これに次ぐ庶民の楽しみは、改正道路を周回する乗り物を眺めることである。改正道路はイグナッツ・ルイが並はずれた先見の明をもって、今では「自動車」と呼ばれるようになっている乗り物専用に建設した新道で、陛下がかしこくも仰せられた通り、その目的は「臣民が馬を驚かすことなく、かつ、馬に怯えることなく、新しい試みを行う」ことである。たちまちにして、「自動車」の所有者は例外なく、午後三時から四時までの間に改正道路を少なくとも三周する習わしになった。自動車は、動力が蒸気であれ電気であれ、あるいは、ナフサであれ何であれ、改正道路までの往復は馬に牽引させなくてはならないという決まりは、今や空文と化している。

ベラを訪れたからには素通りするわけにいかない第二の名所がイタリア橋である。これはただ、ベラの市街地で美しく青きイステルを跨ぐ橋というだけではない。パラボラ型のアーチ十一連が水に映える風情は見る者の心を打って、実に典雅を絵に描いたようである。レオナルド・ダ・ヴィンチの設計になるという伝説は今もって確たる裏づけもないままに流布している。が、それはともかく、この橋が人を引きつけるのは構造でもなければ伝説でもない。人気の秘密は橋の中程の大理石に刻まれた碑文である。「イタリア橋のこのところ、三重帝国以前の詩人イズコ・ヴァルナは、美貌の舞姫グレッチェルにすげなくされて世をはかなみ、入水して果つ。後に遺せしは詩人畢生の胸裂くる悲詠一編、〈さらば、愛しの君〉。君は姫なり、わが街なり。見る人、察せざるべからず」欄干には、いつもたいてい花束が一つ二つ手向けられている。土地の名物女だった故ポポフ夫人は長いこと、観光客に手向けの花束を売って細々と暮らしを立てていた。あまり商いがない時にはご苦労さまに、誰でも知っているヴァルナの詩を思い入れたっぷり、身ぶりを交えて朗読した。

何が何でも見逃せない第三の名所はタークリング街三三番地、世に言う「タークリング臆して退散の地」である。タークリングがすごすご引き返したのは手押し車の列を突っ切って馬を進めることができなかったためとする軽侮の説はよく知られているが、これは大道がまだ塩鱈や、櫛や糸巻きを商う露天市場に人が行き交う小路でしかなかった頃の名残である。そんな時代は遠くに去った。第十一次トルコ戦争の激戦地が三三番地の張り出し窓の下と思うのも間違いで、実際は旧市街を囲う城壁から百メートルほどはずれた野っ原が戦場だった。問題のタークリングは、「トルコ人」に小さいことを表す接尾語の「リング」がついた呼び名で、言わずと知れた嫌われ者、〈無体のムラト〉、またの名〈侏儒のムラト〉である。それはさておき、トルコ軍が敗走に転じたのはまさにこの場所で、オットマン年代記によれば、勇猛の皇子ムラトは「唯一全能の神に異教の神々を並べる奴腹に呪いあれ!」と叫んで馬に拍車をくれたが、哀れやどうと落馬して、素通しとも見える首の骨を折った。グラゴール文字で記された史伝では、最期の言葉がこれと違って、「この埒もない戦をそそのかしたのは誰か? そんな奴は串刺しの刑にしてやれ!」となっている。その刹那、ムラトは泣く子も黙るイリリア勢の傭兵が放った石弓の矢弾に胸を貫かれて絶命した。しかし、まあ、今となってみればそんなことはどうでもいい。

軍服を着て抜き身を手にした門番が舗道を行きつ戻りつしている。路面の平らな御影石が、ムラトが斃れた場所を示すあたりである。観光客が門番を見て市の小役人だと思うのは無理もないが、実は、これがそうではない。一八五八年の講和会議で成立した法律は、抜き身の剣を下げた門番を私的に雇うことのできる人物の資格を制限している。雇い主は貴族の紋章を少なくとも十六通りは許されていなくてはならず、正規の学位を五つ以上取得して、おまけに、年利二分の国債を最低十万ダカット保有していなくてはならない決まりである。

スキタイ゠パンノニア゠トランスバルカニア三重帝国の歴史を通じて、この資格を満たした人物は後にも先にもただ一人、優れた器量は右に出る者なしと、あまねく知られたエンゲルベルト・エステルハージ博士だけである。博士号は、法学博士、医学博士、哲学博士、文学博士、理学博士、その他もろもろ、幅広い領域に跨っている。タークリング街三三番地の私邸の門前であたりに睨みをきかせているのは、博士個人が身辺警護に雇った市井の兵である。

そろそろ晩秋の声を聞くある日の正午過ぎ、厚ぼったいグレイのスーツに同じグレイの仰々しい山高帽という、警視庁私服組の揃いの身なりをした大柄な男が門番に近づいて軽く眉を上げた。門番は剣を胸にあてがって敬礼し、男は一つうなずいて三三番地のドアを押し開けた。小市民の流儀で戸を叩くでもなければ、呼び鈴を鳴らすでもない。天井の低い玄関ホールで、昼番の雑用人レムコッチが椅子から立って会釈した。

「これはこれは、警部さん」

「エステルハージ先生に取り次いでくれないか」

「主人はお待ちかねです、警部さん。どうぞ、お通りください。おっつけ、小女にコーヒーを運ばせますから」

お待ちかねと聞いて微かながら驚きの声を発した訪問者は、コーヒーにありつけると知って微かながら頬を緩めた。「はてさて、レムコッチ。お宅の先生は、本当に、何でも知っているのだな」

霜降り頭の屈強な使用人は、ちょっと間を置いて、こともなげに言った。「それはもう、警部さん。何だって知っていますって」重ねて小さく会釈して、レムコッチは奥へ引き取った。

訪問客は帯状の絨毯を踏んで重たげに階段を上がった。ガス灯の火影に赤黒くくすんで見える絨毯は、かつては目の玉が飛び出るほど高価なイスファハン段通だったが、一八九三年の大火で焼け焦げ、辛うじて残った断片を継ぎ接ぎして、貧しいアルメニア商人の潜りの組合がエステルハージに進呈した曰くつきである。

「お近づきのしるしにと思いまして」組合の代表は言った。

エステルハージは眉一つ動かすでもなかった。「見舞われるよりは、この方がましというものだな」

そのエステルハージは今、客を迎えて言った。「ようこそ、ロバッツ総監。いやいや、知っての通り、いつもいつも歓迎というわけではないよ。君は往々にして、私がこっち向きのことで塞がっている時に、あっち向きのことを持ち込んでくるのでね。しかし、例のポリー・チャームズとやらいう若いイギリス人女性については、いささか関心がないでもない」

ロバッツは目を白黒させて、もったいなくも皇帝陛下の署名があるキャビネ判の写真が銀の額縁で飾られているのをちらりと見やり、どう切り出したものか思案の末に、いろいろ浮かんだうちから第三の挨拶で話をはじめることにした。

「こちらの使用人はお仕込みがよろしいようで、バカ丁寧に飾らないところが結構ですな。この私を呼ぶのに、あっさりと、ただ警部さんです。やたらと高貴な家柄の出か何かのように人をおだてておきながら、その目を見れば、素性賤しい奴めがと、侮りを隠そうともしていない、そんな下男下女がここやかしこにいるのでして……、いえ、どこの屋敷とまでは申しませんが。私が肉屋の倅であることは、この街の誰一人、知らない者はありません。親父の父親、ええ、私の祖父は市場で牛の肉を担いでおりました」

エステルハージは迷惑そうに手をふって話を遮った。「使用人というのは、とかく乙に気取りたがるものでね。目に角を立てるにはおよばない。ナポレオン麾下のさる将軍が、旧体制の生き残りに、『自慢できる祖先もいないくせに』と貶されて、何と言ったか思い出してみたまえ。『この俺を見ろ。俺こそが祖先だ』とやり返したのだね」

ロバッツは肉厚の唇をゆっくり動かして声もなくその言葉をくり返し、ものものしくうなずくと、ポケットから小さな手帳を取り出して書きつけた。が、何を思い出したか、そこではっと顔を上げた。「ああ……、先生。ポリー・チャームズの件で私がこちらへお邪魔することを、どうして知っておいでしたか……」警視総監はもう一つの額に目を止めた。有名な新聞の挿絵画家、クランクの手になる誰やらの似顔絵に違いなかった。その姿形は誇張が過ぎて不自然なまでに細長く、鼻は申し訳に針ほどの線一本で、両の眉は町家の主婦たちが提げて歩く買い物袋のように膨れ上がっている。エステルハージがこれを見て、よくまあ腹を立てずにいられるものだ、と思うだけでも苦々しい。ましてや、麗々しく額に入れて人目にさらすなどもってのほかである。

「いやなに、カロル゠フランコス」エステルハージは出来の悪い相手を大目に見る口ぶりで言った。「私のところは、まだインクも乾いていないような新聞が来る。〈インテリジェンサー〉の午後の初刷りは十一時だ。もちろん、最新の銀相場に関するもの知り顔の解説だの、ブルガリア軍の動静を論じる社説なんぞ読みはしない。新聞を読むのは娯楽であって、ものを教わるためではないからね。今度のことについては……、ああ、要するに見世物というまでだろうが、私も聞きおよんでいたもので、〈インテリジェンサー〉が来てすぐに二段抜きの『小耳袋』を覗いたよ。ほら、これだ」

ロバッツはうなずいた。自身、巷間の話題を聞きかじっていると否とにかかわらず、毎日〈インテリジェンサー〉を手に取ればまっさきに二段抜きの噂コラム、「小耳袋」に目を通す習慣である。今日もすでに二度、この欄をとくと読み返していたが、エステルハージがデスクに広げた新聞を見て、あらためて虫眼鏡を取り出した。ロバッツは身を恥じる心から、頑として眼鏡をかけない。眼鏡は惰弱、ないしは気障の烙印と見下す階級の育ちがこの意識を抜き難いものにしている。

新奇の小科学展

旧金箔師アーケードの小科学展を観覧し、三十余年以前、昏睡に陥ってこの方ついぞ目覚めずして今に至ることをもって世に知られる〝妙齢〟のイギリス人女性、ミズ・ポリー・チャームズを間近に見て、我々の好奇心は充分に満たされた。驚くなかれ、不可能砲弾雨霰と降り注ぐパリ攻囲の争乱を眠り通した哀れ美貌のイギリス人女性、ミズ・ポリー・チャームズは昏睡の年月、いっかな齢を重ねるふうもなく、動物磁気をもってする問いかけを理解して眠れるままに淀みなく答える。同女はまた、もとより些少の見物料にほんのなにがしかを添えるなら、しんみりとしたフランス語の歌を聞かせる。

ロバッツはずんぐりした毛むくじゃらの指で新聞を叩きながら、しかつめらしく言った。「あの、ですね……先生。ここに……、ええと、どこだったかな……、どうも近頃の新聞は、活字はかすれているし、紙は悪いし……虫眼鏡で見ないことには……、ええと、ええと……、ああ、これだ、これこれ。ここに『不可能砲弾雨霰と降り注ぐパリ攻囲の争乱を眠り通した……』とありますが、どう考えてもこれは誤植というやつですな。正しくは……、ああ、つまり、その……、『加農砲弾雨霰と降り注ぐパリ攻囲の争乱を眠り通した……』とでもすべきところだろうと思いますが、どうです？」

　エステルハージは灰色の目をきらりと光らせて総監を見た。「うん、いかにも君の言う通りだ、カロル＝フランコス。よく気がついたね」

　警視総監ロバッツは真っ赤になった顔を照れ笑いで皺くちゃにした。

「で、こいつを読んで、時計を見て、考えたよ。〈インテリジェンサー〉が君のところへ届くのは、十一時二十分だろう。読み終えて、十一時半。それから、まっすぐここへ来れば、十二時十分前だな。君はこれを誘拐事件と見ているのか？」

　ロバッツは首を横にふった。「何を隠しましょう。私の口から言わずとも、先刻ご承知のはずですが、実は私、サーカスの曲芸、雑伎、香具師の啖呵売りや大道芸、科学種の見世物、奇術、魔術、あるいは、怪異の生き物だの、幽霊屋敷だの、下手物を愛好すること無類でありまして」

　エステルハージは指を二つ鳴らした。降って湧いたように、どこからともなく忽然と下男が現れて、帽子、コート、手袋、ステッキを差し出した。いったい、三重帝国はもちろん、世界中のどこをさがしても、未開の山岳ツィガーヌ人を下男に使っている紳士はほかにいない。人は思いも寄らないことである。燃えるような目をして、伸び放題の髪を八方に逆立て、飼い馴らされていない面魂に奔放な野性を窺わせる異風の自然児が今ここで、ものも言わずに帽子、コート、手袋、ステッキを捧げ持っているのは何故か、果たして誰が知っていよう？

「ありがとう、ヘレック」エステルハージは言った。主従の因縁を知っているのは当の博士とヘレックだけである。

「白状するがね、総監」博士は声を落とした。「下手物大好きは私も同じだ」

「いやあ、先生」警視総監はうなずいた。「そうだろうと思っていました」

二人は顔を見合わせて声高に笑い、連れ立って階段を降りた。

☛

旧アーケードでは今なお金箔師が一人だけ、細々と仕事を続けている。箔を打ち延ばす小刻みな槌音からもそれは知れる。ほかはみな新地のアーケードへ移って、空いた細工場は倉庫になり、あるいは小商いの店に変わった。形ばかり誂えものの仕立て屋を名乗っている占い師がいるかと思えば、魚の目の薬を売るいかがわしい店もある。薬屋は飾り窓に石膏像を二つ並べて「使用前」「使用後」の札を掲げている。「使用前」は痛風を病んだ食人鬼の鉤爪かと紛う無様な足、「使用後」はプリマ・バレリーナもかくやという形のよい爪先である。そんなところを横目に見ながら行くほどに、やがて、毒々しいペンキも剝げかけた看板の下に出る。「科学の小殿堂」とある建物の正面は、ささやかながらも劇場の造りで、普通ならポスターを掲げるところにゴート語、アヴァール語、グラゴール文字のスロヴァチコ語、ロマーノ語など、多様な言語による案内ビラが貼ってある。土地の古い諺に、「顔料の無駄は数々あり。ウロクス語で書く標はその極み」と言われているが、これに異を唱えるかのように、ウロクス語の案内も場所を占めている。なるほど、ウロクス人の識字率は低いかもしれない。とはいえ、文句が出ないように、用心に越したことはない。

とことんまで尾羽打ち枯らしたとも見えない浮浪者が手製の松葉杖でウロクス語の案内を指して、誰とはなしに問いかけた。「豚とウロクス人を掛け合わせたら、どうなると思う?」周りは相手にしなかった。「性根の腐った豚が生まれるのよ」浮浪者は自分から答えて哄笑が湧くのを待った。

「邪魔だ、邪魔だ」ロバッツが一喝して、浮浪者はしおしおと退散した。

フランス語の掲示もあった。

ポリー・チャームズ　眠れる童女
寝ながら　三十年の長夜の夢
尋ねに応じる女！　イギリス人女性!!

一目三嘆！　　　　空前絶後！
問えば答えるその声は現し世からか、
はたまた黄泉の国からか？
寄ってらっしゃい、見てらっしゃい！

これでもか、これでもかと呼び込みの文句は切りがなかった。

切符売り場から、ぶよぶよ太った老女が媚びを含んで笑いかけた。髪を染めて、腋の下にスリットのある真っ赤なベルベットの時代がかったドレスを着ていた。

「許可証」ロバッツはぞんざいに手を出した。

老女はせわしなくうなずいて、針金に洗濯ばさみでずらりと吊した書類の一通を取り、文面をあらためると、もとに戻して別の一通をはずし、目を走らせてから、なおせかせかとうなずきつつ窓口に差し出した。

「結構、グリグウさん」ロバッツは書類を返してカウンターに硬貨を並べた。「大人、二枚」

グリグウ夫人はうなずく代わりに、首をきっぱり横にふり、取ってつけたような愛想笑いを浮かべてコインを押し戻した。「よろしいんでございますよ。雲の上のお偉方からお金をいただくなんて、いえいえ、そんな……」

ロバッツはグリグウ夫人のドレスと同じくらい真っ赤になって声を怒らせた。「入場券だ！　いいから、この金をそっちへ取って、切符を……」

押し問答は骨折り損と、老女は金を受け取り、愛想笑いはそのままに首をゆっくり左右に傾けながら入場券を手渡した。どうしても金を払うという頑なな態度は世話の焼ける偏屈だとその顔に書いてある。「どうぞごゆっくり」世辞と嘲りの混ざった老女の声は、埃だらけのせせこましい通路を奥へ向かう二人の背後に遠ざかった。「……ああして身分の高いお人でありながら……、曲がったことは大嫌いとかで……、見上げた心懸けには違いないけれど……」

展示室のガス灯で、炎を囲うマントルがあるのは一つだけだった。ほかに点っているうちの二つは調子が悪く、小屋の外を荷馬車が通るたびに炎が危なっかしく瞬いて、あたりは仄暗く、足下は不確かだった。暗がりの奥から気の抜けたような声が呼びかけた。

「ビエ？　ビエ？　入場券はお持ちですか？」

天地創造の神は暗がりから進み出た男に気品のある風貌を与えたが、その後、別の力が働いたか、男は見た目にこそこそといじけたようで影が薄かった。もともとはかなりの好男子で、きれいに刈りととのえた白く豊かな頰髯にわずかなほつれもないのはいいとして、不釣り合いに大きな丸頭は洗い出して磨きあげたかと思うほどだった。その頭を重たげに傾けて、男は受け取った切符を青黒く曇った目の端であらためた。エステルハージは我知らず、そっと手を伸ばして男の禿頭に軽く指先を這わせた。いやなに、ほんの一瞬のことである。

途端に火傷でもしたように、反射的にその手を引っこめた。

「骨相学者か」男はおだてるように、裏ではほとんど蔑むように、英語で呟いた。

「肩書きは、ほかにもいろいろあるがね」エステルハージも英語で言った。

たちまち男の顔色が変わった。窶れた中にもいくらかの品位を残している顔がひくひく引き攣ってゆがみ、何度か口を開きかけては閉じることをくり返してから、男はよう拙いフランス語と片言のドイツ語交じりで訥々と言った。「どうぞ、お入りくださよう拙い……」

い。間もなく、幕が開きます。……これこそは、世にも不思議な霊異の仕業」男は英語に戻ってささやくほどに声を落とすと、肩をすくめて深く項垂れ、自分の殼に閉じ籠もる様子でぎくしゃくとそっぽを向いた。

ロバッツは怪訝な表情で横目使いにエステルハージの気配を窺った。驚いたことに、揺れ動く乏しい明かりで見てもエステルハージはいつになく蒼ざめ、顎を突き出して覗き込むように眉を寄せたところは、別の誰かなら、恐怖に憑かれた顔だった。ただごとではない……。

と思ったのは束の間で、その時すでに、エステルハージは普段の博士に返っていた。ただ、エステルハージが咄嗟に顔を拭いた絹のハンカチをさりげなく胸のポケットに戻すのをロバッツは見逃さなかった。ロバッツが何を言う暇もなく、蓄音機の哀調を帯びた音色が一場に「科学の空気」を醸した。後から後からつめかける客のほとんどは昼休みを持てあました近隣の店の使用人に違いなかったが、蓄音機から流れているのがフランス語の歌だと気づくまでには、しばらく時間がかかった。

幻想と神秘を語る歌詞も歌詞なら、歌う声もまた神秘と幻想の響きを含んでいた。

万象に心誘(さそ)われ
高きより見たり、始めと終わり
地の底に輝き秘める金
今ぞ知る、ものの素顔と驚異のもと

客の大半は言葉を理解しなかったにもかかわらず、誰もが不思議に心打たれた。リフレインの歌詞が何を伝えているかは知らず、未発達な蓄音機の再生でゆがんだ声はこの世のものとも思えず薄気味悪く響いたが、それでいて、歌はその怪しさに劣らず美しかった。

説くべきは、母胎に宿る魂のいかにして
家を作り、人を駆りたてんか。またいかなれば
濡れた地にともに落ちけん一粒の麦と種の、
かつ稔(みの)り、かつ熟(う)れて、パンと葡萄酒とはなるを

ロバッツは連れの脇腹を軽くつついて低く軋るような声で尋ねた。「何ですか、これは？」

「うん。サン＝ジェルマン伯爵の、神秘学、もしくは錬金術の主題によるソネットだ。ええと……、サン＝ジェルマンは、たしか、二百年前の人だな」エステルハージは声を殺して答えた。

子供のように高く澄んだ声が、張りのある大人の声量でリフレインを歌った。

神の意志するところ、虚空に無から有を生む
疑うらくは、釣り合いもなく支えもなく、
宇宙は何の上に坐するかと

警視総監は思わず叫んだ。「そうだ、そうだ！　思い出した。何年か前に、イタリアの歌手で……」

「ん……？」

「ほら、ええと……、あれは、何と言いましたっけ……、去勢して……」

「カストラートね、うん」

半陰陽を思わせる声が、豊饒の角に似た蓄音機の大袈裟なラッパから溢れ出てよじく

れたまま、これを最後と舞いあがった。

　果ては賞美と痛罵の重みもて
　永遠を量りしが、そはわが魂を差し招き
　われ死せり、拝みけり、知ることの何もなく……

歌が跡切れたところで、ほんの短い間を置いて、今度は俗界そのままの声が語りかけた。声の主は政治亡命者を名乗って古くからベラにいるドーアティで、エステルハージもロバッツも顔見知りである。場末の不景気なコーヒーハウスや安酒場で書きものをしているドーアティをよく見かける。いずれ上梓する本の原稿だと言うこともあれば、夢心地でただ黙ってたどたどしくペンを動かすだけのこともある。かと思うと、紙は広げず、ぼんやりとグラスを覗くか、または漠然と空に視線を泳がせている。長身で、猫背で、壜の底のような眼鏡をかけ、ときおり無言で唇を動かすが、土気色にくすんだ顔の中でその厚い唇だけが妙に肉感的である。表向きの肩書きは「翻訳者、通訳、案内人」で、今はそのうち第一と第二の職能を果たしている。

「ご来場のみなさまがた」ドーアティは英語で言った。「当科学展の主催者、マーガトロイド氏より、ようこそのお運び、厚く御礼申しあげますとのことでございます。マーガトロイド氏は三重帝国の言葉に疎いことを遺憾に存じておりますが、みなさまがたのたび重なるご親切、ご厚情、誠にかたじけなく……」ドーアティは仕来りが求めることながら、おべんちゃらを言う義理の重荷に堪えかねてか、言葉は淀みがちだった。十年来、手を替え品を替えしておざなりの口上を述べている。思わず額を押さえてあからさまに溜息をついたのも無理からぬことだった。が、そこで気を取り直して姿勢を正し、マーガトロイドから渡されている刷り物を差しかざした。

「ええ……、ああ……、ここに、極めて興味深い事実があります。これはアカデミー・フランセーズの会員にしてソルボンヌ大学教授のさる高名な神秘学者が、眠れる童女、ポリー・チャームズの謎を論じた厖大な著述から抜粋したものです。当科学展の眼目たる永遠の童女、ポリーこと、ミス・メアリー・チャームズはイギリスに生まれ……」

一本調子に間延びした前置きにあちこちから野次が飛ぶ中で、ひときわ高く当てこする声が響いた。「どうした、どうした！　そういう能書きは用なしの閑人に聞かせてやれ！　こっちは忙しいんだ！　さっさとしろ！」

ロバッツは咳払いして不平居士を牽制した。男は怯んだがおさまらず、いくらか調子を落として抗議をくり返した。自分たちは労働者で、暢気にしてはいられない。金を払ってミス・チャームズを見に来た以上、見せないなら金を返してもらいたい。「アカデミーだのソルボンヌだのは有閑階級の食後に取っておけばいい。さあ、早くしてくれ」

ドーアティは肩をすくめて上体を傾げ、傍らのマーガトロイドに顔を寄せて何やら耳打ちした。マーガトロイドも同じように肩をすくめて、グリグウ夫人に合図した。老女は肩をすくめる代わりに作り笑いをしてしきりにうなずき、何を今さら、もったいをつけるまでもなかろうにと隅へ走って、暗がりでそれとは見えない綱を引いた。提供元の、とうに潰れた製薬会社の名が辛うじて読めるくたびれきった緞帳が、しゃっくりをするようなガス灯の瞬きに応じてつっかえつっかえ上がった。

　幕が上がりきるのを待ちかねて進み出たマーガトロイドは唇を一つ、べちょり、と鳴らして英語で挨拶した。後を追うドーアティの通訳が間に合おうとどうしようと、とんとお構いなしだった。

「ご来場のみなさまがた、ようこそのお運び、ありがたく御礼申しあげます。今から三十年以前、さよう、本日がまさしくその三十年ちょうどに当たっておりますが……」これは毎度お馴染みの科白で、マーガトロイドは記憶も霞んだ昔からこの口上をくり返しているに違いなく、小屋の外の文字も薄れた看板にもそう謳っているのを見れば、三十年とことさらに力を入れるのはただ体裁に、遠い過去を印象づける狙いであると知れる。マーガトロイドか、ほかの誰やらがこの見世物を思い立ったそもそものはじめから、ポリー・チャームズは三十年の眠りを定めと受けいれるしかなかった。マーガトロイドがたかだか三十年どころか、はるかに長いこと飽きもせずにこの「三十年」で売っているとしたら寒々しい。「いたいけなミス・メアリー・チャームズ、愛称ポリーは十五の年に母親と、仲好し兄弟とともに……」

　押し合いへし合いつめよせる一団の客に気を呑まれて、マーガトロイドは尻すぼみに口をつぐんだ。沈黙を埋めるドーアティの通訳を誰が聞いたか、聞かなかったか、知る術もない。

　エステルハージは何故とはなしに、てっきり棺桶か、またはそれに類するものを見せられるのだろうと思い込んでいた。ところが、案に相違して、幕が上がってみるとそこにあるのは赤ん坊を寝かせるクリブだった。もちろん、子供用よりずっと大きいが、枠付きのベビーベッドであることに変わりはない。一見したところ、クリブの中は茫々の……

「……したのは、かの有名な催眠術師、レオナルド・ドゥ・エントホイッスル教授であります」ひとしきり騒然と沸き返った客の声が静まると、マーガトロイドが何ごともなかったように話を続けていた。エステルハージと目が合って、禿頭のイギリス人は何度かせわしなく瞬きを重ね、どぎまぎした様子で顔をそむけた。エステルハージが見たのはクリブを埋めつくすばかりの茫々たる髪の毛だった。伸び放題に伸び広がった艶やかな金茶の髪が波打ち、渦巻き、よじれ、縺れて、敷きつめたように這っている。ところどころリボンで束ねてあるものの、その先はなおも豊かに盛りあがり、散り乱れて果てもない。

　髪の茂林に半ば埋もれて、枕でわずかに持ちあがった人の頭が覗いていた。それも、まだ年頃に手が届かず、あどけないと言ってよさそうな少女の頭部である。

「その女の子……、触ってもいいかな?」客の一人が尋ねた。

マーガトロイドが短く答えて、ドーアティが通訳した。

「一人ずつ、順番に。そっと……、そっと」

何人か、うねりをなす髪におずおずと指先を触れた。誰かが軽く頬を撫でた。次の一人が手を出した。その態度物腰から、どうやら目当ては頭や顔ではなさそうだった。ロバッツが、むむ、と息んで男の手首を邪険に摑んだ。男は怒気を孕んで抗議しかけたが、たちまち挫けてへなへなと引き下がった。別の一人が髪の下に隠れた少女の手を探り当て、誰も人間の手など見たことがないとでもいうふうに得意顔で引っぱり上げた。

エステルハージは頃合いを計って言った。「さあ、もういいだろう……」客の集団が後へ下がったところで、エステルハージは聴診器を取り出した。客一同は、あぁ……、と嘆声を漏らした。

「哲学者だ」誰かが言って、別の誰かが相槌を打った。「そうよ」おそらくは二人とも、哲学者の何たるかをまるで理解していなかった。

少女の衣装が、いつ、どこで、誰の手で作られたものかは神ならぬ身の知る由もない。何度も継ぎ接ぎを重ねたところはさながら綴れの錦だった。少女が寝入っていることを思ってか、ナイトガウンらしい部分もあればまた、精いっぱい舞台向きの工夫を凝らして、ナイトクラブの歌手が着るような派手好みの箇所もある。それも、頭が時代後れで調子はずれな衣装係と、もう一つ輪をかけて調子はずれなどさ回りの歌手が相談しない限りは出来上がるはずのない拵えである。

生地も、絹、木綿、モスリン、レースといろいろで、造花、ルーシュ、刺繡のあるゴア、ガセット、ヨークなど、およそちぐはぐでまとまりがない。

ポリー・チャームズは自然に目を閉じていたが、片方の瞼がわずかに緩んで、角度によってはその下にあるかなきかの微かな光が透けて見えないこともなかった。小児は時に寝ながら頰を紅潮させるが、この年代の少女にそれはない。顔には微かながら血の気があって、唇もほんのりと桃色だった。金の小さなイヤリングをしているが、片方の耳はすっかり髪に隠れている。

「どうです、この髪」マーガトロイドは言った。「ついぞ伸び止むことがありません」何やら得意げな口ぶりだった。

エステルハージに睨まれて、マーガトロイドは口ごもり、例によって顔を引き攣らせた。エステルハージは聴診器をポリーの胸にあてがった。客の一人が張りつめた沈黙を破った。「蠟人形でしょう。ねえ、先生？　その女の子は……」

エステルハージは首を横にふった。「極めて微弱ながら、心拍が認められる」客のみんなは嘆息した。博士は聴診器をはずしてロバッツに差し出した。警視総監は鼻高々でこれ見よがしに反っくり返り、聴診器の扱いに手こずりながらも心音を聞く思い入れで、ものものしく二度うなずいた。客一同はまた嘆声を漏らした。

「質問はありますか？　どなたか、眠れる童女、ポリー・チャームズに何ぞお尋ねがおありですか？　ああ、いや。ちょっとお待ちください。食事の時間でして」マーガトロイドはいかにもわざとらしく、馴れた手つきで壜を二本とグラス一つ、それに、ひしゃげて黒ずんではいるものの、銀に違いないスプーンを取り出した。「愛らしくも謎に包まれたミス・メアリーに固形物を与える試みはことごとく失敗に終わりました。オートミール粥さえ受けつけません。そこで、キリスト教世界でも超一流の名医と言われる諸家の薦めにより……」ここで、マーガトロイドは客の一人を差し招いた。見ぎれいな年配の男で、周囲に広がったざわめきから、近くの大きな店でそれなりの地位にある、医学に関してはずぶの素人とわかる。「ひとつ、お手伝いいただきたいのですが、ここにありますこの壜の中身を味わい、かつ匂いをおたしかめの上、これは何か、雑音に煩わされることのない、あなたご自身の偽らざる判定をお聞かせください」

男は困惑の薄笑いを浮かべて匂いを嗅ぎ、一口すると、唇を鳴らして言った。「ああ。これは、トカイワインだな。『雄牛の血』だ」男はもっと飲みたそうにして、あたりに失笑が湧き、八方から野次が飛んだ。もう一本の壜はただの水だった。マーガトロイドはワイン一、水一の割りでグラスを満たしたが、その儀式張った仕種は鉛を金に変える妙薬、エリクサの効能を謳う錬金術師さながらだった。「さあさあ、みなさま、ご用とお急ぎでございましょう。質問はおありですか？」

軽口を叩いて笑いながら、進み出る客、尻込みする客が入り乱れる中で、件の男は印章だの小銭入れだの、いっしょくたにじゃらじゃらぶら下げた金鎖の時計に目をやって言った。「ようし。じゃあ、一つだけ。それが済んだら引き揚げよう。ああ、そこの娘さん。フランチェックを知っているかな？　今、どこにいる？」

マーガトロイドはポリーの頭をそっと優しく抱えあげるようにして口もとにスプーンを近づけた。「ほうら、一口。おいしいよ、ポリー。飲んでくれたら、父親代わりのマーガトロイドも安心だ」磨きあげたような禿頭をかがめて少女の寝顔を覗き込むマーガトロイドは、病んだ子を気遣う父親と変わりなかった。唇がゆっくり微かに開いて、きれいに揃った白い歯にスプーンが、カチリ、と触れた。

「ようし、よし、ポリー。いい子だ。私も嬉しい。じゃあ、質問に答えてもらおうか。フランチェックというのは誰だ？　今、どこにいる？」

　また唇が開いて、それとはわからないほどの微かな溜息が漏れた。十代半ばの少女がずっと年下の子供を真似るような、甲高い作り声でポリー・チャームズは答えた。

「やあ、兄さん。ぼくは今、アメリカだよ。叔父さんのとこ」

　みなみないっせいに身ぎれいな年配の男をふり返った。男は、物笑いの種にされたところで承知の上だからびくともしないという態度で片手を腰にあてがって立っていたが、たちまち顔色が変わって、はっと息を呑んだ。

「よう、モリッツ。今のはどうだ？」客たちは返事をせがんだ。

「いや……、その……、ああ、フランチェックはたしかに私の弟だ。二十五年前に家を飛び出したきり、音信不通で……」

「その、叔父さんていうのは？　アメリカに……？」

モリッツは呆然の体で曖昧にうなずいた。「そう、アメリカに、叔父がいた。まだ健在かもしれない。さあ、どうだろうか……」誰かが肩を押さえたが、モリッツはそれをふりはらい、両手で顔を隠してふらふらとよろけながら立ち去った。

だからといって、客たちは納得しなかった。「今の話は何の証拠にもならないぞ。だって、そうだろう……」

別の一人が声をとがらせた。どうやら、先刻、ポリー・チャームズの来歴などはどうでもいいと抗議した男に違いなかった。「なあ、おい、そこのお姉さんよ。虚仮威しのいかさまもいい加減にしないか、え？　だいたい、この国の二人に一人はフランチェックという名の兄弟がいて、アメリカに叔父貴の一人や二人はいらあ。そんなことで騙されるものか。ようし、じゃあ、これに答えてみろ。おれがこうやって、ポケットの中で摑んでいるのは何だ？」

マーガトロイドはまたワインと水を一匙、ポリー・チャームズの口に流し込んだ。期待の沈黙があたりを閉ざす中で、いかさまと食ってかかった男は露骨にせせら笑った。

ポリー・チャームズは答えた。

「公衆浴場で盗んだ真珠の柄のナイフ……」

男は怒りに顔を赤黒く染め、ポケットから手を出して、眠れる童女に飛びかかろうとした。ロバッツが体当たりをくらわせて、男は苦痛の叫びを発し、何かが音を立てて床に落ちた。男は一転して顔面蒼白になった。「出ていけ！ さもないと……」ロバッツが厳しく言い、男は片方の手でもう片方を押さえるようにして立ち去った。誰かが床に屈んで目を丸くした。

「真珠の柄のナイフだ！」

「へえ、こいつは驚いた……」

「……あいつのことは前から知ってるんだ。なにしろ悪いやつで……」

もう一人、はじめは頭を抱えて小さくなっていた男がずいと乗り出し、反り身になってポリー・チャームズを見すえると、あたりを睨めまわしてから、羞恥と高慢が相半ばするゆがんだ顔で言った。「なあ、なあ……、ちょっと、聞きたいんだ。家内のことだけどな……、あいつは、いったい……おれにとって、あの女は……」男はみなまで言わず、周囲の誰も笑おうとはしなかった。鼻の孔を三角にした男の荒い息遣いが耳障りだった。

マーガトロイドがまたスプーンを運び、ややあって、ポリー・チャームズは答えた。

「奥さんはできすぎよ……、とても、あなたにはもったいないくらい……」

男は人と目を合わせず、体を斜めに深く項垂れて、重苦しく息を乱すばかりだった。

やがて、最後の質問が出て、ワインはすっかりなくなった。いや、これは順序が逆で、ワインがなくなる方が先だったかもしれない。

マーガトロイドがスプーンを片付けるところで、それまで誰も意識しなかった老紳士が声を発してあたりに動揺が伝わった。「それで、師匠。フランス語の歌はどうしたね？」血色のいい老紳士は現国王の治世五年目に誂えた上等な身なりで、見た目にどこか辺鄙な土地の公証人といった風采だった。汽車で十日と馬車一日、と譬えにも言う遠隔地で、今なおどこの家でも牛を飼っているような僻村と思って間違いない。老紳士は年に一度の免許更新で中央の大都会へ出てきたついでに、ちょっと冒険がしてみたい。ただ、老妻タンタ・ミンナに、怪しげな場所で遊んだ、とは言いにくいから、「科学展」で間に合わせている、とまあ、そんな想像もあながち無理ではない。

「フランス語の歌が聞けるはずではなかったかな？」老紳士は穏やかに言った。

ドーアティに急かされて、マーガトロイドは緑のベルベットの内張も古びた木製のトレイを出し、半ダカットの硬貨を一つそっと置くと、不安げな目つきでそれを見ながら献金の口上にかかった。「ほんのおこころざしをお示しくださいますならば、愛らしくも謎に包まれたポリー・チャームズが美しい歌をフランス語で……」

客は散りはじめた。引き揚げるとは言わぬまでも、少なくとも献金トレイからは身を避ける気配だった。金貨が一つ、きらりと光って空を切り、澄んだ音を立てて半ダカットの上に落ちた。マーガトロイドは腹立たしげとも見える態度できっと顔を上げた。エステルハージは間をはずさずに言った。「ほら、どうした」

金貨はすでに消え失せていた。マーガトロイドはかがみこんで、眠れる童女の右手をいとしげに撫でさすった。「歌ってくれないか、ポリー？」歌ってはくれない心配がありそうな口ぶりだった。

「昔、お母さんが教えてくれたフランス語の歌を……どうかな?」ポリーは答えず、マーガトロイドは咳払いして自信のない声で出だしの一節を歌った。「『ジュヴ・ザンヴォワイエ・アンブケー・ドゥ・ママン……』さあ、どうだ、ポリー?」

エステルハージはほとんど血の気のない透きとおるような喉が微かにふるえるのを見た。けばけばしい衣装の下で、ふくらみに乏しい胸がわずかに上下するのがわかった。口が開いて、息を吸う音がはっきり聞こえた。眠れる童女、ポリー・チャームズは歌った。

ジュヴザンヴォワイエアンブケードゥママン

最前、現存する最後となったうちの一人に違いないカストラートの歌が蓄音機から流れた時には誰も通訳を求めず、ドーアティも知らぬ顔だった。今もまた、誰が求めたわけでもなかったが、ドーアティは灰色にくすんだ顔の中で、肉厚な灰色の唇だけを動かしてフランス語の歌を通訳した。「君に贈る麗(うるわ)しの花/我が手に摘(つ)みしが、いま盛(さか)りなる/手折(たお)らねば人知れず/明日をも待たで散りぬらん」

マーガトロイドは重ねて童女の白い手をさすった。愁いを帯びた幼な声の歌が続いた。

セラヴソワタンエクサンプルセルタン

「これこそは君行く末の前知らせ」ドーアティは通訳した。「色香はとみに優るとも／衰え果つはたちどころ／褪せて凋る花に似て……」

一座はしんと静まりかえった。

外の通りを荷馬車が過ぎて、ガス灯が危うげに瞬いた。客の何人か、溜息をつき、咳払いして、摺り足をした。

「ほほう。なかなかよかった。いやぁ、結構」老紳士、アンクル・オスカーは満足げな笑顔を浮かべて進み出ると、いつの間にか空になった献金トレイに五コペルカの古びて大きな硬貨を投げ入れ、上機嫌にうなずいて立ち去った。噂の見世物は奮発の価値があった。今夜はポテトのダンプリングとザワークラウトにガーリックソーセージの食事をしながら、老妻タンタ・ミンナに一部始終を聞かせる楽しみができた。それどころか、十年先に老夫婦がまだ健在だとすれば、アンクル・オスカーは飽きもせず、毎晩この話をくり返しているに違いなく、タンタ・ミンナはその都度、はじめて聞くように目を丸くして驚嘆の合いの手を挟むはずである。おやまあ、驚いたこと！　へえ、それはそれは！

客の半分は引き揚げて、半分が後に残った。

「まず本日はこれぎりだよ」エステルハージは言った。

ロバッツも調子を合わせた。「終わり、終わり。お帰りはこちら」

グリグウ夫人はせいぜい機嫌を取るふりで、出ていく客の背中に呼びかけた。「次の部は五時半、夜の部は八時と十時ですよ」

ロバッツは、さて、これからどうします？　という顔でエステルハージをふり返った。

エステルハージはマーガトロイドに話しかけた。「私は医学博士で、名義法医学官ですが、お許しを得て、少々、調べたいことがありまして……」ドーアティは乞われるまでもなくエステルハージの英語をアヴァール語に通訳しかけたが、さしあたってその必要はないと気づいて言葉を濁した。

マーガトロイドは髭に隠れた唇を舐めた。舌の先がほとんど鼻に届きそうだった。

「いえ、それは……。それは困ります……」

「こちら、警視総監です」エステルハージは落ち着きはらって言った。

警視総監は真っ向からマーガトロイドの顔を見返した。ドーアティはマーガトロイドの視線を躱した。マーガトロイドはグリグウ夫人の方を見た。

グリグウ夫人の姿はどこにもなかった。

エステルハージ博士の日記より――

……イギリス人催眠術師、大道芸人、エントホイッスル、レオナルド（私家版百科事典参照）が演技中に卒中で死亡したとされる件につき、正確な死亡年月日をロイターに照会のこと……

……少女の足裏、踵に硬化状態はいっさい認められず、老齢者に見られる筋肉組織の変性もなし。ただし……

マーガトロイドが口重たげに打ち明けたところによれば、通じは極く稀で、その点、少女は行儀がいい……

ロバッツの提案――催眠術によって少女を催眠状態から覚醒させる試みに、マーガトロイドは強硬に反対。（備忘）アメリカ人作家、E・A・ポオの『ヴァルドマアル氏の病症の真相』再読のこと。この作品では瀕死の人物が長期にわたって催眠状態に置かれている（正確な期間は不明）が、催眠、もしくは昏睡状態を解除するとヴァルドマアルはすでに死亡していたことが判明して死体はたちまち腐爛する。これが飽くまでも架空の話か否か、現時点では判断の術なし。同じ作家の中編（マリー・ロジェの謎？）は半ば事実であることが知られている。

自明のこと。少女の福祉こそ最優先。

対策。ガルヴァーニ電池の使用を検討すること。ただ、その場合……

あわただしく入り乱れた足音がひとしきり窓の下を揺るがして、叫声、怒号が飛び交った。夜番の雑用人、エマーマンが階段を上がってきた。「金箔師アーケードが火事です、旦那さま」もともと口が足りないエマーマンは、エステルハージが、えっ、と驚いて診療鞄に手を伸ばすところで遅ればせに言った。「ロバッツ総監から言伝です」ツィガーヌ人が床から生えて出たように姿を現した。実際、ヘレックは主人の寝室の外の廊下にごろ寝しているから、その通りに違いない。エステルハージは差し出されたコートと帽子を払いのけて言った。「蒸気自動車だ」ヘレックが先に立って二人は無言のまま屋敷を駆け抜け、裏階段から車庫へ下りて、待機している屋根なしの自動車に飛び乗った。鉄道の機関助手上がりのシュヴェーベルが車の整備保守を任されて、缶の火を絶やしたことがない。シュヴェーベルは略式に敬礼して車庫の扉を開け放った。エステルハージがハンドルを握り、車はしゅーしゅー蒸気音を発して暮れきった街を走りだした。ヘレックが大きなブロンズのハンドベルを打ち鳴らして通行人を追いはらった。

ロバッツは「サーカスの曲芸、雑伎、香具師の啖呵売りや大道芸、科学種の見世物、奇術、魔術、あるいは、怪異の生き物だの、幽霊屋敷だの、下手物を愛好すること無類」と言ったが、これにもう一つ、火事を加えた方がいい。

トロイカ式に毛色の同じ三頭の大きな馬に牽かせた最新型の消防馬車が三台、ボナパルト敗北通りへ乗りつけた。一般にはボナパルト通りで知られている街路である。身動きも取れない中で、消防隊は大騒ぎしてアーケードへホースを伸ばした。近代的な消防署が発足する以前は火消しも受け持っていた町内の自警団がいちはやく出動してバケツリレーをはじめていた。バケツのほかに、どうにか水を汲める古い革袋も活躍している。

風が起こって火勢を煽り、火の粉が舞って夜空を焦がした。紅蓮の炎がすべてを焼きつくして、灰燼と化したアーケードには煙の臭気が充満するばかりだった。

やや離れた道端に、ぼろぼろに破れた真っ赤なベルベットのドレスを引きずって大女のグリグウ夫人がうずくまり、口を押さえたその手の下からのべつ幕なしに泣き言を並べ立てていた。「焼けちゃった！　焼けちゃった！　焼けちゃった！　緞帳に、ガス灯の火が移って！　ガス灯、緞帳、罪作り！　焼けちゃった！　みんなみんな、火事で、ぼうっ！」

突如、消防ホースがのたくって激しく水を噴き出した。煙は逆巻いて、蒸気は雲の柱となった。エステルハージは息がつまり、山岳ツィガーヌ人へレックの強力な腕に抱えあげられるのを意識した。「私は大丈夫だ！　降ろしてくれ！」と、そこで気遣わしげな顔のロバッツと目が合った。エステルハージが自分の足で立つのを見て気を取り直したロバッツは、ボナパルト通りに横たわっている二体の骸を黙って指さした。

マーガトロイドと、ポリー・チャームズだった。

後にふり返って、ロバッツは尋ねた。「あのイギリス人の頭に触って、何がわかりました？」エステルハージは答えて言った。「なまじ人には話せないほど、多くのことがわかったよ」

エステルハージは見るより早く二人の傍に駆け寄った。この場にガルヴァーニ電池がないからといって、誰を責めるわけにもいかない。気付け薬、注射、アンモニウム塩、と考えられる限りの手段を尽くしたが、ついに二人は息を吹き返さなかった。

ロバッツはゆっくり十字を切って、沈痛の面持ちで言った。「まあ、二人とも、救われたでしょう。この子も気の毒な人生から……、ええ、あれだけの長い眠りを人生と言ってよければですが、とにかく、解放されたことだし、この男も、ずいぶんあくどいことをしてきたろうし、いや、おそらく悪いことは何でもやったろうと思いますが、その罪滅ぼしに、とにもかくにも女の子を助けようと体を張ったんですからな。髪の毛が燃え盛っているところをですよ……」

事実、信じ難いまで渺茫と伸び広がっていた髪がほとんど焼け尽きていた。見事に長く豊かな髪を、毎日せっせと梳り、編んで束ねてととのえたのは誰かといえば、マーガトロイド以外ではあり得まい。マーガトロイドはさぞいとしげに少女の髪を持て扱ったことだろう。一日の終わりに解かれて金茶に波打っていたに違いない潤沢の髪は炎に焼かれ、その頭は丸刈りの少年と変わりないありさまである。燃え残りの瞬きに、水をかぶった跡の濡れ色が痛ましかったが、ポリー・チャームズの顔はこの上なく伸びやかに安らかだった。ほんのりと桃色の唇は今また微かに開きかけている。とはいえ、何を語ろうとしたかは知らず、その口からもはや二度と言葉がこぼれることはない。

マーガトロイドのために、死は少なくともやっと、世を憚る恐怖からの解放をもたらした。こそこそといじけたような表情は消え去って、端整なその顔は非の打ちどころなく高雅だった。

「ああやって、女の子を拘束して、さんざん食いものにしたとも言えましょうが、この男もせめてのことに、命に替えてポリーを助けようとしたんですから……」

近くにいた自警団の一人が遠慮がちに挨拶して口を挟んだ。「お言葉ですが、総監、それは違います」

「何が違うって？」ロバッツはむっとした。

自警団の男は腰を低くしながらも、語気を強めた。「そっちの旦那は気の毒に、女の子を助けようとして命を落としたとおっしゃいますがね、それが、違うんです、総監、学者先生。本当はその反対で、女の子が旦那を助けようとしたんですよ。ええ、そうですって。大の男が、助けてくれ、助けてくれ、と泣き喚く声の凄かったこと！　ところが、なにしろ火の勢いが強くって、こっちは近寄ることもできやあしません。それで、こう見ていると、燃え盛っている中から女の子が旦那を抱きかかえるようにして、引きずってきました。その時はもう、髪の毛が松明で。二人が折り重なって倒れたところで、あたしら、水をぶっかけましたが……、ですから、そんなわけで」男は気が焦って、言いたいことの半分も言えずにふっつり黙った。

「ええ、そういうでたらめは、どっかほかへ行ってしゃべれ！」ロバッツは突っぱねた。

エステルハージは首をふりふり、誰にともなく言った。「神話、伝説がどんなふうに生まれて、たちまちのうちに広まるか、これでわかるというものだ……。おお！　これは！」衝撃に言葉を失って、エステルハージは地べたに膝をついたまま声もなく、眠れる童女、ポリー・チャームズの足を指さした。ちんまりと形よく華奢(きゃしゃ)な素足だった。ロバッツはエステルハージの指の先を見て愕然とした。自ら豊かな経験を恃(たの)むロバッツにして、動揺は隠しきれなかった。死んだ少女の足の裏は無残に擦り剝(む)け、ぐずぐずに潰(つぶ)れて、血みどろだった。

エルサレムの宝冠　または、告げ口頭

グロス＝クロプレッツ温泉は、まずもって、三重帝国を代表する湯治場とは言い難い。エステルハージが珍しくここを訪れたのもそのためだ。それに、エステルハージは一年のうち四十九週間ぶっ通しで肝臓を酷使するという、今流行の奇妙な習癖に染まっていないから、残る三週間、鉱泉の水で肝臓を養う必要をついぞ感じたことがない。スキタイ＝パンノニア＝トランスバルカニアの帝都ベラからリフェイアン・アルプス山中の鄙びた保養地へやってきた目的は、ひとえに鉱泉の水、とりわけグロス＝クロプレッツ温泉の水質を科学的に分析することである。わりかた大きなホテル二軒と、わりかた小さなホテル三軒、いや、〈三頭鷲館〉も数えれば四軒が温泉客に宿と食事を提供している。ホテルはいずれも私営だが、温泉そのものは一五九三年の開城以来、王族ホーエンシュトゥペン家の財産で、国王手元金庁の所轄である。

そんな次第で、泥酔状態、または裸同然の見苦しい姿でない限り、人は自由に鉱泉の水を飲むことができる。今は地階と一階になっている旧ポンプルームで飲む分には無料だが、よほど懐の淋しい客を別とすれば、たいていはただ飲みの特典にあやかろうとせず、柱廊伝いの新ポンプルーム、またの名、グランド・ポンプルームを利用する。ここでは一等、二等、三等と段階制の料金が定められている。温泉客は誰であれ一円を散歩して、絶景とは言わぬまでも、それなりの景観を楽しむことができる。

そういう場所柄だったから、誰かに見られているどころか、執拗につけ狙われていると気づいても、エステルハージは何も言わず、別段、自衛の行動を起こすこともなかった。朝、機材を携えて〈三頭鷲館〉を名乗るこぢんまりした古いホテルを出ると、すぐに何者かが跡を追ってきた。おおざっぱに石を組んだ泉源のほとりに機材を降ろして涌き立ち流れる水を調べる間、誰かがドアのない小屋の口から覗いていた。試料の水を汲んでホテルへ戻る途中、ずっと背後をつけてきた曲者は古めかしい建物の手前で姿を消した。

午後も同じだった。

グロス＝クロプレッツが華やかな社交の場となって賑わう夜、エステルハージはホテルの自室に籠もって日記をつけ、学術論文に目を通し、それが済むと軽い読み物で時間を過ごす。以前はモーパッサン、チェーホフ、Ｈ・Ｇ・ウェルズなどを好んだが、今はイギリス人作家、Ｇ・Ａ・ヘンティの冒険小説に凝っている。

滞在四日目の朝、ピペットを使って鉱泉に含まれるミネラルの沈殿比較に取りかかったところで誰かが小屋の入り口に立ち、咳払いして言った。「失礼ですが、医学博士のエンゲルベルト・エステルハージ先生じゃありませんか？」

さまざまな感情が同時に湧いて、どれも愉快ではなかったために、エステルハージは丁寧に答える気がしなかった。だいたい、これから知らない相手に話しかけようという時に、どうして咳払いが作法にかなっているだろうか？ はっと息を呑んで声をつまらせるなり、げっぷ、あるいは、しゃっくりをするなり、何なら、放屁でもいいはずではないか。そこで、ひとまずはそっけなく言った。「おっと、ピペットが汚染したぞ」

声をかけた男はエステルハージの言葉に一応の注意を払ったが、もとより知ったことではない。それがどうした、とばかりに眉を吊り上げて、はじめに尋ねかけた気持はそのまま、「んー？」と不審の声を発した。顔立ちがこれ以上はないほど平凡であることにおいて並はずれた男だった。短めのジャケットにだぶだぶのズボンで、ストリング・タイを締め、口髭を右半分だけたくわえて、鼻眼鏡をかけている。半端もののオイルクロスを売りまくって荒稼ぎする地方回りのセールスマンか、どこか田舎の五流高校の習字教師で通るかもしれないし、あるいはまた、安普請の小住宅が建て込むベラ郊外に「豪邸」一軒を相続して、その家賃で暮らせるおかげで、いっさい個性が目立つ必要のない身分かもしれない。吊り上げた眉を小刻みに動かして「んー？」とくり返したところは前にもまして切羽詰まった様子だった。

「いかにも、医学博士エンゲルベルト・エステルハージですが」エステルハージはいらだちをあらわにした。「かつまた、法学博士エンゲルベルト・エステルハージ、哲学博士エンゲルベルト・エステルハージ、理学博士エンゲルベルト・エステルハージ、文学博士エンゲルベルト・エステルハージでもあります。だといって、そのことがどうしてあなたに私個人の静寂と研究を妨げる権利を与えるのか、とうてい理解しかねますね」

相手はこれを聞いてあたりを見まわした。目撃者を呼び集めようとするそぶりだったが、あいにく近くには人気がなかった。「匿名の原則をかなぐり捨てて、あなたに言うことがあります。私はエルサレムの王であり、あなたは宮廷の重要な位階に任ぜらるべきところを、悲しいかなたった今、その口で拒みました」

エステルハージは石走る水を眺めやって悔恨の溜息をついた。こういう出来そこないにつけ込む隙を与えたのは我ながら不覚だった。軽くあしらって追い返すつもりで向き直ると、すでに男は姿を消していた。

それきり、グロス＝クロプレッツでは顔を合わせることもなく、一度だけ周囲に尋ねてみたが、どこの何者か、ついにわからずじまいだった。

数か月後、言語学会議の席でエステルハージはこの時のことを思い出した。東西アラム語について、ベラ・ユダヤ人社会の宗教的指導者、サロモン・イサク・ツェデク尊師と突っこんだ議論をしている最中だった。慧眼のラビはエステルハージが考えごとをしているらしいと見抜いて水を向けるように言葉を切った。「……横道で恐縮ですが、先生。エルサレムの王とは、誰のことでしょう？」

「全能の神、天と地の王……、と神学の方では考えていますが、俗世間ではスルタン、つまり、トルコ皇帝を指して言いますね」これが常識的な俗人なら、礼儀に反して「それが何か……？」と聞き返すところだが、ラビは深入りしなかった。何故そんなことを聞くのか言う必要があると思えば、エステルハージはわけを話すはずだろう。二人はアラム語の構成体と所有格の議論に戻った。

言語学会議から何週間か経って、エステルハージはロシア産の玉髄の値踏みを頼まれて気楽に出向いた真珠市場で、友人の警視総監カロル＝フランコス・ロバッツが宝石商協会の会長、デ・ホーフトと何やら深刻に話し合っているのを見かけた。普段は覇気がないと言えるほどおとなしいデ・ホーフトが、いつになく興奮して警視総監の胸倉を取ったとなると穏やかでない。ロバッツの方でもエステルハージに気づいてデ・ホーフトの手をふりほどこうとしたが、ここが堪忍のしどころと抵抗を控えた。エステルハージは目もくれずに歩み去った。

何世紀もの昔から、あらゆる種類の宝石や、象牙や琥珀の売買、鑑定、物々交換が行われているパール・マーケットへ出掛けるのはほんの気散じでしかない。エステルハージは予定に追われて、いくら時間があっても足りないほどである。一つには、〈イベリア医学会報〉に寄稿する鉱泉の治療効果、もしくは治療効果がないこと、に関する報告を早く書き上げたいため、もう一つは、山岳ツィガーヌ人十部族の未開の風習に関心があって、すでに調査をはじめているためだ。この調査に下男ヘレックの協力は欠かせず、その貢献が計り知れないことは言うまでもない。エステルハージはいつの場合も複数の目標を掲げて同時に調査研究を進める。終わった後にともすれば味わう失望と虚脱を避けるにはこれがいい。

　おまけに四季刑事裁判所の審理が間もなく終わる。エステルハージはめったに人を呪わない。犯罪者に鉄槌を下すなどは思いも寄らないことである。この気持は四半期の区切りごとにますます強くなる。とはいえ、有罪が決まった五十数人から二百人余の犯罪者の剃りたての頭を骨相学の見地から調査する機会をみすみす逃すのは忍びない。しかも、少なからぬ常習犯がエステルハージの実検を心待ちにしている。これは、エステルハージが一人一人に王立刑務要塞の酒保でチョコレートやタバコに換えられる切手を渡すから、というだけでは説明のつかないことである。

「見ろ、おれのこの頭が歴史に残るのはこれが三度目だ」盗っ人稼業で苔の生えた囚人が看守を相手に勝ち誇ったように言った。今しもエステルハージがその二目と見られない無様な頭を測定し終えたところだった。

「お前の首から下の手足、胴体はベルティヨン式人間識別法に照らして、もう五回も六回も歴史に記録されているだろうが」看守は言い返した。

「何だ、焼いてやがるな。はっ、はー。先生、タバコの切手をありがとうよ」囚人は言い捨てて、意気揚々と立ち去った。この先、三年から五年を過ごす獄舎は農家の飼い犬や牛だってもう少しましと言える劣悪な環境である。それでも、エステルハージの取りなしで、今では水責めの懲罰と、非人道的な豚箱の虐待は廃止されている。

ことほど左様に、エステルハージ博士は忙しい。

そのせいもあって、〈ベラ・イヴニング・ガゼット〉の埋め草と言えばそれまでの小さな記事はほとんど気にも止めなかった。

本紙特派員の取材によれば、栄（は）えある警察は噂されている古宝石盗難について何ら確証を摑（つか）んでいない。

不思議な偶然と言うべきか、文芸欄の見出しは「古宝石伝説」だった。〈イヴニング・ガゼット〉の編集主幹、リープフラウは多くの点で老婆心の勝った気働きが持ち前だが、過ぎたるはおよばざるがごとしで要領が悪く、紙面作りで他所（よそ）の編集者を唸（うな）らせるだけの芸はない。

ロンバルディアの鉄の王冠、キプロスの王冠、聖ステファンの王冠と、何故か王冠づくしの文芸欄に目を走らせるうち、いくつかの言葉が意識の奥の小さな組織を刺激した。その微（かす）かに疼（うず）く何かを記憶の表面に掬（すく）いあげようと、あらためて一行ごとに記事を辿（たど）るところへ、ヘレックがものも言わずにチーズ・ダンプリングの皿を運んだ。タークリング街三三番地に居を構える主人（あるじ）としては、帝国議会両院の決議によってチーズ・ダンプリングが禁止されたところで痛くも痒くもないが、家政婦の未亡人、オルガッツが手製のチーズ・ダンプリングを大の自慢にしていることは承知である。それどころか、未亡人オルガッツは自分の作るチーズ・ダンプリングが主人の大好物であることを、トリエント公会議で確認された信仰箇条のように心得ている。主人がオルガッツのチーズ・ダンプリングを法曹界や医学界で褒めそやすばかりか、その蕩けるような舌触りと、何とも言えない味わいを上流紳士仲間に吹聴しているものと思い込んでいる。その上、現にこうしている今、オルガッツがドアの陰で聞き耳を立てているに違いないことを、エステルハージは長年の経験から知っていた。

　ここは一芝居、気を入れるところだ。

「ああ、ヘレック、ヘレック」

「はあ」ツィガーヌ人ヘレックはぼそりと答えた。もともと寡黙な質である。

「うん、ウィドウ・オルガッツのチーズ・ダンプリングだな！」

「はあ」

「いやあ、何とも言えない、いい味だ。蕩けるような舌触り！」

「はあ」

「ヘレック。お前も相伴に、一皿ねだるといい。断られたら、私に言うように」

「はあ」

　ここでエステルハージは、たかが総菜のチーズ・ダンプリングにものも言えない歓喜を味わう思い入れで盛大に舌鼓を鳴らした。こうしておけば、あとはゆっくり食事ができる。ついうっかりとこれを忘れようものなら大変だ。未亡人のオルガッツは文句なしに有能な家政婦で、第一級の料理人には違いないが、ダンプリングが褒められないとなると深く傷つき、世を怨んでキッチンに閉じ籠もり、銅の鍋を床に叩きつけて、コーヒーを焦がすことにもなりかねない。

この家だけの風俗喜劇が幕になる頃、エステルハージは古宝石伝説を扱った記事などきれいさっぱり忘れてしまい、新聞は後刻じっくり読むつもりで片付けた。コーヒーと、三度蒸留したプラムのリキュールで食事をしめくくるところへ、夜番の雑用人エマーマンが伝言を届けてきた。伝言は、同じ新聞の文芸欄に走り書きした短い言葉だった。

「何だ、これは、エマーマン?」

「誰かが置いていきました、先生」

「誰か、というと?」

「知りません。逃げていきました」エマーマンは一礼して立ち去った。昼番のレムコッチから仕事を受け継ぐ時間だった。

「いいだろう、エステルハージ」博士は自分に言い聞かせた。「使用人たちは日頃から、何ごとも簡潔に、と仕込んでいるのだから、口数が少なかろうと文句を言う筋はない」

伝言はたったひとこと、「スラッジに会え」とあるだけだった。手書きの文字はアヴァール語系パンノニア人なら、まずは達筆の部類と言える。パンノニアのアヴァール語人口はせいぜい七百万といったところだが、これだけでは雲を摑むような話だ。「スラッジ」はどう取ったらよかろうか。これは三重帝国に三百五十万、ないし四百万を数えるスロヴァチコ人とその母語を指す俗称だが、いろいろな含みがあって使い方がむずかしい。不用意に「おい、そうやって押すなよ、スラッジ」と怒鳴れば殴り合いの種になる。ところが、スラッジと呼ばれて腹を立てた当人が平気で「スラッジで言え」と文句をつける。道理をわきまえろという心である。あるいはまた「何を？　ビール三杯で飲み過ぎだ？　誰に向かって言うんだ？　おれはスラッジだぞ！」などと豪語する。よくよく考えてみれば、これが新聞の文芸欄に書きつけてあるのも何やら意味ありげだった。

☞

〈イヴニング・ガゼット〉の編集室は上品めかしたところがあって、大学の文学部の延長とでも言ったらよさそうな雰囲気である。〈モーニング・リポート〉は正反対で、雑然とした編集室はいつも喧噪に満ちている。吐いた唾の狙いがそれて、痰壺の外へ散ったところで誰も気にしない。つい最近、世間を騒がせた肉屋殺しの一件で、遺族の談話が大々的に紙面を飾っている限り、編集部は鼻高々である。〈ガゼット〉がこの忌まわしい事件を取り上げるとしたら、記事はおざなりで、味も素っ気もないだろう。「被害者は刃物のようなもので首を切られ、これが致命傷となった。店員の一人は身柄を拘束されている」。同じ三面記事でも、〈リポート〉は読者の猟奇趣味を煽る体に血腥く書き立てる。「精肉商店主、ヘルムート・オーベルシュラーガー氏はほとんど頭を切断された状態で寝室は血の海だった。初老を迎えたヘルムート・オーベルシュラーガー氏の三度目の妻、ヘルガ・オーベルシュラーガーさんの情事をめぐる痴話喧嘩の果てに、かっとなったヘルガさんが刃物で切りつけたと見られる。死体は血に染まったベッドから逆さにずり落ちた格好で横たわり、そばに長年オーベルシュラーガー商店で働いている男性従業員のものらしい下着が……」

　これが〈リポート〉の流儀である。

〈リポート〉の編集長はスロヴァチコ中部、グラゴール・アルプスの出身だから、間違ってもアメリカ合衆国大統領になれるはずはないが、その代わり、それに匹敵するほどの大変な立身出世をしてのけた。すなわち、ゴート語を公用語とする帝国の首都で最大発行部数を誇るゴート語新聞の編集長にまで登りつめたのである。本名はそっちのけに、もっぱら蔑称である「スラッジ」を名乗ることで先手を取って自分に向けられる侮辱の芽を摘み、毒を抜くしたたかさは新聞業界でも一目置かれている。

　電話に出て「もしもし、父なし子だが！」と怒鳴る男の血筋を云々したところではじまらない。

　そこはエステルハージも心得ている。

「やあ、スラッジ」

「これはこれは、エステルハージ先生！　ようこそ！」スラッジは挨拶もそこそこに、傍らの花形記者をどやしつけた。「ほら、そこを退け、妾腹！　大先生に椅子をお勧めしろ」

言われるまでもなく、花形記者は席を譲った。

「ありがとう、スウォーツ」

筋肉質のいかつい体で色浅黒いスラッジは、飛び出した緑の目を炯々と光らせて訪問客エステルハージと向き合った。「先生、まさか、鉱泉の水にエプソム塩と同じ下剤効果があって、肺病、リウマチ、肝臓病、腎臓炎、その他もろもろには何の効き目もないなんていう話をしに見えたんじゃあないでしょう、え？」

エステルハージはスラッジがどういう筋からそこまで見当をつけたのか、問い質そうとはしなかった。お互い、手の内は知れている。「近く〈イベリア医学会報〉が出るから、それを見てもらえばいい」

編集長はすかさず鉛筆を取り上げ、頭を斜めに倒して、鉛筆を投げだした。「ああ、それだったら、マドリードへ特派員を遣りますが……」スラッジは言いかけて、また鉛筆を握り、何やらメモを記した。「ここでちょっと、お知恵を拝借したいんですがね。どうですか、先生？」これに答えてエステルハージは、フランスの医学雑誌に論文の抄録が載るまで待つように助言した。抄録はイギリスの医学週刊誌〈ランセット〉が引用するだろう。そうなれば、スイスの大手科学出版社が関連の本を出すのはお約束だ。そこまで行けば、鉱泉の医療効果については事実を裏づける資料や前例が出揃う。それを見定めた上でベラの一般読者向けに記事を書けば、国家の歴史遺産、すなわち薬効ある温泉を誹謗した廉でスラッジが三十日がところ獄につながれる危険は避けられるはずである。

「ええ、ええ」スラッジは鉛筆を走らせた。「でもね、あたしは大丈夫。三十日どころか、三十分だってそんな目にあうことはありません」

スラッジはいきなり立ち上がると、声を限りにわけのわからないことを叫んで耳を澄ました。どこか遠くで、タイプライターや蒸気式印刷機の音に負けじと誰かが叫び返した。これも何を言っているのかまるでわからなかった。スラッジはにんまり笑って腰を降ろし、期待の目つきでエステルハージを見た。

エステルハージは面食らった。

「どうしてかね？　君は〈リポート〉の編集主幹だろう。違うか？」スラッジは首を激しく横にふり、花形記者はにやにやした。「だって……、発行人欄にもちゃんと書いてあるじゃあないか。Ｌ・メトディオス・ホゼンコ、編集主幹……」

スラッジはにやにや笑い、花形記者は声を立てて笑った。

「それは叔父のルイです。どこへ行ったたって、これ以上はないという極めつきの悪党ですよ。あたしはずっと格が下で、ほら、そこに、Ｌ・Ｍ・ホゼンコ、主幹の甥、首都圏版編集長とあるでしょう。すったもんだして裁判所へ引っぱり出されるのは誰です？　アンクル・ルイですよ。食らい込むのは誰ですか？　アンクル・ルイです。あたしら、差し入れに安葉巻と、ビールをバケツで届けます。それから、サンドイッチと、ホットソーセージに、ザワークラウト。叔父はどこ吹く風で、看守ら相手にトランプで博奕（ばくち）を打ってますよ。いえ、それはそうと、先生……本当は何のご用です？」

　エステルハージは「古宝石伝説」のことで来たと答えた。花形記者は笑いかけて息をつまらせ、スラッジは両手を上げてのけ反った。

　エステルハージは言った。「一部始終、細かく、詳しく知りたいのだよ」

「ほかへ洩れるようなことはないでしょうね？　ああ、これは失礼。もちろん、先生のことですから、その心配はありませんね。……朝刊の初刷りが出るまでは秘密ですから。それから後は、どうなろうと構いません。一部始終、細かく、ですか。でも、先生は何だってご存じのはずでしょう。エルサレムの宝冠が盗まれたことは、当然、知っておいでですね。それと……」

　さまざまな思いが意識に錯綜（さくそう）して、エステルハージは声を張り上げた。「キプロスの王冠！」スラッジは軽くあしらうように肩をすくめて、悪気なく言った。「それは先生方、知識人のおっしゃることです。われわれグラゴール人はキプロスの王冠なんて聞いたこともありません。だいたい、キプロスだって知っちゃあいないんですから。でもね……エルサレムの宝冠となると、これはもう、耳に胼胝（たこ）ができてますよ。例えば、古い農家で年寄りが杖をふりまわして喚くとしますね。『犬どもをけしかけて豚糞の手押し車をひっくり返したのは誰だ？　お前か？』孫は口答えしますよ。『違うよ、お祖父ちゃん。おれじゃない！　誓って言うよ。エルサレムの宝冠に誓って、おれじゃないってば！』と、まあ、こんな具合で」

花形記者はアヴァール人の間でも事情は同じことを話した。「翌年、プラムを収穫する果樹園の地代について話が折り合って、農家の間で契約を結ぶでしょう。当事者同士、握手して、それぞれに条文をくり返した上で言うんです。『聖十字と、復讐の天使と、エルサレムの宝冠にかけてこの条件を守ることを誓う……』ここでキプロスの王冠なんぞを持ち出したら、相手は侮辱されたと思って、槍で突いてくるでしょう」

エステルハージはゆっくりゆっくりうなずいて、ひっ散らかった編集室を見まわした。皇帝陛下の写真には常の親愛を覚えたが、アメリカ大統領、アブラハム・リンカーンの写真には軽い驚きを禁じ得なかった。「うん……、何ならここに陣取って、他所から資料を取り寄せるまでもなく、丸一冊、本が書ける。題名は……、ええと……、三重帝国の法律、伝説、歴史に見るキプロスの王冠、もしくはエルサレムの宝冠……」

スラッジが調子を合わせた。「追記として、聖ソフィア寺院の地下室より盗み出された経緯の詳細、ですかね……、ああ……」

一九〇×年四月七日付〈ベラ・イヴニング・ガゼット〉より、「古宝石伝説」抜粋。

このほか、われらが誇るべき帝国に伝わる宝物として、キプロスの王冠、またはエルサレムの宝冠と呼ばれるものがある。これは、ペンダント付きの王冠、宝珠付きの十字架、同じ宝珠と十字架のミニチュアをあしらった笏（しゃく）の三種から成る王権の表章である。三種の宝物にまつわる民間伝承は修道士マッツィミリアノスが大半を著したグラゴール年代記を典拠としている。反トルコ抵抗時代後期に書かれたグラゴール年代記によれば、キリスト教徒たるエルサレム歴代の王が十字軍の時代を通じてこの宝冠を戴いたが、現在、歴史家の間ではこれを認め難いとする立場が主流である。プロスト・プロスト殿下のように一歩譲って、三種の宝物がヴェニス支配に先立つ一時期、部分的ながらキプロスを統治したリュジニャン家の表章であったことを認める立場もある。なるほど、リュジニャン王家は二度王位に即いて、戴冠式の模様も伝えられている。一度はキプロスの王、もう一度はエルサレムの王である。しかし、歴史に造詣の深い殿下は同じ宝冠がそれ以前、あるいはエルサレム時代に用いられた事実はないと断言する。当代の歴史家についてはバルグハルト博士とSz・スナイダー教授の名を挙げるに止（とど）めるが、二人はプロスト殿下の説にも同調せず、史実に詳しいバルグハルト博士の大胆な発言は論議を呼んでいる。「キプロスを占領したトルコ軍がファマグスタの地下蔵で三種の宝物を発見するはずがない。何となれば、そもそも宝物はキプロスになかったからである」Sz・スナイダー教授は三種の宝物が中世バルカニアでキリスト教を信奉した数多の皇子の一人のために作られた可能性を示唆する。惜しむらくは、トルコに対する皇子の果敢な抵抗も……

エステルハージは溜息をついて、さらに記事を指先で辿ったが、あるところで、うん、と唸ってその手を止めた。

一般大衆は、これが事実エルサレムの宝冠であるとする従来の説を支持する傾向にあり、われらが敬愛する皇帝の直系の祖先にして偉大なる英傑、グスタフ・ホーエンシュトゥペン大公がムラト王子と一騎打ちの末に奪取したものであると理解している。一般大衆の心情からすれば、王冠が高家の所有であることと、国家の支配者たる王家の輝かしい名称とを切り離して考えることはできない。その尊称は小学生でも知っている通り「スキタイ神聖ローマ皇帝、パンノニア使徒伝承王、エルサレム、ヨッパ、トリポリ、エデッサ真誠基督者王」であり……

実際、一般大衆は宝冠盗難を深刻そのものと受け止めていた。トランスバルカニアの僻地からは、早くも一部の農民が不穏な噂を広めていることが伝わった。エルサレムの宝冠が盗まれたことで国王皇帝は権威を失墜し、魔王が聖者の軍団に宣戦布告して、もはや塩や蒸留酒にかかる税金は払わなくてもよくなったというデマである。トランスバルカニアの辺境で信仰にかかわることとなると、住民がとかく過敏な反応を示す。だが、今度ばかりは都会も地方もなかった。自宅からほんの二街区のところで、エステルハージは荷馬車の馭者(ぎょしゃ)がトロイカの馭者に向かって叫ぶのを耳にした。「聞いたか？　罰当たりのトルコ人が、とんでもないことをしやあがった。あの犬めらが！」

「ああ。疥癬(かいせん)病みの野良犬どもが」トロイカの馭者は叫び返した。「宝冠を盗み出したってな。こうなったら地中海へ軍艦を繰り出して、宝物を返すまで、コンスタンチノープルを叩いてやらにゃあ」

　荷馬車の馭者は鼻白んだ。

「地中海に軍艦なんぞ持ってないぞ、この国は」

「だったらどうだっていうんだ！　どっかから連れてきて、艦砲射撃を見舞ってやりゃあいいんだ！　くたばりやがれ、野良犬めが！　はいどう！」トロイカの馭者は馬に鞭をくれた。あたかも馬車を牽(ひ)いているのがオスマン・トルコの提督アリ・パシャと、侏儒のムラトと、皇帝アブデュルハミトだとでもいう勢いだった。

　階段口から呼ぶ声がした。「ベルティ、在(あ)るか？」

いるか？　で済むところを、在るか、と言うのは珍しい。エンゲルベルト・エステルハージを「ベルティ」と呼ぶ人間はなお少ない。

「これに在りだ、クリスティ！」エステルハージは気さくに答えた。

従兄(いとこ)の子に当たるクリスチャン＝クリストファー・エステルハージ＝エステルハージ伯爵が訪ねてくることはめったにない。公の身分は王室の廐番(うまやばん)だが、その身分を離れては、タークリング街三三番地よりもはるかに刺激に富む場所があちこちあるためだ。親類同士の義理や、一緒に遊んだ少年時代の記憶に促されて機嫌を伺いに寄るなどはますますもって稀(まれ)である。髭を蠟(ろう)でかためず、この時ばかりは堅苦しい上着で肩を怒らせることなく現れた伯爵はコニャックとオーデコロンをぷんぷん匂わせ、やけにいらだっている様子だったが、挨拶抜きでずかずかとアイスペールにシャンパンが冷えている部屋の隅へ向かい、ふるえる手でグラスに注ぐと、一気に半分ほど呷(あお)った。

「ああ」エステルハージ博士は言った。「シャンパンじゃあない。ジンと、ハーブでたっぷり香りをつけたイタリアワインのカクテルだ。アメリカ公使からの進物だよ。マティーニとやら言っていたな。どういうわけかは知らないけれども」

クリスティ伯は残りの半分を空(あ)けて溜息をついた。「おい、ベルティ。のんびり構えている場合ではないぞ。馬に鞍を置け。ボボが発狂した」

時たまボボを名乗って自身のことを三人称で語るのは国王皇帝陛下一流の愛敬(あいきょう)で、スロヴァチコ系国民の間で人気の高い秘密である。ボボの自称はグラゴール方言でいろいろな意味があり、使い方次第でその含みは微妙に変化する。老翁、名親、親方、長老、岳父……といったあたりは普通だが、場面によっては不思議なことに、牙が三本、または睾丸が三つあるイノシシの意味になる。「なに？」ヒザー県から押しかけた陳情団を前にボボは叫ぶ。「なに？　今年は雨が降らない？　なに？　作物が取れない？　なに？　地代を下げろ？　ようし、みんな。ボボのところへ来たのは正しい！　ボボが面倒を見よう！　ボボのために祈ってくれ！　ボボは味方だ！」これで三重帝国の分裂はまた五年先へ延びる見通しである。ややともすれば、知識階級と反体制分子はイグナッツ・ルイも耄碌したと思い込む。だが、そうとは言いきれないこともある。

「え？　先王マッツィのように？」

「いや……、あそこまで、ひどくはない。ボナパルトを追って白馬で階段を昇り降りすることはないからな。ただ……、おいおい泣く。一分置きにがっくり膝を折る。祈って、叫んで、駆けずりまわる。かと思うと、悪態をついて、めそめそ泣いて、乗馬鞭で机を叩く。もとはといえば、例のキプロスの王冠だ。私個人は、三種の宝物がガラス細工だとしても驚かないが、ボボも気の毒に。エルサレムの宝冠が戻らない限り、自分の冠、つまりは自分の位が危ないと思いつめているのだな」

ストーク王、もしくは大統領、または戦友以上にいにしえのログ王を敬愛する奥底の心情から現皇帝の人柄を慕っているエステルハージは嘆かわしげに頭をふった。

「それは理屈に合わないな」

「七十五歳の老皇帝だぞ」クリスティ伯はわけしり顔で言った。「何ごとも理詰めとはいかないが、とにかく、ご老体は焼きがまわった。近衛師団を閲兵しない。予算に目を通さない。法令に署名しない。マダムのハープシコードを聞こうともしない……」

「そんな！　まさか！」イグナッツ・ルイがマダム・ド・ムリエールのハープシコードを聞かないとなると、ただごとではない。マダムが長年にわたって名ばかりとはいえ公式愛妾(メトレス・アン・テイトル)の肩書きを許されているのは、ただただ懐旧の情と日に二度のハープシコード演奏によるところだろうから、これを聞かなくなった老王はなるほど惚(ぼ)けが進んでいると考えなくてはならない。

「めそめそ泣く。祈る。駆けずりまわる。地団駄(じだんだ)踏む」クリスティ伯は重ねて言った。「人の顔を見れば、臣下を踏みつけにするのは今なお国王大権であると広言する。相手が大臣だろうと何だろうと……。ああ、そう言えば首相は……」

「首相はトルコ公使館周辺の警備増強を指示したね。それから？」

「アーント・ティリーも大いに心を痛めているよ。私から伝えるように言われている」

　女大公マティルダは皇太子妃である。皇太子は今どこにいるのだろうか。「どこだと思う？　ライチョウか、シカか、イノシシを撃っていないとすれば、大演習だ。旨(うま)いことに、今ちょうど大演習で出掛けているのが、これ以上遠いところはない小ビザンティアだよ。郵便も、電報も通じない。日光反射信号は軍用に限るという不便な場所だ」

　小ビザンティアは帝国の頭痛の種である。今なお名目上はトルコ軍司令官の管轄区ながら、過去四十二年にわたって三重帝国が統治し、合併は時間の問題と目されている。現在、水面下で詰めの交渉が進められているが、オスマン・トルコ政府ははじめからあまり関心がない。一方、ビザンティア民族主義を掲げる反政府組織は交渉の成り行きにとうてい無関心ではいられない。ここが微妙なところで、協議は難航している。反トルコ暴動は回避したい。これも頭痛の種だが、少なくとも今この情況で暴動の事態は歓迎できない。頭痛の種はほかにもある。皇太子の性格である。宮廷で古式ゆかしくふるまっている分にはおよそまともで世話が焼けない皇太子も、宮廷を離れるとその距離に比例して人が変わる。油断大敵とはこのことだ。

どうやら怪しげな雲行きである。このまま行けば、まずはじめにベラで反トルコ暴動が発生する。いや、それを言うなら、少数派のトルコ人数万が今も水ギセルを吸い、ロザリオを爪繰って無為に日を送るトランスバルカニアが火元だろう。続いて、どういう形にせよトルコ側が報復に出る。遅かれ早かれ、それを知って皇太子が行動を起こす。フランス、オーストリア＝ハンガリー、ロシア、ルーマニアの諸国から抗議の声が上がる。そうなれば、卒中か、心臓発作か、あるいは七十五の老体を待ち設けている何らかの病が激昂した国王を襲うに違いない。そして……。

皇太子は優れた器量で人望がある。即位の期待が高まる一方で、いつまでも皇太子のままでいてほしいと願う向きもある。

エステルハージはやおら顔を上げて言った。「実は、クリスティ。このことで、すでに私は動いているのだよ。ただ、解決には時間がかかる。助けがいる」

エステルハージ＝エステルハージ伯爵はこれに応えて廏番の行嚢から一通の文書を取

り出した。「時間はどうにもならないが、助けについては、うん……。ボボから君に渡すように言われてきた。……ほら」

「おお、これは！」

『これ』は一枚の羊皮紙だった。上段に王冠三つを配した図柄をくっきりと型押しして、中央にエステルハージのよく知っている筆跡で「邪魔立て無用」とあり、その下に同じ手で頭文字が記してある。

I L
I R

末尾に封蠟で国璽が押してあり、四隅に前とは別の組み合わせでＩＮＲＩの頭文字が読めた。

「こうしてこれを手に持つのははじめてだよ」

伯爵は浮かぬ顔だった。「現在、生きている人間なら誰だって同じはずだろう。……その、アメリカのワインをもう一杯。セント・マーティン、だったかな？　私はこれで失礼するよ」

老いた国王皇帝の意識は心労のために、この書状が最後に威光を放った六十余年前に立ち戻ったに違いない。当時、一般に〈プロヴォ〉と言われていたこの書状は、対立が起きた場合、一方の当事者に頭から「静まれ」と譲歩を命じる王権の行使、すなわち上意である。六十年前、イステル河下流域の馬泥棒を退治するにもこれが大いに力を発揮した。長い間には擦り切れ、散逸して、今では博物館をさがしても現物はほとんど残っていないが、書状の体裁は新聞雑誌や年鑑の写真、あるいは劇場のビラやポスターなどで見て、誰でも知っている。大衆演劇で、上意、とこれをかざすのが見せ場になっている芝居もある。

「ブルーグロッツ男爵、老いた夫婦のわれわれが、言い交わした主ある娘をばお城へ奉公させぬばかりに、年寄り二人をこの屋から雪の路頭に叩き出すとは、あまりに酷いなさりよう。どうか、思い止まってはくださいませんか？」

「いいや、ならぬ！（せせら笑う。）たとえ天地が覆ろうとも、言い出したら後へ退かぬのがおれの性分だ！」

ひとしきり押し問答あって、いきなりドアが大きく開く。

「これでもか！」これが主人公の差しかざすプロヴォであることは言うまでもない。たちまち性悪の男爵と取りまき一同はひざまずいて帽子をかなぐり捨て、生皮を剝ぐ刑や串刺しの刑ではなく、せいぜい吊し責めで勘弁願いたいと十字を切って祈る。ここで観客は総立ちとなり、床を踏み鳴らしてやんやの大喝采である。

老いたイグナッツ・ルイは心痛に堪えかねて気が衰え、中世からトルコ戦争初期の風習が電信電話と警察力の時代にものを言うと思い込んだのであろう。ただ、イグナッツ・ルイ（IL）がこの書状を認めたのは事実だし、当人が皇帝であり、国王であること（IR）も間違いない。加えてその時代後れながら敬虔な意識が、エルサレムの宝冠と、古くからの仕来りで羊皮紙の四隅に記される頭文字、INRI（ナザレのイエス、ユダヤの王）を結びつけて理解するのにさして時間はかからなかった……。


「そうとも」エステルハージ博士は軽やかに言った。「君主と言い合う立場ではない。御意には従うまでだ。皇帝陛下に、よしなにお伝えしてくれないか」

「よしなに、か」クリスティ伯は制帽をかぶり、行きかけて大儀そうに肩をすくめた。「で、どう言えばいい？」

一呼吸あって、エステルハージ博士は答えた。「アドスム……、私はこれに。承りました……」


「レムコッチ。誰が来ても、私はいないぞ」

すでに〈ガゼット〉の記事の何が意識に引っかかったかわかっていた。手がかりはエルサレムである。

——失礼ですが、医学博士のエンゲルベルト・エステルハージ先生じゃありませんか？

——匿名の原則をかなぐり捨てて、あなたに言うことがあります。私はエルサレムの王であり……

エステルハージは静寂に包まれた書斎に一人、頭を抱えて、山中の温泉場における不思議な情景を何度もふり返った。こうなると、何かが記憶から脱落していると考えずにはいられない。あの嘘のように特徴のない顔の背後にいる男と自分を結びつけた一場面のほかにまだ何かがありそうな気がする。そう思うのは心の迷いだろうか？

ややあって、エステルハージは画用紙と鉛筆を取り出し、記憶の限りを漁って男の姿を素描した。着衣は注目に価しなかった。問題は顔立ちだ。最初のスケッチは破り捨てて、顔だけ大きく描いた。鼻眼鏡。片側だけたくわえた不似合いな髭。髪の毛は……。さて、どうだったろう？　そう、帽子をかぶっていた。どこにでもあるような、およそ目立たない帽子だった。帽子を取ると……。髪は真ん中で分けているだろうか？　たぶん、そうに違いない。プロシア軍の士官のように短く刈っているだろうか？　それは考えられない。ひょっとして、頭は禿げていまいか？　どういうわけか自分でも説明がつかないまま、男は禿頭と思い定めて描き上げた絵を仔細にあらためた。依然、何もわからない。待て待て……いや、何かある……。

眼鏡を取ってみよう。

髭も落としてはどうか。

さらに時間をかけて描き直した絵を画板に鋲で留め、イーゼルに立てた。ガス灯を絞って電灯の笠を傾けると、スポットライトを当てたと同じ効果で、暗い中に絵が浮かび上がった。椅子を引いて似顔絵に向き合い、ほかのすべてを意識から締め出した。

前に見たことのある顔だろうか？

見たことがある。

湧いた疑問に答が出た。

どこで見たろうか？

疑問が浮かんで、答はなかった。

沈黙が深くあたりを閉ざした。通りに人の気配はなかった。街から馬車という馬車が姿を消したかと思うようである。教会の鐘は鳴らず、どこか遠くで世界最後の声がして、それきりすべては無音の底に沈んだ。

ただ、聴覚は途絶しても、ほかの感覚は生きている。何かが鼻をかすめた。悪臭である。正体は知れないが、よく知っている身近な臭いだった。目の前に顔がある。あの顔を、かつてどこで見たろうか……

階段を降りた覚えもなく、エステルハージは調理場に立っていた。家政婦はあんぐり開いた口をゆがめて主人を見返した。

「今、何と言った？」博士は焦って息を弾ませた。

「あの、旦那さま……」

「何と言った？　え？　何だって？」エステルハージは努めて優しく尋ねた。「さあ、怖がることはない。ただ、これは大事なことだ。今しがた、何か言ったろう。ほら……」博士は記憶を叱咤した。記憶はこれに応えて力をふり絞ったが、努力は空しかった。「たしか君は、何かがいるようなことを言ったはずだ」まるで通じないことにいらだって、博士は背中で両の拳を握りしめた。家政婦の口もとに黒子が二つある。片方に毛が生えている。伸びもせず、短くもならず、いつ見ても同じ長さだった。「何かがもっといる、と言ったろう。その、もっと必要なものというのは？」

家政婦は相変わらず、きょとんとして立ちつくすばかりだった。背後に人影が動いた。油染みたエプロンから見て、皿洗いの下働きであろう。「出しゃばってるようで済みませんけど……」下働きの女は遠慮がちに言った。「さっき、オルガッツさんが言ったのは、消毒薬のことです。……ちょっと言いにくい話ですけど、裏庭の、雇い人用の手洗いの」

☞

刑務要塞は普段と違う気配だった。いつもなら、来意を告げれば副司令官のスミッツが出迎えて丁寧に頭を下げ、しゃちこばって敬礼する。スミッツは看守から叩き上げた生え抜きの刑務官である。報道陣の取材に応じ、ロンブローゾの犯罪人類学を論ずるのが司令官、フォン・グラブホーン男爵であることは言うまでもない。毎週、鎖につながれた四人たちに訓戒を垂れ、クリスチャンにして三重帝国市民たる者の務めを説くのも司令官の役である。副司令官はパンの配給を取り仕切り、檻房の割りふりを決め、シチューを試食する。囚人らはシチューを浮き滓（スカム）と呼んで、見るのも厭な顔をする。だがしかし、副司令官が職務をなおざりにすれば、パンの配給は減り、檻房内の人殺しは絶えず、シチューはますます薄味になるに違いない。

その副司令官が今日に限って頭も下げず敬礼もせず、城門の前の泥濘（ぬかるみ）でガトリング機関銃と思われる武器の据えつけを指揮していた。ライフルを構えた守備隊が周りをかため、あわただしく城門を出入りする光景はアリの群れを見るようだった。エステルハージは二百メートル手前に蒸気自動車を止め、歩いて城門へ向かった。守備隊はハンドベルの音も耳に入らない様子だった。

「どうした、スミッツ？」

スミッツは岩のように無表情な顔でふり返った。「駄目だ駄目だ。あっちへ行け！」と、そこで向こうを透かし見て、はじめて訪問者が誰か気づいた。「ここはご遠慮を願います、先生。司令官の命令です。囚人が暴動を企んでおりまして。パンの配給が減るといって騒ぎだしました。根も葉もないことですが、それを言ったところで……。お引き取りください、先生。聞こえてますか？　ここは黙って……」スミッツは守備隊に合図して、何やら小声で指示を下した。守備隊長二人と看守の一団がライフルを斜めに捧げてエステルハージの行く手を遮（さえぎ）った。

エステルハージは隠し持っていたプロヴォを取り出すと、四十五度の仰角で腕いっぱいに差しかざした。

副司令官以下、守備隊長、看守の面々はいっせいに帽子を撥ねのけて泥濘に膝をついた。一人、ライフルを持たずに手が自由な副司令官だけが何度も十字を切った。堡塁では司令官が胸壁越しに囚人たちを見降ろしてがなりたて、守備隊がずらりといならんで運動場に銃を向けていた。だが、囚人たちの怒号と鳴り響く鎖の音に掻き消されて、男爵の声はまるで聞こえなかった。エステルハージがやってくるのを見て、司令官は言葉を切った。沈黙したかどうかは知らず、とにかく口は動かなくなった。エステルハージは隣に立ってプロヴォをかざした。

百雷の一時に落ちるような鎖の音とともに囚人たちは膝を屈した。

余韻が尾を曳いて、耳を圧する沈黙があたりを閉ざした。

「皇帝陛下の御意により」エステルハージは言った。「パンの配給を減じることはないと約束する」

囚人たちは万歳三唱で皇帝を讃えはしなかった。感嘆に声を失ったというのが正直なところだろう。中の一人が嗄れ声で吠えるように叫んだ。「ボボは話がわからぁ！」

「懲罰処分は行わない……。今回に限ってはだ。ともあれ、諸君はただちに檻房へ戻るように」これはエステルハージの独断だった。司令官はものも言えずに副司令官に合図した。副司令官の一声で守備隊は捧げ銃をした。赤い徽章から模範囚とわかる男が号令をかけた。「全隊、整列！」囚人らは隊伍をととのえ、回れ右して一列ずつ密集行進で運動場を後にした。

ザック、ザック、ザック、ザック。

ザック、ザック、ザック、ザック、ザック……。

暴動は鎮まった。

今回のところはだ。

副司令官はエステルハージの差し出した似顔絵にじっと目を凝らした。司令官は何を見るでもなくブランデーを傾けていた。

「ええ、ええ、先生」副司令官スミッツは言った。「ええ、憶えていますよ。肺を病んでいるから、できるだけ湿気を避けるように、と先生がおっしゃって、私はその通りにしました。そうですとも。われわれ刑務官も人間です。一部で言うような獣じゃありませんから、できる限りのことはしましたよ」独房棟よりずっと高い城館の階上でも、汗と小便と消毒薬の臭いはかなり強かった。「その甲斐あって、ここへ来た時よりはるかに元気になって出所しましたっけ」

エステルハージは正面からスミッツを見返した。「今週はえらい目にあったよ、副司令官。すっかり体力を消耗した」染みだらけの壁から、美髯をふさふさとたくわえたイグナッツ・ルイが好々爺然と見降ろしていた。「私の記憶を補ってくれないか。それは、いつの話かな?」

赤ら顔のスミッツは赤銅色のごつい手でいかつい顎を撫でた。「ええと……、それにしても、不思議ですね、先生。私はこの顔を憶えているんです。名前は忘れましたが。なのに、先生ほどの方が憶えてらっしゃらないとはねえ。もっとも、私、読み書きはからきしでも、人の顔は見分けがつくんで、子供の頃から町中の誰だろうとみんな知っていました。ええと、そう。あれは、先生がどたまを調べた時ですよ。いや、失礼。私ら、どうも言葉が乱暴で。囚人どもの頭は選り取り見取りで、荒唐無稽な最初の検査をした、あの時です」

というわけで、古い記録をほじくり返し、照合し、吟味検証して、似顔絵の男を洗い出した。

囚人番号　87277－6。氏名　ゴーゴリ、テオドロ。年齢　25。
罪名　第二級通貨偽造。精神状態　心神耗弱。
所見　早発性痴呆。
　　……云々、かくかく、しかじか。

「いや、ああ……、これはありがたい。この上は、ベラへ帰ってとっくり考えなくては」

副司令官は一緒に立って、こともなげに言った。「すると、何ですか、先生？　以前ここにいたゴーゴリが、宝冠を盗んだ犯人だろうという見当ですか？」

エステルハージはもう一度、皇帝の肖像に目をやってからスミッツに向き直った。

「どうしてそんなふうに思うね？」

スミッツは肩をすくめてエステルハージにコートを着せかけた。「どうしてってねえ。宝冠は聖ソフィア寺院の地下から盗まれたんでしょう。新聞で見ると、素人の手口だっていうじゃありませんか。それでも持ち出せたのは、地下蔵が古くて、モルタルがぼろぼろだったからだそうですね。ところが、手口は素人でも、玄人の道具を使った可能性がある、と新聞は書いてますよ。ええ」

エステルハージはコートのボタンをかけ終えた。「ありがとう、スミッツ。うん……、それで？」

「実は、先生。それで思い出したんですが、ゴーゴリがいたのは旧監獄棟、36―E―2ですよ。誰が一緒だったと思います？　同じ偽金造りのセモウィッツと、名前は忘れましたが、第二級強姦罪で食らい込んだ男。それに、古顔のブライヴァイスです。ブライヴァイスはご存じでしょう。例の金庫破りですよ。その道では何本の指に入ると言われて、自分でもそれを許していました。口を開けば仕事の自慢話でしてね。ですから、その、今度のことが、もしゴーゴリの仕業だとしたら、ブライヴァイスの話から思い立ったのではないかと、ふとそんな気がしましてねえ。つまり……」

エステルハージは手袋をしてうなずいた。「ほう。なるほど。その、ブライヴァイスとやらに会えるかな?」

「それはできない相談だった。「囚人の間では大赦になったというやつで、墓の下です。ええと、何で死んだんだったかな? ああ、そうだ」

副司令官はドアを開けてエステルハージに道を譲った。「そう、肺病ですよ。わからないもんですねえ。ここへ来た時は、どこも悪くなかったんですから」


ロバッツはこのところ睡眠不足らしく、エステルハージから渡された紙切れを見ると目をしょぼしょぼさせて首を横にふった。「何ですか、これは? 七年前? 第二級通貨偽造で投獄? こいつは、下の資料室を当たってください、先生。私は……、ええ、もっと頭の痛いことを抱えていまして」

エステルハージはうなずいた。真珠市場で警視総監カロル゠フランコス・ロバッツが宝石商協会の会長デ・ホーフトと深刻げに話しているのを見かけて以来、そんなことと察しはついていた。よほど話が込み入っている様子で、ロバッツは長い馴染みでもあり、事件がらみでもちょくちょく行動をともにするエンゲルベルト・エステルハージ博士と言葉を交わす暇もなかった……。

多忙な総監に無理を強いるのは筋違いだろうか。いや、そうとばかりは言いきれない。エステルハージにしてみれば、該博な知識と並はずれた能力のすべてを賭して提供するものが人の気持次第で取り上げられ、あるいは打ち捨てられる不要不急の玩具(おもちゃ)と思われては心外である。

「この第二級通貨偽造犯こそ、君が頭を痛めている相手かもしれないぞ。資料室に何があろうとなかろうと、この人物に関する情報を可能な限り集めなくてはならない。私を信じるか？　それとも……、そう、国の威光にものを言わせようか？」エステルハージはプロヴァを見せびらかすのは控えた方がいいと、いくらか用心深くなっていた。あまりたびたびで、神通力が衰えでもしたら目も当てられない。

ロバッツは口重たく言った。「何ごとによらず、先生の言うことは信じますよ。でも、通貨偽造は、この際、どうでもいいです。私が頭を抱えているのは……」

「宝冠の一件だ。そうだな」

ロバッツは大きな図体にも似ず、機敏に腰を上げた。「たしかに、悪いことをするやつらは時に流儀を変えますからね。先生の睨(にら)んでいるとおりかもしれない」

とはいえ、資料庫にはわずかな記録しか残っていなかった。それも七年前の古い記録である。

テオドロ・ゴーゴリがその後、国王皇帝陛下、国権、宮廷に背(そむ)く罪を犯したとしても、それによって逮捕された事実はない。

大小の別なく世界中の都市警察が頼みとするであろう過去の捜査資料に劣らず重要な

情報源、すなわち密告者たちも被疑者について話すことは何もなかった。偽造通貨の被害にあったかつての雇い主は、奇しくもオイルクロスで盛大に儲けていたが、ゴーゴリの消息は知らず、それ以上に知りたくもない態度だった。家族はどこよりも由緒ある町プラーツに名望家で聞こえる兄妹がいるものの、出所後の足取りはもちろん、現在どこでどうしているかもいっさい関知せず、ただ風の噂に、アメリカかオーストラリアへ渡ったように聞いている、と語るのがやっとだった。

「それが、今年、グロス＝クロプレッツにいたのだよ」エステルハージは諦めなかった。「とにかく、君はこの線で調べを進めてくれないか。私は私で、少しばかり思うところがある。明日また会おう」

　タークリング街三三番地の三階では、フーゴ・ヴァン・スルツキ氏がエステルハージ博士に次いで最高の身分である。ここはエステルハージ博士の図書室で、ヴァン・スルツキが司書を勤めている。蒼白い学者肌で、口臭が強く、気むずかしいこと夥しい。ただ、三重帝国の言葉と方言のすべてを知りつくしている上に、フランス語、英語、ラテン語、ギリシア語、サンスクリットに堪能で、頑固一徹、こうと思ったら梃子でも動かない。エステルハージは「犯罪者骨相学調査、第一集、テオドロ・ゴーゴリ」と記したメモを気送管に投げ込めば、五分と待たずに同じ気送管で資料の封筒が届く。

　封筒を開けて黄ばんだ書類を取り出した。左端に傾向、性癖、能力の項目が並び、それぞれに発達過剰、発達不全、欠如の段階評価が記入されている。一番下の小さな枡にエステルハージがカリパスその他、自身で考案した器具を使って測定した頭の寸法が書き込んである。ざっと見た限り、ゴーゴリの頭は大きさも形も極く普通で関心が湧かなかった。四半期ごとにデータを読んで評価を下すつもりでいたのだが、はじめて大勢の犯罪者の頭を測定した年は伝染病が流行ったこともあって、そこまで手がまわらなかった。以後は四半期ごとの評価を怠らず、ページをめくった見開きに所見を記載している。ただ、何かのことに取りまぎれて、第一集のデータは放ったらかしだった。

そんなこんなで、じっくり目を通すのはこれがはじめてである。

テオドロ・ゴーゴリ　骨相学評価
年齢　25歳、国籍　当国

後頭部下部
［社会性］性愛志向、過大。夫婦愛、未発達。親心、欠如。親和力、不足。執着、異常。持続性、堅固。
耳後背上部
［特性］生命力、普通。闘争心、未詳。破壊能力、微弱。栄養摂取力、欠如。取得本能、強度異常発達。警戒心、欠如。

顱頂周辺部
［向上心、もしくは野心］自己是認、過多。自尊心、発達過剰。意思、強固。
冠状縫合部
［倫理観］良心、欠如。期待、過多。精神性、過剰。古物崇敬、過剰。慈悲、欠如。
側頭部
［半知的能力、ないし知覚力］建設的思考、やや発達不全。歓楽嗜好、欠如。想像力、放逸。驕慢、過度。模倣力、発達過剰。
額上部
［判断力］因果関係、神経過敏。比較、脆弱。人間性、欠如。人当たり、普通。
額中央部
［適応力］不測の事態、適切。時間、普通。音楽、欠如。言語、普通。
眉部

［認識力］人物、やや発達不全。形態、普通。大小、普通。色、普通。規模、鋭敏。利害得失、異常。地理、普通。

エステルハージは葉巻が恋しかったが、楽しみはお預けにして、古い記録から読み取ったところを声高に自身に語り聞かせることで間に合わせた。「この分で行くと、可能性が高いという以上に間違いのないところで、骨相学は若く新しい科学に場所を明け渡すな。すでに新しい科学は玄関先で待ち構えている。姉貴分の古い科学が苦労して積み重ねた発見を、ありがたがるでもなく受け継ぐことになるだろう。直に手を触れるわけにはいかない無形の領域は心理学、実相が目に見える領域は形質人類学が継承する。頭長幅指数や頭蓋計測などに基づく観察は、すでにこれまで、未開人について多くを教えてくれた。今後、その子孫である現代人についてもさらに知識は深化するはずだ」束の間、資料に目を落とし、ふたたび顔を上げると、エステルハージは静かに言葉を継いだ。「その若い科学も、いずれはもっと新しい科学に追い越される……」

黄ばんだ図表を睨んで長いこと考えに考えた。頭上のガス灯シャンデリアは胸をあらわにしたブロンズの人魚たちで、それぞれが掌につつみ持つ炎から金の光がこぼれてあたりを照らしていた。

山を望んで岩しか見ない人間がいる。まずたいていはこの部類である。だが、極く稀に、十万人に一人といったところか、地質学に精通した観察者がいて、同じ山を見ただけで五十種類の岩石を識別することがある。その目をもってすれば、どんなに地下深くとも採掘可能などのあたりに有用な鉱石や鉱床を含む母岩が埋もれているか、目印を見つけることもできようし、母なる大地に生じた太古の褶曲でどの地層が隆起し、どの地層が水平を保って物差しの役を果たしているかも知れるはずである。

テオドロ・ゴーゴリの場合も同じだった。

はじめ岩しか見なかったエステルハージは、一歩踏み込んで記載事項を解読した。

地理感覚は人並みで、特定の場所にこだわりはないという。だとすると、逃亡者と言ってよければだが、世を忍ぶゴーゴリは今や知る人もない土地に郷土意識をいだくこともない。オーストラリアなり、アメリカなりへ出奔しても不思議はなかろうが、持って生まれた性分からやむにやまれず流れ者の道を選んだとは考えにくい。ものの形、大きさ、重さ、色についても判断は常識にかなっている。ただ、ものごとの規模についてはとかく桁外れを好む。さもあろう。そうでなければ、大それた盗みを企てるばかりか、実際にやってのけるはずがない。手口が素人であれ何であれだ。利害得失に関しては異常なまでに計算が働くと記されている。盗みの動機はただの欲目ではない。ほんの出来心で金貨をくすねるのとはわけが違う。大胆な犯罪を立案、遂行し、かつ、これまでのところ逃げおおせているからには、それだけの計算があったと見なくてはならない。人間認識はやや発達不全とある。これは当たっている。ゴーゴリは自分を一個の人物と考えているが、その人物像は当人と似ても似つかない。エルサレムの王が本当は誰であろうとなかろうと、ゴーゴリでないことはわかりきった話だ。

これと軌を一にして、自己是認の意識が極めて強い。名声と賞賛に憧れているということだ。自尊心も人一倍で、思いこみが激しい。小心者が国宝を盗むわけがないから、こんなことで驚くには当たらない……。良心のかけらもないが、何かに過大な期待を抱いている。その上、精神性は過度に重んじるとなると、どうしても狂信者の傾向は拭えない。

こう見てくると、いずれもその通りに違いなく、ほとんど自明のことに思えてくる。この程度では、馬を盗まれてから廏の扉を閉ざすのと変わりない。今ここで、ゴーゴリは古いものに敬信の念が深いことがわかったからといって、それが何の役に立つだろう？ 現に盗んだ宝物の前にぬかずいているかもしれない。問題はその場所である。果たしてどこか？

慈悲心、欠如。そうだろうとも。宝冠を故買屋に売って、貧乏人に金を恵むわけがない。当たり前だ。

驕慢は度が過ぎて、誇大妄想に近い。これも、わかりすぎるほどよくわかる。模倣力、発達過剰。何がたしかといって、これ以上にたしかな事実はあるまい。歓楽嗜好、欠如。ほほう。芸人の舞台を笑っている推定でミュージックホールをさがしても無駄ということか。

なら、判断力はどうか。

因果関係については神経過敏とある。どちらかといえば、理屈でものを考える質であろう。そのくせ、ものごとを比較対照して判断を導くとなると心許ない。分析能力は劣っているためだ。人間性、欠如。裏を返せば、差別意識はないということか……。エステルハージは溜息をついて肩を揺すった。これまでのところ、だいたいは理屈が通っている。時間と言語の感覚は普通だが、まるで音痴だとすれば、音楽会にも縁がない。不測の事態には適切に対応するとあるところから、その結末を見とどけようというゴーゴリは少なからず歴史に関心があるらしいと想像しても、欠伸まじりにうなずくだけのことだった。

警戒心、欠如。これはいい。どこかで尻尾を出すかもしれないではないか。取得本能、強度異常発達。つまりはすでに見た、極めて計算高い性格の裏づけでしかない。栄養摂取力、欠如。ん？　ただ生きるために食うだけか。高級レストランで食事をすることもなければ、キャヴィアやフォアグラ、シャンパンなどを取り寄せることもない。だいたい、アルコールはほとんど口にしないと考えて間違いないだろう。闘争心、未詳。いざとなったら主義に徹して闘うかどうか、何とも言えない。破壊能力は微弱とある。凶暴で危険な相手ではないということで、これはありがたい。

生命力は普通と評価されている。ゴーゴリは肺を病んでいたが、回復した。うん、いいだろう。この点について言うことは何もない。薬屋を見張る必要もない。

個人的特性についてはこんなところだ。あとは社会性の評価である。どんなことでもいい。頼むから、何かあってくれ、とエステルハージは祈る思いだった。

持続性、堅固。またしても同じことで、何か思いつめると狂信者の執念でどこまでもこだわる性格である。並はずれて執着が深い。すでに明らかな通り、異常な動機に急(せ)きたてられて何かにのめり込んだら無念無想である。見上げたものだが、これでは堂々めぐりではないか。

はてさて、検証事項ははや四つを残すのみとなった。

親和力（友情、あるいは情愛）、不足。

親心（子供を思う気持）、欠如。

夫婦愛、未発達。

性愛志向、過大。

これだ。すべてはここにある。ほかは飛ばしても大事ない。

エステルハージは手を打って快哉(かいさい)を叫んだ。

夫婦愛と親心を調べの範囲から除外すれば、家も妻も子供もてんから考えなくていい。親和力についても同様で、愛人の存在を疑う必要はない。そこで、最後の一点。性愛志向、過大……。かくて浮かび上がった犯人像は、独(ひと)り身で愛人もいず、極めて性欲の強い男である。してみると……。

「はあ」

エステルハージははっと顔を上げた。「ああ、ヘレック。何の用だ？　おお、そうか、私が手を叩いたから……。なあに、呼んだのではないのだよ……。いや、ちょっと待った、ヘレック！」

「はあ」

エステルハージは咄嗟（とっさ）に考えた。「ヘレック。屋根裏に豚革の古い旅行鞄（かばん）がある。パリのステッカーが貼（は）ってあるやつだ。あれを持ってきてくれないか。ステッカーは剝がして……」

「はあ」

☞

プラーツ発の夜間急行が終着グレート・セントラル停車場に滑り込んで、十五年前に流行の最先端だった装いのエステルハージ博士がプラットフォームに降り立った。もっと昔の豚革の旅行鞄を提（さ）げている。列車が吐き出した人の群れに混じって博士はゆっくり中央階段を下った。

停車場の正面口へ出たところで、世に言う「砲兵隊総攻撃」から怯（おび）えたように身を避けた。

「馬車はいかがですか？　どちらへ？」

「お客さん、どうぞ！　どうぞ！」

「どうぞ、乗ってください、お客さん！　半ダカットで、どこへでも行きますよ！」

ベラ中の二頭立て四輪馬車が残らず駅前の大通りに集まっているかと思われた。駅者(ぎょしゃ)の半数が手綱(たづな)を放して舗道に飛びおり、今の列車で着いたばかりの客を掴まえて、力ずくで自分の馬車へ押しこもうとする騒ぎである。

長身で胸板の厚い見事な押し出しから騎兵隊上がりとわかる駅長が、制服姿も颯爽(さっそう)と進み出て新来の客に声をかけた。「これは、ようこそ。どちらへお出(い)でですか？　行く先をおっしゃってくだされば、万事、こちらでお世話いたしましょう」

駅長はぽっと出の客と駅者たちの間に割って入った。駅者の集団はあっさり引き下がってほかの客に呼びかけた。人波でごった返す駅頭で、馬車を拾う客には事欠かない。

「ええと、あの……、ああ、どこだっけ……。ああ、ええと……、その……」田舎者は行く先を書いた紙切れをさがしてポケットをかきまわすが、そんなものがあろうはずもない。その種の紙切れは、いざ必要という段にきっとどこかへ消えてなくなるのが世の常だ。こういう場面を見馴(みな)れている駅長はものわかりよく、こみ上げる笑いもかつては男前だったろう顔に出るより先に噛み殺す。

「ホテルをおさがしですか？　あいにくですが、グランド・ベアトリクスは今ちょうど、満室だそうでして」ここで、田舎から来た客はほっと胸をなでおろす。実のところ、この有名なホテルを予定してはいないことを打ち明けずに済むからだ。グランド・ベアトリクスに泊まろうものなら一晩で懐が空っぽだし、それ以前に、とうてい格が違う。あまりにも絢爛豪華で、上等ずくめで、のうのうとは寝られない。とはいうものの、グランド・ベアトリクスが似合う客と思われて、まんざら悪い気はしない。「ほかに、オーストリッツも、ウィーンもあります。静かで、いいホテルですよ」駅長は、静かでいいホテルが客の好みでないことを承知している。「オテル・ド・フランスはどうでしょう。部屋代は手頃だし、評判もなかなかです。それは、まあ……」駅長は意味ありげな顔つきをする。「やけに賑やかで、怪しげだ、と言う人も中にはいますが。いえ、なに。そんなことはないでしょう」

オテル・ド・フランス！　賑やかで、怪しげな！　駅長が呼び子を鳴らして、気がついた時には荷物と一緒に馬車に揺られている。古びてなお頑丈な旅行鞄に、ステッカーはもとより、擦り傷一つない。馬車の鉄輪が石畳を鳴らすものの、路面が平らでその音は嘘のように静かである。プラーツでは、こうはいかない。中央広場と周辺の大通りは鶏卵ほどの丸石の敷きつめだし、そこをはずれれば剝き出しの泥道だから、神の意志のまま乾けば土埃、降れば泥濘で人も馬車もさんざんだ。オテル・ド・フランスは三階建てで、外壁にでかでかと「全室ガス灯完備」を謳っている。

「お泊まりですか、お客さま？　かしこまりました。いいお部屋をお取りします」フロントはカウンターの鈴を鳴らす。「ギャルソン！　ムッシューのお荷物を30－Dへ！」

　ムッシュー！　ギャルソン！

　なるほど、30－Dにはたしかにガス灯が点っている。三階へは屋上からケーブルで吊ったエレベーターで昇り降りする。エレベーターを備えた大穀物倉庫のないプラーツから来た客は、そうではないと知りつつも、プロペラで舞い上がる心地である。30－Dからほんの少し行った廊下の隅に水道がある。部屋の水差しが空になっても不自由はない。

　フランス人は何かにつけてすることが違う。

　一方、ロバッツは底辺から取りかかった。そうはいっても、どん底ではない。イタリア橋のアーチの下や、ぼろ市の路地裏で客を引く下等の売春婦に用はない。ものの順序で、エステルハージの描いた似顔絵を版画に刷って配布することにした。もっとも、むやみやたらにばらまくのは考えものだろう。街灯の柱に貼り出すのも感心しない。まだそこまで切羽詰まってはいないから、もっと手応えのあるところを狙いたい。

　例えば、旧漁師波止場のむさくるしいコーヒーハウス。

「よう、ローザ」

「あらやだ。あたし、まだ目が覚めてないのよ」時刻はかれこれ午後二時に近かった。

「なのに、しょっぴこうっていうの？　悪いことなんて、何もしてないからね！」

「ああ、わかってる、わかってる。ほら、この顔に見覚えはないか？　知らない？　本当か？　あのな、知ってるなら……、だから、その……、心当たりがあるようなら、どこへ持ってけばいいか、わかるな。そっちの得になるかもしれないぞ。このところ、ついてないとしたらなおさらだ。じゃあな、ローザ」

操車場裏の寂れた居酒屋。

「よう、ジュノー」

擦り切れ、垢じみて皺だらけのジャケットを着た、垢じみて皺だらけの小男はカウンターの下にかがみ込んだが、隠れはせずに起き直って一片の書類を差し出した。これもまた、染みだらけで皺くちゃだった。

「いやいや、ジュノー。納税証明は見せなくていい。ほら、この顔に見覚えはないか？　知らない？　本当か？　知っていたら……、いい目を見られるかもしれない、とこう言ったら、わかるな？」

ジュノーはよくわかっていた。

南区の、とあるパン屋の前。

「おい、こら、タバコ。こっちへ来い」

タバコは正直の目を剝いた。「あたし、何も持ってませんよ、旦那。身体検査してくれたっていいですよ。最後にちょいと失敬したのは……」

「……昨夜だな。いいんだ、そんなことは。こいつを見ろ。どうだ？」

　タバコは人相書きを見て首を横にふった。「このあたりの顔じゃあないね」

「だとしても、会いたいんだ。わかるか？　裏金の用意はある。いいな？」

　タバコは承知した。「見かけたら、きっと知らせますよ。だいたい、潜りは迷惑なんだ。引っかきまわして、ものごとが面倒臭くなるからね。この土地で古くからやってる、あたしら、いい面の皮です。ええ、ええ。きっと知らせますよ」

「よう、ルウ……」

「やあ、フラウ……」

「よう、グレートヒェン……」

「よう、マリーシュカ……」

　厚化粧のマリーシュカは目をしばたたいて懶げにうなずき、上品ぶって欠伸を押し殺した。「ああ、この人ね。ちょっと頭がいかれてるでしょう。でも、危険はないわ」

　ロバッツは勢いづいた。「じゃあ、知ってるんだな。いつ会った？」

　マリーシュカはコーヒーをすすり、紅の濃い唇に残ったホイップクリームを舐めて他人事のように言った。「昨夜。一晩中よ。別に変わったところはなかったわね」前夜の客は、変な趣味はなく、決まったものしか払わなかったという意味だ。

「どこにいる？　心当たりはないか？」

　マリーシュカは肩をすくめるでもなかった。「ふらっと来て、ふらっと出てったわ」空いたカップを置くと、もう言うことは何もなかった。人生、面白くもおかしくもない。

世の中、退屈なことといったらない。客は夜ごとにふらりとやってきて、ふらりと去っていくだけだ。

どこまで行っても切りがない。聞き込みだけなら誰にでもできようが、ここに一つ、エステルハージ博士から念を押されていることがある。ロバッツも今回は当たる相手をリストに書き出した。かなりの数である。頭の中のリストはもっと長い。それを順に洗っていかなくてはならない。店から店、仕立て屋の試着室から試着室。何の収穫もなしに、頭を掻いて次へ移ることのくり返しだった。

舞台衣装を専門に手がけている後家のヒギンズは強い土地訛りからもわかるように、イギリス生まれではない。亡夫はイギリス人だった。夫に先立たれてまだ日の浅い未亡人ヒギンズは故人のことを話したがらない。今は十六世紀頃のデザインのチュニックを縫っているところだ。ヒギンズ夫人はミシンから顔を上げた。十六世紀から縫い手が入れ代わり立ち代わりしてずっと使われているかと思うような、がたの来たミシンだった。ペダルを踏む足を休めて、ヒギンズ夫人はロバッツを見返した。

「ええ」

「いつです？」

「ええと、あれは……、先月でしたかしら」

ロバッツは詳しい話を求めた。ヒギンズ夫人は真面目一途の働き者で、それはきちんとした人柄だったから、ロバッツも努めて丁寧な口をきいた。何がさて、細大漏らさずという要求が通じているかどうか、そこが気懸かりだった。ヒギンズ夫人は疲れた目をこすって、ただ一言に答えた。

「支払いは現金でした」

オテル・ド・フランスのサルーン・バーに出入りする女性はみな派手に着飾って、顔の色艶もよく、羽根飾りのために夥しいシラサギが犠牲になった大きな帽子をかぶっている。プラーツから来た紳士が彩り豊かなカクテルを奢ってくれるなら遠慮することはない。紳士の身の上話には興味津々で耳を傾ける。男は誰しも一つや二つ、心に残る話の種を持っている。聞き手は親身に相槌を打つ。「その方がいらっしゃらないと、相続がおできになりませんの？　まあ、それはご心配ですことね」見場のいい田舎紳士がちょっと戯れに近づいてくる分には、口実が何だろうと構わない。それはそうだろう。この手の田舎紳士ほど扱いやすいカモはおいそれといるものではない。ところが、プラーツの紳士は思いのほかに勘が鈍い。食事か、シャンパン、あるいは芝居なり、オペラなり、誘いをかけようという気配もないどころか、女の方から水を向けてもまるで乗ってこない。「いやいや、誰か弟を知っているはずですよ。長年、このベラにいたんですから……」当てがはずれて、着飾った女たちは、やがて一人また一人と溜息を漏らし、何かにかこつけて席を立つ。

すぐ隣のテーブルへ移るだけのこともある。

だいぶ夜も更けた。

ここで、マドモアゼル・トスカネッリの登場である。

マドモアゼル・トスカネッリはコルシカの出で、オテル・ド・フランスのサルーン・バーではフランス人のうちに入らないかもしれないが、そんなことはどうでもいい。南仏流なら、「オー・ラ・ラ！」だ。ペパーミント・シュナップスのカクテルで一晩を無駄にする気は毛頭ない。マドモアゼル・トスカネッリはプラーツ紳士の弟の写真を覗いて言った。「これ、修正してあるわね」

「弟のゲオルグです。こいつをさがさないことには、相続ができなくてね」

マドモアゼル・トスカネッリは一つ聞きたいことがあった。温かい南国の娘が心をときめかす純粋な感情とは別の思惑が露骨だった。

「見つけたら、いくら？」

古めかしくも上等な身なりのプラーツ紳士は微かに表情を変え、マドモアゼル・トスカネッリの鋭く光る黒い小さな目を見すえた。

「五十ダカット。ただし、作りごとはなしだ！」

マドモアゼル・トスカネッリはすかさず言った。「前払いよ」

十ダカット紙幣五枚を数えて、宝石をちりばめたビーズの小さなハンドバッグにおさめ、立ちかけるところでプラーツ紳士が呼び止めた。「ちょっと待った。あらかじめ連絡しておきたいのでね。弟は今……、どこに？」

下フニャディ通りとまではわかっているが、マドモアゼル・トスカネッリは番地を憶えていなかった。角に薬屋があって、その隣は自転車屋だという。

トスカネッリの話に間違いはなかった。ただ、一帯を請け負った建築屋は同じ間取り図で仕事をしたため、どの家もどの家もそっくりで、まったく見分けがつかなかった。トスカネッリは目を皿にして左右をふり返った。警官隊が出動していたが、記憶の助けにはならない。後金五十ダカットと持ちかけても埒が明かないとなると、トスカネッリは嘘をついていないと判断するしかなかった。

それにしても、下フニャディ通りを埋めつくした警官の数といったらない。警官隊はさらに一筋裏手から町全体に溢れかえっていた。

薬屋の主人は唇をふるわせて抗議した。「法に触れることはしてませんよ。ちゃんと許可を得て阿片を売っているんですから。無水阿片、五十錠。この通り、正確に記帳してあります。ほら、見てくださいよ。だから、そうやって大きな声をされてもねえ、どの家だか、知らないものは知りませんよ！」

薬屋の主人がいくらか落ち着きを取り戻して記憶を辿る頃には増援の軍隊が到着した。下フニャディ通りの住民は、いったい何の騒ぎか事情を知らぬまま、窓際の特等席で大活劇を見物したい欲望と、寝具、食器棚、衣装ダンスと、ありったけの家具什器で窓を塞ぎたい恐怖に引き裂かれていた。

「開けろ！　四四番地！　開けろ！　門番！　管理人！」

　三重帝国五十年の太平も、それに先立つ五十年の打ち続く戦乱が市民に植えつけた習慣を払拭し去ることはなかった。ベラの建物は総じて正面の守りが堅い。

「うん、これは、消防を呼ぶ手だな」ロバッツは言った。

　手斧を構え、梯子を押し立てて、消防隊が建物を包囲した。エステルハージは考えた。門番なり、管理人なり、誰かがこれを見ているはずだろう。その誰かが戸を開ける気になれば、手荒なことをするまでもない。

「下がれ」博士の一声で、警官隊が後へ退き、軍隊もそれに倣った。エステルハージは四四番地の真向かいに進み出ると、道の真ん中で古式通り仰角四十五度に腕を伸ばしてプロヴォを差しかざした。周囲からほっと溜息が漏れたと思う間もなく、煽るように門が開いた。エステルハージはロバッツに合図して先に立った。

　門番というには年若い女が脇へ避けて、涙声で叫んだ。「可哀想！　可哀想！」さては気が狂ったか。しかし、ゴーゴリが王を名乗ったからといって、いったい何の害があろう？　エステルハージとロバッツは人気のない前庭を突っ切って階段を上がった。

「乱暴しないで！」女は泣きすがった。「乱暴しないで……。可哀想……」

　二人は迷わず踏み込んだ。正面切って向き合ったと見えたのは気の焦りで、なおよく見れば、向き合っているのは姿見の鏡像だった。間に合わせに設えた壇上の椅子に深紅の布をかけたところは玉座のつもりだろう。王権を象徴するケープも、襞襟のガウンも脱脂綿の房飾りで、これが照明のきらびやかな舞台だとしても、一目でちゃちな拵えものと知れる。首は力なくがっくり傾いていた。

だが、頭には王冠を戴いている。宝石の輝きを宿してペンダントが吊り下がった王冠は、告げ口頭にひたと食い込んで脱げ落ちなかった。膝に投げ出した両の手はすでに力を失っていながら、宝珠と笏をしっかり握っていた。

　生涯、人から相手にされず、見向きもされなかった無名の男が、今はエルサレムの王である。どこの馬の骨であれ、宝冠を戴けばエルサレムの王である限りはだ。

　王冠と、宝珠と、笏。謎の歴史を秘める王権の表章と、致死量の無水阿片五十錠がもたらした結果だった。

熊と暮らす老女

三重帝国の人種構成について、山岳ゴート人の起源を語る伝説は疑問の余地がなくもない。それを言うなら、低地人の祖先にしても同じである。ただ、疑問の余地がないのは山岳ゴート人が伝説を頭から信じていることで、これは低地人と違うところだ。そのせいで、山岳ゴート人は市場町で自家製のアイスクリームを売っている一握りのイタリア人に対してやけに馴（な）れ馴れしい。もっとも、雨垂れ式にぽつりぽつりとやってきてゴート・アルプスに住み着いた異邦人と心安くする裏には、きっと恩に着せる思惑が働いている。

「おい、せいぜい勉強して、盛（も）りをよくしろよ」ゴート人はルイジなり、ジョヴァンニなりを相手に脅しをかける。「さもないと、また攻め込んでローマを乗っ取るからな」

　傍系の低地ゴート人はもともと、祖先が中世のはじめにスカンディアのゴートランドから移り住んだとする説に馴染（なじ）んでいることもあって、祖先はローマと縁もゆかりもないと思っている。ローマが炎上しようとどうしようと知った話ではない。地域経済の三本柱、バターと卵とミルクの値が下がらない限り、低地人は自分たちの起源に関しておよそ大まかである。シマウマの子孫にされたところで腹を立てたりはしない。ゴート低地の豊かな懐（ふところ）に抱かれて、帝都ベラは宝石のように浮かんでいる。浮かぶというのがそぐわないようなら、横たわっているでいい。これが三重帝国で何よりも重要な事実である。

ゴート人が支配的な山岳地帯となるとまた話が違うことは言うまでもない。

エステルハージは五月はじめの一週間、フラーハ後背（こうはい）の丘陵地帯で植物採集に没頭した。植物採集はここに限るというわけでもないが、この場所を選んだのは叔母（おば）、エマの希望に添ったためである。エステルハージもこの世に生きる人の子で、叔母がいる。アーント・エマがこうと言い出したら、どんな無理だろうと、甥（おい）は溜息（ためいき）をついてうなずくしかない。「いいよ、アーント・エマ」長いものには巻かれろだ。

「エンゲルベルト。健康のために花だか草だか摘むのは決まって五月なのね。フラーハあたりの……」

「いつもいつもフラーハではないよ、アーント・エマ。たしかに一度フラーハへ行っているけれども、なろうことなら毎年、別の場所にしたいものだね。その方が、植物の種類も増えるだろうし……」

ここはほんの間に合わせに、やれどうしたの、こうしたのと、もぐもぐ言っておけばそれで済むところだった。

隠居のエマ・エステルハージはイギリス人の女中をふり返った。「チャーチウォーデン。エンゲルベルト先生にもっとお茶を持ってきてちょうだい。……そう、あなたにとっては叔父に当たるフェルディナンドはあちこちに細々とした地所を遺したでしょう。……ありがと、チャーチウォーデン。また何か用があったら、鈴を鳴らすわ。……あの人、もうその辺にはいないわね、エンゲルベルト？　そこの箱から、葉巻を取ってちょうだいな。あなたも一本。ええ、もちろん、私のも。私はこれが大好物だけれど、チャーチウォーデンは私がアンクル・フェルディナンドと知り合って、このスキタイ＝パンノニア＝トランスバルカニアに駆け落ちしてくるずっと前から傍にいながら、とうとう大陸の習慣に馴染まないで。だから、あの人には内緒よ。……ええと、スフラーフスのことだけれど」

スフラーフスは故フェルディナンド・エステルハージがあちこちに遺した零細な地所の一つである。フェルディナンドは分家の末息子で、本家は相続について何かと口うるさく、遺産を受け継ぐといってもとうてい取り分は期待できなかった。果たして相続したのはあちこちに細々とちらばった地所だけで、しかも不動産を管理する才覚は無きに等しかったから、あちこちに細々とちらばった土地はそのままイギリス生まれの妻に遺贈した。スフラーフスはその一か所というにすぎない。

「スフラーフスはね」エマはいと嬉しげに葉巻を吹かして言った。「スフラーフスは命を削る頭痛の種だことよ。差配が私の目をごまかしているに違いないわ。そこを、きちんと調べてほしいの、エンゲルベルト。もちろん、あなたの道楽を邪魔する気はないわ。いいえ、何も面倒はないはずよ。権利証を渡すから、あなた、スフラーフスへ行ってぶらぶらしながら、差配がどこをどうごまかしているか、探ってくれればいいのだわ」エステルハージ博士は腹の底で溜息をついて、顔で笑った。「引きうけたよ、アーント・エマ」

ざっと打ち合わせをして、隠居のエマは鈴を鳴らした。チャーチウォーデンがやってきて紅茶茶碗と灰皿を片付けた。同年配の隠居は勝ち誇ったように声を殺して言った。「ほうらね。気がついてないの。疑おうともしないのよ！」チャーチウォーデンはエステルハージが葉巻を二本、同時に吸ったと思い込んでいる、と隠居のエマは思い込んでいる。

スフラーフスの差配はエステルハージが花々の雄蕊や地下茎を集めに来たとは一瞬たりとも思わなかった。

念入りに掃除をした最上の部屋にエステルハージを通すと、「休め！」の号令を受けた兵隊のようにゲートルを巻いた脚を開いて立ち、後ろ手を組んでしゃちこばって言った。

「閣下は会計簿をご覧になりたいとおっしゃるのですね」

「冗談ではないよ、チルペリッツ。どうして会計簿なんて見たいものか。もう一度言う。私はエステルハージ博士だ。閣下と呼ばれる身分ではないぞ」エステルハージは室内を見まわした。代々の領主が狩りで仕留めた夥しい獲物の首が残虐趣味を物語ってはいるが、全体としてはなかなかいい部屋だった。チルペリッツの妻が土地の代表的な花木を飾ってくれた気遣いはありがたい。だが、惜しいことに、どれも花瓶に投げ込みで生彩がなかった。

「私、先生がエンゲルベルト坊ちゃまでいらした頃から存じ上げております」差配は上目遣いに言った。

エステルハージは溜息をついた。「そうか。いいだろう、チルペリッツ。会計簿を見せてくれ」

「はあ。閣……、いえ、先生がご覧になりたいとおっしゃることと思っておりました。さあ、どうぞ」差配は帳簿をどさりとテーブルに重ねた。

フラーハ唯一の古い古い製本所が作った革装の帳簿は、ゴート山地の製本史を研究する装幀家なら垂涎の的に違いない。エステルハージは一冊ずつに一瞥をくれた。「そら、これで一通り見たぞ。持っていってくれ」

差配は帳簿をそのままにして立ち去った。

エステルハージは標本でいっぱいの胴乱を肩に、こぢんまりと絵のようなフラーハの村を抜ける途中、シナノキが大きく枝を広げているところにさしかかった。涼しい木陰のテーブルが差し招くようで、つい素通りはできかねた。テーブルはそこからやや奥まった小さな居酒屋が設えている席だから、何か注文するのが作法だろうが、さて、頼むとなると知恵がない。と、感じのいい若い女がやってきて注文を決めてくれた。

「酸葉のスープをお持ちしますね、お客さま」

酸葉だろうと何だろうと、スープはいただけない。だといって、断るのも失礼なようで気が引ける。運ばれてきたスープを見ると、黄緑にどろどろ濁って綿毛のようなものが浮かぶでもなく沈むでもなくコロイド状に漂っている。おそるおそる口へ運んだが、これがぴりっとして不思議な味だった。なかなか行ける。馴れると好きになる味だろうか、と思いながら、食べ終わってまだいくらもしないうちに、すっかり気に入っているのが自分でもわかった。

酸葉のスープをお代わりして、ゆっくり味わった。午後はまだ長い。スフラーフスへ帰る頃にはちょうど日が暮れて、暑さもだいぶ和らぐだろう。急ぐことはない。帰ったら、一風呂浴びて、のんびり食事をする。その後は、採集した草花を分類整理して、早めに横になる。スフラーフスでは、明かりは鯨油か菜種油に火を点すのが普通で、ケロシン・ランプは嫌われている。旅行用に持ち歩いているケロシン・ランプの火影をほどよく加減して、贔屓のイギリス人作家、G・A・ヘンティの佳編『クライヴとインドにて』の続きを読むのが楽しみだ。心地よい山の空気を吸い、遠い山の音を聞きながら、やがてランプを消して、左を下にして……。

いつの間にかうとうとしたらしい。やや、これは。アメリカの童話に出てくる愛すべき主人公、リップ・ヴァン・ウィンクルと同じで、てっきり二十年が過ぎたと思った。目の前に年配の男が何人かしかつめらしい顔で立っている。叔父のフェルディナンドが存命だった頃、何かのことで対面した村議会のお歴々と同じ顔ぶれだ。あれは国王に忠誠を誓う上奏文の相談だったように思うが、あるいは、季節ごとの地代の割り戻し交渉だったかもしれない。

だが、酸葉のスープの残り滓がそのままになっている。してみると、二十年は経っていない。

「ああ」エステルハージは面食らった。「これはこれは……、オドパッカー市長。ひょんなところで」

「こちらこそ、突然で申し訳ありません」オドパッカー老は挨拶を返した。「雲の上のお方に恐れおおいことではありますが、大法学者でいらっしゃる先生にお聞きします。年取った女が熊と暮らすというのは、法にかなうことでしょうか？」

大法学者の肩書きは中部イステル連合国がナポレオンの軍勢に敗れて以後、もはや通用しなくなっていることをここで言ってもはじまらない。エステルハージはうんざりしながら、顔には出さなかった。

束の間、思案の眉を寄せてエステルハージは言った。「いやいや、市長さん。それは……なかなかむずかしい問題です。ではありますが、ユスティニアヌス法典では、男鹿や鷲と同様、熊が野生動物であることはイプソ・ファクト、イプセ・レス、つまり、事実であって事実それ自体であるとされています。何人も野生動物に対して所有権を主張することはできない。それというのは、野生動物は野生であるゆえに人の支配に服さないからです。人は意思のおよばないものを所有するわけにはいきません。ところが、シャルルマーニュ法典には、アベウント・ストゥディア・イン・モーレス、とあります。習い性となる、ですね。加えて、メディオ・トゥティシムス・イビス。中庸に優るなし、ということですよ」

長老一同は揃ってうなずいた。

「というわけで、問題の熊は誰の所有でもなし、誰かが所有しようとしてできるものでもありません。もしその女性が、高齢であることは別として、皇帝陛下に忠誠を誓った善良な市民であるならば……」

「余命いくばくもない身の上で」長老たちはいっせいに声を張り上げた。

「……問題の熊と暮らすことが違法であるとは言いきれませんね。……こんなところで、どうですか？」

みなみな口を閉ざす中で、市長よりなお年嵩と見える一人がけりをつける口ぶりで言った。「なるほど、その通り。熊は野生動物だ。文句のつけようがない」

長老たちは礼を言い、何度も頭を下げて立ち去ったが、満足にはほど遠い様子だった。エステルハージはいくらか後ろめたい気がした。それにしても咄嗟のことで、誰だろうとほかに答えようがあるとも思えない。あれでいいのだと、払いを済ませて帰途についた。聖ウルフィラス教会の脇を通ったのは失敗だった。前庭に法衣の帯をきつく締めてアラリッツ師が立ち現れたではないか。相手を選ばず、純粋にして公平無私なキリストの愛を説くことに生き甲斐を感じている教区の神父である。まともに顔を合わせては面倒と、エステルハージは下手に出た。

「こんにちは、神父さん。つかぬことをうかがいますが、このあたりに……、いえ、ああ……、熊と暮らしている老婆のことで、何かお聞かせ願えますか？」

小男で根が策略家の神父は、突撃する構えでここぞとばかり食ってかかった。

「私に何か尋ねるなら、自身の罪を言いなさい！　あなた、最後にイースターの礼拝に出たのはいつですか？　あなたがベラの魔界でオペラ歌手だの、フリーメーソンだのに入れ上げて、首まで邪淫に浸っていることは目に見えています」

「そうおっしゃる神父さんは浮世離れしたこの土地で、何もご存じない。今ではオペラ歌手のほとんどがフリーメーソンだといってもおわかりにならないのではないですか？」

攻め寄ると見せかけて、エステルハージは早々に退散した。

夜の食事は何から何まで昔ながらの作法だった。差配が「休め」の姿勢で庭師の見習い少年の給仕ぶりを見張っている。客人の足を洗わなかったのは仕来りに反しているが、差配も給仕もその習慣を忘れてはいない証拠に、腰にタオルを下げていた。片隅でお抱えのツィター弾きがゴート戦争時代の歌を聞かせるのももてなしのうちである。当然ながら、料理は一品ずつ差配が毒味して、トルコのスパイが暗殺を企んではいないとわかるまで、みんなして様子を窺った。


チルペリッツの妻が戸口からささやいた。「ウサギ。ソースは甘口と、酸いのと」

変声期にかかった給仕の少年が言った。「雌ブタの蒸し焼き。加減はレアです、旦那」

チルペリッツはあらためて挨拶した。「こうしてお迎えいたしますのを、私ども、名誉なことと存じております、エステルハージ先生。これは珍しくもないウサギですが、ソースは甘口と、酸味と、両方を用意してございます」差配は肉をひとかけらスプーンで口に運び、スプーンをキャセロールに戻して、嚙みしだいた。

隅で老いたエミイルが歌った。

　おお、赤毛の娘が二十と四人
　塔の上、塔の上
（プリン、パラン）

おお、クニグンダ、クニグンダ、おお！
（プリン、パラン）

エステルハージは頃合いを見て言った。「ああ、チルペリッツ。その一口が終わったらでいいのだが、年寄り女が熊と暮らしているという……、あれはいったい何の話かな？」給仕の少年が過ってキャセロールを取り落とした。

チルペリッツはおろおろと言い訳に努めた。「これはとても先生のお口には合いますまい。いえ、私が代わって毒味をしましたから、召し上がることはないのでして」

「早速の分別というやつだね、チルペリッツ。いや、それにしても、君がそこで倒れたら、私は吐剤を服（の）まなくてはならないだろう」

チルペリッツの妻が次の一皿を運んだ。「去勢鶏（ケイポン）のグースベリー添えでございます」

給仕は這（は）いつくばって、チルペリッツが蹴りつける足を避けながら床を拭（ふ）いた。

差配は声を励ました。「エステルハージ先生！　ケイポンの焼き物です。グースベリーのソースで、どうぞ！」

鶏の皿がテーブルに出るのを待って、エステルハージは言葉を継いだ。「その年寄り女のことだがね……」

チルペリッツは耳も貸さなかった。「何でしたら、枕元のサイドテーブルに会計簿を置いておきましたから、エステルハージ先生」

エミイルは歌い続けた。

おお、ゴートの騎士が二十と四人
目指すは塔、目指すは塔
(プリン、パラン)
おお、クニグンダ、クニグンダ、おお!
(プリン、パラン)

横になって『クライヴとインドにて』を手に取ったが、栞(しおり)の色と挟まっているページが違うような気がした。

……この地のウールはメリノ毛織りほど上等ではないが、キクスポラックスの市場では年々……

はて、これはいったい何だろう。国境線がどれだけ大きく変わろうと、キクスポラックスのウール市場とインドでは世界が違うではないか。本をひっくり返してみたが、背文字がかすれて消えていた。扉を開くと、綴(と)じ込みの薄紙が遠慮がちに淡彩の図版を覆っている。まさか。『クライヴとインドにて』にこんな口絵はなかったはずだ……

三重帝国の十二年
スキタイ＝パンノニア＝トランスバルカニアの都市と田園、
イステル渓谷、山岳地方で多彩な人々と触れ合った領事の妻の回想

手から抜け落ちかける本をやっと摑（つか）んで見返しを開けた。

親愛なるエマ・エステルハージへ
賞賛をこめて著者より
シシー・ポトラッチ＝スナーフ

エステルハージは、ふん、と鼻を鳴らして、あらためて題扉をめくった。「ポトラッチ＝スナーフ」とは……。ああ、そうだ。シシリー・ピゴット＝スミス。夫はアヴァール＝イステル駐在イギリス領事だった。それにしても、どうしてこの本がここにあるのだろうか？　なるほど、表紙の色といい、厚さといい、『クライヴ』と体裁がよく似ている。それに、荷造りを任せた山岳ツィガーヌ人の下男ヘレックはセーケル＝ルーン文字のほかは読み書きができない。たまたま『クライヴ』と同じ活字の本を取り違えて鞄（かばん）に詰めたとしても不思議はないというまでの話だ。

さて。キクスポラックスのウール市場についてシシリー・ピゴット＝スミスが何を言っているかは今のところさしたる興味もない。ほかに小さな本が一冊。『謙虚な魂とトルコへの十の呪いに献げる晩禱の花束』。んーん。何やら見覚えがあるような、これは……？

テレピン油一ガロン／ガロンあたり½ダカット
剛毛の絵筆二本／1ダカット

何だ、これは？

住居と牛小屋　ヴォルフェンスプリング
賃貸料／年間100ダカット
貢納／卵二十個詰　6、羊毛皮　1、若鶏　2

おお。例のやくたいもない会計簿か。叔母のエマは本当に卵一つに事欠いたことがあるだろうか？　いや、それよりも、高地にいるチルペリッツが、何百マイルと離れたベラの隠居エマから背任を疑われているらしいと感づいているのはどうしてか？　なに、首を傾げるほどのことはない。何度か手紙のやりとりもあったろう。ふん、ふん。

まだ眠くない。ならば、〝シシーの十二年絵巻〟でも覗くとしようか。やれやれ……。

まずは目次から取りかかるのが順序だろう。「アバナシー公爵、リフェイアン山中にライチョウを撃つ」にはじまって「ヒューペルボレオスの愛国詩人、ピヨトロ・ジムラックのソネット」にいたるまで、目次は厖大だった。ぼんやりと見ていくうちに、あるところではたと視線が止まった。

熊、昔の伝えに小ビザンティアでは食用。
熊、皮は軍帽にする。
熊、ジプシーが踊りを仕込んだ。
熊、パンノニアの猟獣。
熊、ヒューペルボレオスのシロクマ。
熊、スキタイの猟獣。
熊、獣脂は輸出品。
熊、暮らしをともにする老女。
熊、神話と伝説。
熊、小グマ、愛玩動物。
熊、……
熊、……

熊、……

いつしか本がずり落ちて、頭はぐらりと仰向いた。廊下で寝ていたヘレックがそっと起き上がり、音もなく部屋を跨いで明かりを吹き消した。不思議なことがあるものだ。ヘレックは留守を言いつかってベラにいるはずではないか。　エステルハージは寝入った。

明くる朝、朦朧とした記憶をたぐってあたりを見まわすと本がなくなっていた。帳簿はもとのままである。はて、面妖な。

前の晩、食事の後でエステルハージはチルペリッツの妻に山へ行く予定を伝え、弁当をたのんだ。「ほんの軽くでいいのだよ」夫人は、かしこまりました、と答えたが、まるでわかっていなかった。バスケットの中はとうてい食べきれない分量で、こう重くては持って歩けない。量はともかく、重たすぎることについてはチルペリッツの妻も察していた。一人きりになりたかったエステルハージは、荷物持ちに駆り出された庭師の見習いで給仕役の少年が付き従って離れないことを観念するしかなかった。封建社会の慣例は一長一短である。今にはじまった話ではない。

「みんな、君を何と呼ぶね？」エステルハージは尋ねた。草茫々ながら歩くに難儀はない登りで、山羊の鈴が遠く聞こえていた。

「コズモです。神と、皇帝陛下と、殿下にお仕えする身の上。以後、ご昵懇に願います」老人の古風な物言いがこの若い世代の口から出たことにエステルハージは関心を覚えた。朝な夕な、起居をともにする庭師は八十に近いはずだが、コズモはこの年寄りから古い言葉を聞き覚えたのであろう。

いつ見ても妖精の職人組合がマジパンで作ったようなフラーハの風景が、一瞬、眼下に開けて小径は大きく曲がった。「なあ、コズモ。私は殿下ではないよ。祖父は殿下と呼ばれていたけれども、私は博士だ」

「へえ」少年は素直に目を丸くした。年の頃、十三、四か、前の日の失態からすっかり立ち直って悪びれる気色もなく、エステルハージの視線をまともに受けてにこにこ笑っている。どこかの上っ調子な大学教授なら純粋なゴート人と言うに違いない少年の髪は、もとはブロンドで、今は茶色がかっているところを見れば、いずれすっかり茶色になるだろう。目は青といえば青で、いくらかハシバミの薄茶を帯びていないこともない。雀斑の浮いた鼻は、この年頃によくあるように低く胡座をかいているが、おそらくは大伯父であろう庭師の年齢に達するよりはるか以前に老人と同じ鉤鼻になるはずだ。肌は色白で、それが日に焼けてオリーヴ色と言ったらよかろうか。頰骨はどうか？　そう、目の下が迫り出した、いわゆる顴骨の張った顔だった。

スキタイ系ゴート人は放浪民族の例に漏れず、系図を意識することがなかった。もっとも、人類はある時代までみな放浪民族だったから、これはどの人種も同じだが、移動する先々で他所の集団から適齢期の女性をできる限り多く引き抜いた。

「このあたりに、ムラサキシュウカイドウという草花はあるかな?」

道は氷河の名残の岩場を縫った。

「お祖母ちゃんに聞けばわかると思います」

「それは残念だな。聞こうにも、この場にいないのではね」

「そんなことないです。ほら、ここから先はヴォルフェンスプリングのとこだから」

遠い昔、山脈がはじめからわかっていたことのように陥没して、大地が平らになった。真っ平らとは言えないまでも、ささやかな農場がどうにか営める広さの平地が生じたのである。今そこに農家が一軒、ぽつりと建っている。牛小屋とそれに続く囲いがあって、前が庭になっている。ほんの名ばかりながら、果樹園と牧草地もある。出てきたのは女が一人。年を取った女である。両手を広げて少年を迎えようとした年寄りは、エステルハージに気兼ねしてか、立ちすくんだきりものも言わなかった。間が持てずに、コズモは声を張り上げた。「お祖母ちゃん、お医者さんを連れてきたよ!」老婆は立ちすくんだところから先を続けるように、おやまあ、どなたさまやら、と昔風の仕種で腰をかがめた。

年は取っても上品な顔形だった。「やあ、これは。ヴォルフェンスプリングのお祖母ちゃん」エステルハージは言った。「診療鞄は持ってきていないけれども……、話を聞けば、ひとまずの見立てはつくでしょう」診療鞄はベラだが、見立てとなれば造作はない。

年寄りは今さら何を恥じるでもなかった。「いえね、エンゲルベルト先生を前に、言うまでもないでしょうけれど、年を取ると節々が痛みましてねえ」お互いに見ず知らずだが、エステルハージがこの土地を訪れていることはもう口伝てに広まっているのであろう。

「手首から、手の指。膝、踝、足と、体中ですよ」

手首と踝をざっと診た。農婦の常で、むろん裸足だった。日曜日は靴を手に持って出て、教会の前で履く習慣に違いない。膝は自分で言う通り、だいぶ悪いようだった。

「ヤナギの皮を煎じて、湿布するといいのではないかな」エステルハージは大まかな見当で言った。「処方箋を書きましょう。コズモが薬屋へ持っていけば買えるように。一日に何度でも湿布することです」老いた農婦にその暇はないかもしれない。農家は手狭だが、ほかに人の気配がない。長靴もマスケット銃も見当たらず、繕い物や鳥打ち帽が放りだしてあるわけでもなかった。「秋から冬へかけて、関節を冷やさないように。家の中は、乾いているかな?」乾いている、と年寄りは答え、くどくどと礼を言って、軽少ながらコーヒーと、凝乳と、砂糖漬けの果物をもてなした。長居は無用だった。

帰りしなにふと気にかかることがあって、エステルハージは言った。「地代は高すぎかな？　地代のほかにも、何かと付け届けをしなくてはならないようだが？」

年寄りは怪訝そうに首を横にふった。「いえいえ、そんな。地代は決まりだし、届け物はエマ奥さまに、こちらの気持ですから」

農家を後にしてすぐ、少年は、しまった、と声を落とした。「わあ、ムラサキシュウカイドウのこと、聞くの忘れた」「なあ、コズモ。熊と暮らしたお婆さんのことを聞かせてちょうどいい機会だった。くれないか」

コズモにとっては豪勢なランチだった。チルペリッツ夫人がお供の分に入れてくれたライ麦のパンと、チーズとソーセージの耳をきれいに片付けたその上に、エステルハージのサンドイッチ半分と、ペストリーと果物もほとんどは引きうけたから満ち足りた気分である。「それがねえ、先生……、不思議な話ですよ」コズモは思い入れたっぷり横目使いをして言った。「世にも不思議な話っていうやつでね。ある男がいて、これが始末の悪い不信心者でした。で、こっちに女がいて、これが魔女なんですよ、先生。ところが、男は不信心だから、相手が魔女だなんて思いません。それでどうなったかっていうと、女は魔法をかけて、その男を熊に変えて、どこへも行けなくしちゃったんです。不信心の罰ですよ」コズモはランチの残骸をかきまわして余りものを一つ二つ手に取ったが、口へ運ぶまではしなかった。豪勢なランチだった。

「うん、うん、なるほど。で、神父は？　見て見ぬふりで、何もしないか？」

コズモはきっぱり首を横にふった。「主教の許しがなきゃあ、神父さんは何もできませんよ。でも、主教はドミネッツにいるんでしょう。とても、遠くて遠くて」

コズモの理解する限り、話はそれまでだった。ドミネッツはここからせいぜい二十五マイルのあたりだが、十年前に新道が開通するよりもっと昔から、主教が年に一度は堅信礼をほどこすために当地を訪れなかったら囂々たる非難を浴びたはずである。コズモの話はどこか抜けている。まあ、そのうちまた何かわかって、全体が見えてくるだろう。いずれ、その時になれば……。これきりに終わったら終わったで、やむを得ない。

薬剤師は対等な身分よりも、エステルハージにはどうでもいいことに思える学問上の水準で同等を誇りたがった。「この土地で『医者』といったら、誰だと思いますか？　私ですか？　先生ですか？　どういたしまして！」薬剤師はまん丸な赤ら顔をぐいと突き出した。「床屋ですよ、床屋！　しかし、まあ、考えてみると一理あるんでしてね。だって、そうでしょう。髭を剃らせれば手術と同じで、顔を切って血だらけにしますから。ねえ、へっへえ。でもね、なるほど、医者には違いありませんよ。床屋は吸角で悪い血や、膿を取ってくれるし、蛭に血を吸わせるようなこともやってくれる。根太はランセットで切開するし、捻挫で行けばリニメント剤ぐらい、塗ってくれますよ。でもね、先生。これが進歩ですか？　これが医学ですか？　だったら、われわれ、先生も私も引っこんだ方がいい。私に言わせれば、これは退化ですよ。法律で禁止すべきです。私はその旨(むね)、薬剤師協会の代表、ジュリス博士に文書で言ってやりました。アラリッツ神父の従兄ですが、何と答えて寄越したと思います？」薬剤師はカウンターに身を乗り出した。「ああでもないこうでもないとご託を並べた挙げ句の果てに、『お申し越しの趣旨を厳粛に受け止めて、慎重に検討する所存……』と、たったそれだけですよ」大袈裟(おおげさ)に一つうなずき、平手でカウンターをはたくと、薬剤師は処方箋を取り上げて、巻き舌で声高に読み上げた。処方箋では普通に用いる略語をいちいちラテン語で正規に発音し、もったいぶった抑揚をつけるところは、まるで高等学校(ギムナジウム)の卒業式に総代が読む告別演説だった。「そこで、一つ聞きたいのだが……」エステルハージは、事情通の薬剤師ならもちろん知っているはずという口ぶりで切り出した。事情通の薬剤師は、もちろん知らないはずはない、と力をこめてうなずきながら耳を傾けた。「……熊と暮らしている老女のことは知っているね？」

　ただ知っているどころではなかった。「ええ、ええ。男の方も知っています。もと第五連隊、あの泣く子も黙る〈勇猛第五連隊〉ですよ。セルビア戦争で頭に弾を食らいましてね。頭部貫通銃創で、当然、常軌を逸しました。病院から脱走して、連れ戻したんですが、また逃げ出して。それを、また連れ戻す、というくり返しです。軍法会議にかけられるところを、精神障害につき答弁能力なしの鑑定で放免になりました。ところが、恩給が降りない。そりゃあそうでしょう。国としては、脱走兵に厚く酬いるわけにはいきませんから。ねえ」

エステルハージはぴんと来た。泣く子も黙る勇猛第五連隊。軽騎兵連隊だ。そうか！人一倍、地方の話し言葉に通じている気でいたのは迂闊だった。この土地で熊は動物ばかりを意味するとは限らない。そう考えれば、いくらでも例は思い浮かぶ。〈ティルダは熊と付き合って、いい気なものだ〉。この熊はロシア人のことだ。〈妹の倅はベアーズに入りたかったんだが、背丈がほんの半インチ足りないというんで撥ねられて、今は工兵隊で泥んこになって肥担桶をかついでいるよ〉。ここに言うベアーズはフットボールチームの名前である。

コズモの話を思い出して、エステルハージは微かに頬をほころばせた。土地の噂は極くありふれた色恋沙汰から『オデュッセイア』の一景かと思うような伝説を生む。なに、珍しいことではない。

「ああ、そういえば、先生」薬剤師はふいに声を潜めた。「フィリイが町へ来ていますね。きっといざこざを起こすんだから、厄介な男です。とっくの昔に追い立てを食っていても不思議はありません。それをいつまでも、エステルハージ女史はどういうおつもりですかね。いえなに、私にはかかわりのないことで……。これまでにも、フィリイと差配のチルペリッツが取っ組み合いの喧嘩になるんではないかと、何度思ったか知れやしません。ええ、んー」しゃべりすぎかどうかはともかく、言うだけ言って、薬剤師は古びた時計に目をやった。両側の、時計に劣らず古びた棚に薬品の壜がずらりと並んでいる。チンキ。下剤。エリキシル剤。阿片。毒消し。媚薬。散薬。利尿剤……。「さて、薬を調合しますか。大丈夫、任せてください。ええ、ええ。今すぐに」

フラーハの村はスフラーフスの地所の三分の一を占めるにすぎない。それを忘れずに用心深くふるまっていれば、煩わしいことの三分の一は避けられる道理である。用心を怠ると、地代をめぐる際限もない論議に巻きこまれる破目になり、「差配が何と言おうと修理が必要な暖炉」を際限もなく見てまわらなくてはならず、窓を閉めきって樟脳と磨き粉の匂いが籠もる客間で何杯もコーヒーを飲まされることになる。いったい、人間の胃袋はどれほどのコーヒーが飲めるようにできているだろうか？

前回のフラーハ訪問でエステルハージはこうしたすべてを体験した。この地を避けたかったのはそのためだ。

それに、避けたいと思っても土地の方から迫ってくるとは予想だにしなかった。今、その計算外の事態が持ち上がった格好である。

フィリイとは前に何度か会っている。実際は何の付き合いもない相手に無沙汰を詫びる筋はないと思ったが、顔はすぐわかった。あまり変わっていない。髪はいくらか白くなり、赤ら顔はいっそう赤みを増して、屈強な図体はむしろ一回り大きくなったかもしれない。が、それ以上に、鈍重で融通のきかない頭の固さはまさかこれほどとは知らなかった。フィリイはスフラーフスで一番の借地人だから、その分、地代も額が大きい。

不当だろうか？　フィリイは不当に高いと思っている。だいたい、地代を高いと思わない人間がどこの世界にいるものか。ヴォルフェンスプリングの年寄り女は例外中の例外だろう。

それはともかく、時節は悪くない。ましてや富農となれば憂いも悩みもない。作物はよく育っているし、とりわけ麦は豊作である。どう見てもフィリイが飢渇に瀕しているとは思えない。だとしたら、いったい何を怒っているのだろうか？

憤懣やるかたないことは顔に書いてある。根は礼儀正しいフィリイがやけに昂ぶって、ろくに口もきけないありさまである。個人的な恨みはないはずだが、エステルハージはフィリイの怨念を押し寄せる熱波のように意識した。上等な身なりでブーツを履いたフィリイは道端の木陰でエステルハージと向き合うと、形ばかりの挨拶もそこそこに歯噛みをして言った。「もう勘弁してください。とてもやっていけません。払いきれませんよ。助けてください。願い下げです。叔母上に言ってくださいな。手紙を出しても梨の礫で」エステルハージは何のことやらさっぱりわからず、答えようもなかった。フィリイは無骨な赤ら顔をなお赤くして、濃い髭の下で分厚い唇をめくり上げ、怒りに頬を膨らませた。

フィリイが拳を片方ふり上げたら、エステルハージは負けじと殴りかかるより、飛び退って抗議しただろう。だが、フィリイは両の拳をふり上げ、白眼を剝いて太い喉を鳴らした。

「フィリイ。あまりかっとすると、卒中を起こすぞ。まあ落ち着いて。襟を寛げて、頭を冷やして……」

フィリイは聞く耳を持たず、自分の頭をめった打ちしながら道端の草を踏みしだいて、言葉にならない声を発した。激怒した人間を絵に描いたよう、と言うのは当たらない。事実、フィリイは激怒していた。「冗談じゃない！」ようよう叫び声が言葉になった。「この目玉を炙り出す気か？　何が何でも！　もう！　絶対に！　払わないからな！」汗で手が滑ったか、杖と護身用の武器をかねた棍棒が抜け落ちて地べたに弾むのをかがみ込んで拾い上げるなり、フィリイは傍らの木を、えいや、えいや、と叩きつけた。幹がふるえて、小枝と木の葉が降り注いだ。棍棒は大丈夫だろうか？

ゴート高地の棍棒は堅木でできているから、これしきのことではびくともしない。フィリイは顔の汗を拭いもせず、肩で息をして呻いた。

エステルハージは右腕をいっぱいに伸ばしてまっすぐ前方を指さし、その手を水平に刷くようにして、フィリイの視線を左の胸ポケットへ引き寄せた。フィリイは棍棒をふり上げたまま動きを止めて、エステルハージの指先を目で追った。胸ポケットから人差し指と中指に挟んで取り出したのは、真っ赤な表紙の小さな手帳だった。富農の借地人は闘牛が深紅のケープを睨みすえる目で、食い入るように赤い手帳を見た。

どこからともなく湧いて出た鉛筆を構えて、エステルハージは静かに言った。「叔母に、何と伝えるね？　もう払う気はないか？　いいだろう。約束はできないが、この通り、君の目の前で断りを書くからね。フィリイはこの後、契約に定められた地代の納付を拒……」フィリイははっと顔を上げた。その目は真っ赤に血走っていた。「地代じゃない！　地代はいいんだ、地代は……。私が言っているのは、地代とは別の、余計な負担だよ！」

ほう……。エステルハージはフィリイが負担を強いられているとは知らなかった。もとより、知っていいようはずがない。が、とにもかくにも、うなずいてそのことも書きとめた。

フィリイは泣きくずれた。感謝の涙でもなければ、痛憤でもなかった。スキタイの農民は人前で泣くことを恥としないが、それは妻や子供の墓前で涙を流すならばの話だ。フィリイは両手を組んで深く項垂れ、堪える術もなくおいおい泣いた。

「いいかな？　なにも約束できないぞ。ただ、伝えるだけは伝えよう」

遠ざかる背後で、フィリイの嗚咽はいつまでも続いた。

帳簿で見ると、フィリイは千ダカットの地代のほかに貢納の義務を負っていた。貢ぎ物を金額に換算するなど、エステルハージにしてみれば考えたくもない。ものの値段は年々どころか季節ごとでも変わるだろうから、計算したところで骨折り損である。貢ぎ物の品目はこの土地の歴史のはじめからずっと同じと思われた。例えば、「その一、ハルバード革」とある。これがどういう品で何に使うものか、フィリイにしろ、チルペリッツにしろ、自身の面目にかけて説明できるかどうか疑わしい。砧(きぬた)を打って柔らかくしたものと、粗いままを取り混ぜて、夥(おびただ)しい麻布、亜麻布に、壺(つぼ)の数を指定したガチョウの脂(あぶら)などなど、ベラの農芸商科大学でもお目にかかれそうにない物産が列記されている。だが、そんなことはどうでもいい。ガチョウ脂も、麻布も、羽毛もフィリイの憤懣(ふんまん)、辛苦の種ではない。フィリイは「余計な負担」と言ったではないか。帳簿を見ていくと思い当たる節があった。

　フィリイが営むアルペリッツ農園は百五十ダカットの年金を負担することになっている。差配の字は見た目に流麗な達筆だが、判読となると一苦労だった。受取人はヴォルフェンスプリングのエリサフェータ・ヘンコ、支払期日は十二夜、すなわち一月六日と、キリストの昇天日、イースターから四十日目の木曜日と定められている。してみると、フィリイは二重に地代を払っている計算である。もちろん、本来の地代にくらべれば年金分は高が知れているけれどもだ。これは異例でも何でもない。ノブレス・オブリージュ——身分に伴う義務であって、地主は誰でもとうから心得ている。土地で誰かが困っていたら、援助するのが地主の務めである。だが、そこが人間の悲しさで、援助の手を差し延べることが自分の懐(ふところ)に響くのはありがたくない。例えば、チルペリッツが病気なり、事故なり、差配たることとは関係のない理由で引退するとなったら、誰かが暮らしの面倒を見なくてはならない。それこそが地主の責任だが、エマの弁護士は、何がさて、年金を払うことはないと助言する。そこで、年金分はフラーハに地所を借りているほかの農家に肩代わりさせる。これがフィリイの言う余計な負担である。このからくりで地主の懐は痛まない。

「コズモ」エステルハージは尋ねた。「目玉を炙り出すというのは、どういうことかな?」

気の好い少年はわけしり顔でちょっと寂しげに笑った。「それはねえ、先生……、例えば、二人の男が同じ女の人に近づくでしょう。で、どっちかがその女の人と出歩くようになりますね。そうすると、男は得意になってもう一人に当てつけますよ。『見ろ見ろ、クニグンダはおれのものだ』なんて。でも、そのうちに、相手の方が女の気持を摑むんですね。今度はこっちが見せつける番ですよ。わざと最初の男の目の前でいちゃいちゃしたり。やられる方は堪りませんよねえ。こういうのを、目玉を炙り出すっていうんです……」

エステルハージは要領を得ないまま帳簿に戻ったが、疑問は増す一方だった。ページを繰って週ごとの記帳を調べるうちに、ある項目がくり返し登場していることに気づいた。「施し、卵三個。施し、若鶏一羽。施し、パンとハチミツ」。珍しくもないものばかりである。スフラーフスの自作農から届けられるものもあろうし、借地人からの付け届けもあるだろう。だが、叔母のエマが食べる卵の数は限られているし、パンにつけるハチミツの量も高が知れている。それに、ここでパンを焼いていたら、ベラに着く頃には糸を引いているだろう。そう考えれば、これらの品々が施しにまわされるのは至極もっともである。

庭師は声高に寄る年波と仕事の労苦を託ち、家を外に遊び歩いて手伝いもろくにしない子供たちの恩知らずを罵った。エステルハージは、ランチは軽く、と口を酸っぱくして、やっと終日一人きりで採集に出られるようになった。チルペリッツの妻は、サンドイッチたった二切れと果物一つではエステルハージは骨と皮になり、ついには倒れ臥すのではないかと心配顔だった……。

翌日は紅燃えるナナカマドを標に山路を辿った。ナナカマドは妖しくも心を捉えて放さない魔性の木である。近づいてみると、一本はナナカマドではなかった。もう一本はたしかにナナカマドに違いないが、土壌が悪いためかどうか、足を止めたことを後悔するほどみすぼらしかった。なおあたりを見まわして、あれならと思える木に目をつけた。無理にも急斜面を下った甲斐あって、それは立派なナナカマドだった。

「やれやれ、若殿さまは、木をよくご存じでいらっしゃいますね」背後で高く澄んだ幼い声がした。若殿さまには恐れいったが、こんなところでいったい誰がとふり返ると、いたいけな子供とは思いのほか、年老いた女、それも山の主かと紛う老婆だった。童話に出てくる魔法使いそのままに瘦せ衰えて背中を丸め、腰は曲がり、皺だらけで垢じみている。それでいながら、見た目に矍鑠として声も若々しかった。

「そっちも詳しいね、お婆さん」エステルハージは軽く会釈して言った。

「ええ、ええ。ウンダは知っていますとも。草木のことなら、ウンダは何でも知っていますって。家へ寄っておいでなさい。いいものをお見せしますから」

年を取った女の薬草医か。いいだろう。エステルハージは喜んで後に続いた。家というのもおこがましい。柱に屋根を載せただけで壁も何もない、グリム童話を再現したような草葺きの小屋だった。エステルハージに椅子を勧めて、老女は忙しげに立ち働きながらしきりにひとりごとを言った。ひとりごと？　誰かほかにいるのだろうか。いや、相手は飼い猫か犬だろう。

「さあさ、メテグリンをお一つどうぞ。上等のハチミツで作りました。召し上がりながら、ご覧ください。ウンダの薬草をお目にかけましょう。興味がおありと聞きおよんでいますから」

老女ウンダは薬草を保存する意識がないためか、どれもこれも萎びて干涸らびかけていた。ならば、まるで放ったらかしかというと、決してそんなことはない。エステルハージは草の香りのするハチミツ酒を傾けながら、標本を観察して、見たところを書き記した。どこか近いあたりから強烈な悪臭が漂ってきた。最前から気になってはいたが、何やら重たげな、くぐもった音も聞こえる。老女ウンダはエステルハージが首を傾げる様子を見て取った。

「覗いてごらんになりたければ、どうぞ」ウンダは躊躇うふうもなく、よじれた薬草の束を脇へ置いて手招きした。

土間から草葺きの屋根までいっぱいの高さで設けた柵が小屋を半分に仕切っていた。

頑丈な丸太の格子を透かして向こうに、休みなく行きつ戻りつする影が見えた。それにしても、この異臭！　エステルハージは思わずたじたじと後退った。

行ったり来たりしているのは、紛れもなく生きた人間だった。人間が、四つ足の姿で動いている。脚を折って両手両膝を突いた四つん這いではなく、まっすぐ立ったまま手を伸ばして上半身を前に倒した格好で、尻を高く上げている。意外やそれが異様とはいえ、醜悪なほどまで奇怪な印象はなかった。髪は泥で塗り固めたようで、わずかに纏った弊衣はぼろ雑巾というしかない。目はほとんど伏せたまま、ときおり前を見ることはあっても、視線は常に俯角だった。のっそりと向きを変える刹那、焦点の失せた目の奥に何かが動くのを見て、エステルハージはぞっとした。

一瞬、視野をよぎったその顔は檻の獣の例に漏れず、まったくの無表情だった。たしかに、作りは人の顔に違いない。が、そこに人の顔はない。皺の奥から吐く息で鼻が鳴る。皺は顔の半ばを覆い、残る半ばは無惨な破壊の跡を止めて毒々しいばかりである。伸びきった髪が縮れてこびりついた頭のてっぺんから鬚の濃い顎にかけて、抉ったような傷が片目を潰していた。

老いたウンダは誰にともない口ぶりで、静かに優しく話しかけた。「どうしたの、どうしたの。ねえ、ねえ、あなた。ねえ……」

抜け殻となり果てた男は戸惑うように前のめりになって低く唸った。ウンダは長の年月、回を重ねて馴れた手つきで土間に打ち捨てられた棒切れを拾い、格子の間から敷き藁（わら）をつついた。藁屑（わらくず）にまみれて何やら黒ずんだかたまりが転げ出た。「ほら、あなた。ほら、ほら。大丈夫、ちゃんとあるでしょ」

今や獣と化した廃人は鼻面をすり寄せ、つまらなそうにもてあそぶと、いくらか気が済んだ様子でまた止めどなく行ったり来たりをくり返した。

いつものことと、前に忘れ去ったところからウンダがほじくり出したその遊具は、どうやら遠い昔の遺物、「シャコー」に違いなかった。勇名を馳せた軽騎兵連隊の栄誉の証（あかし）、仰々しく派手やかな熊の皮の軍帽である。

軍帽は、しかし、まるで防具の役をなさず、間一髪で命だけは取り止めたものの、セルビア勢の銃弾は精鋭の頭脳を破壊した。

「さあさ、ほら」老いたウンダはあやし続けた。「ねえ、あなた。いいでしょ。ねえ……」

☞

その夜、エステルハージは差配を部屋へ呼んだ。「なあ、チルペリッツ。よかったら一部始終、陰日向（かげひなた）のないところを聞かせてくれないか」

差配はいつもの堅苦しくかしこまった態度ながら、満足とは言えないまでも、心なしか安堵の色を覗かせた。「では、閣……、先生、帳簿をご覧になりましたですね」

もちろんだ。「ここに施しとあるのは、すべてウンダの年寄りに渡っているのだね？」

チルペリッッツはほっと表情を和らげた。「はい、おっしゃる通りでして。いえ、全部が全部というわけではありません。何かにつけてアラリッツ神父から、ああしろ、こうしろと注文が来ますから、それはそれで聞くようにしております。ですが、原則として、はい、寄付の相手はウンダです」ここにいたって差配は遠慮をかなぐり捨てた。「スフラーフスからの施しがなかったら、ウンダは飢え死にですよ。土地の女どもが薬草や守り札に払う金なんぞ、わずかなものです。あんなことで生きていけますか？」

エステルハージは黙って先を待った。

「ウンダが飢えていたら、見て見ぬふりはできません。スフラーフスで、いえ、フラーハでパンを焼いている限り、それは許されないことです」

「チルペリッツ。私はね、年老いたウンダだろうと、誰だろうと、暮らしに困っているのを放っておいていいとは思わない。その気持は叔母にしても同じはずだ。それにしても、妙に曰くありげなのはどうしてかな？」

差配はきょとんとした。「まさか、先生、ご存じないはずはありませんでしょう」

「私が知っているのは、フィリイがヴォルフェンスプリングのあの子の祖母に生活費を渡していて、それが余計な負担に……。そうか！　そこに何かつながりがあるな！」

チルペリッツは恐れいって首を横にふった。「ええ、ええ。大ありです。すると、本当にご存じないんですね。もとはといえば、お亡くなりになった大尉殿にかかわること、と申し上げたらおわかりでしょうか」

エステルハージは面食らった。わからない、と喉まで出かかって、差配が言葉を継ぐより早く、この間の事情は前々から無意識のうちに察しがついていたことに気づいた。

「何？ 叔父のフェルディナンドが？」

「はい。故人のことをとやこう言うのは憚(はばか)られますが、先生、打ち明けた話、大尉殿は女出入りの絶えない方でいらっしゃいました。とりわけ、この二人はそれで苦労いたしまして」

エステルハージ大尉が土地の女の誰それに手を出したからといって、別段、驚くほどのことではなかった。何もなかったら、むしろその方が不思議と人は取り沙汰しただろう。それに、その道の筋書きはだいたい知れているものだから、どうなろうと先の見えた話というまでだった。だが、情事の詳しい経緯(いきさつ)は誰にも予測できない。いろいろあった中には、今もって片付いていない件もある。後腐(あとくさ)れとはこのことだ。

故人となって久しい大尉の甥は顎をさすりながら差配の話に耳を傾けた。ストーヴで薪(まき)が爆(は)ぜて、木の香が部屋に立ちこめた。エステルハージはときおり質問を挟み、相槌(あいづち)を打ち、あるいは黙ってうなずいたが、あらかたは聞き役に徹した。

エリサフェータの家は、フラーハでは珍しい転借(てんしゃく)農家だった。もともと土地が限られていたから、又貸しはあまり例がなかった。エリサフェータは三人兄弟の長女で、家で飼っている牛一頭はフィリイの所有である。ささやかな畑でライ麦と、小麦と、市場向けの野菜を作り、放牧と伐採の権利を得て暮らしを立てていた家族は、そのすべてを現金と貢納と労働で賄ったが、エリサフェータが器量よしの娘に育つと、フィリイはあからさまに別口の支払いを要求した。結婚の申し込みではなかった。すでに中年を過ぎて下り坂にかかった両親は、その年、雹と旱魃に見舞われてすっかり弱気になり、フィリイの要求はむげにも拒めまいと、および腰だった。とはいえ、当のエリサフェータが色よい返事をしないとあって、フィリイの要求はいやがらせに変わり、さらには脅迫にまでなった。

そこへ、戦地から休暇で戻ったエステルハージ大尉、後のフェルディナンド叔父が登場した。大尉とエリサフェータの目が合った。いくばくもなく、ヴォルフェンスプリングを転借していた二親は遠いアメリカで農業を営む息子を頼って移民した。路用はエステルハージ大尉持ちだった。あれよあれよという間に転借人が出ていって、フィリイは脅迫する相手を失った。小さい土地と言っても、ヴォルフェンスプリングは一円では大きな農場だった。エリサフェータは逃げも隠れもしなかったが、いつとはなしに、好い人と手に手を取って姿をくらました。

ところがだ。領主が一人の女で満足するとは誰も思わず、当人もそんなつもりはなかった。クニグンダの父親は昔から入会権で丘で木を伐っていた。娘は野育ちのまま奔放な女になった。黒い髪と黒い目、型破りな性格は山岳ツィガーヌ人の血だと言われているが、真偽のほどは定かでない。古く伝わる土地の話では、若い大尉が言い寄って二人は一緒になったが、長続きしなかった。浮気なクニグンダを繋ぎとめようとしても無駄だった。だが、それは大尉と同じく休暇で戻った軽騎兵と出逢うまでのことである。大尉が不実を詰ると、クニグンダは多少とも神妙な顔をするどころか、緑の黒髪を掻き上げて顎をしゃくり、けらけら笑って飛び出した。エステルハージ大尉は地主の立場を笠に着て生木を裂こうとしたろうか？　なにぶんにも今は昔の話で、甥としては、そんなことはなかったと思いたい。セルビアの戦況が急変して、軽騎兵は休暇を切り上げざるを得なかった。クニグンダは泣き暮らしたが、前の男が近づけば、にべもなく突っぱねた。

「ガブロが最初に病院から逃げ出して戻った時」チルペリッツは話を続けた。「クニグンダは、もう、もとどおりにはならないと悟りました。なにしろ、ひどい怪我ですから。いや、先生。女の一念というのは大変なものですね。クニグンダは自分がこの男の面倒を見るんだと決心しました。ご存じのように、ガブロは何度も病院から抜け出しましたが、軍当局はほとほと手を焼いて、とうとう連れ戻すのを諦めましてね。ところが、あれだけの傷痍軍人でありながら、病院から逃げ出した脱走兵の札付きで、恩給が降りません。ウンダはそのことで愚痴一つこぼしませんでした。食べるものがなければ、働いて食い扶持は稼ぎます。働き口がなければ、なりふり構わず、人を押しのけてでも仕事に食らいつくという粘り腰で。大尉が軽騎兵ガブロを追っぱらえと、いくら言おうと聞きゃあしません。大尉もついに根負けして、口を出さなくなりました」

やがて軍隊を退いた大尉はしばらくベラで暮らした後、広く外国を旅して、このあたりが潮時と身を固めた。エリサフェータとの関係は、法的にもきっぱり整理した。エリサフェータは結婚して娘を一人儲けたが、若くして夫に先立たれ、それからはせっせと働いて、日曜日は教会へ行き、土地の市場や催しで露店を広げ、週が明ければまた野良稼ぎのくり返しで歳月を過ごした。

フェルディナンド・エステルハージの遺言は大部を極めて、その一条に「教会への寄進、奉納は従来通り継続すべきこと」としてあった。記録の整理に当たったフラーハの公証人が、エリサフェータの老後保障に決まったものが渡るように指示した文書を見つけたが、そのことは遺言の本文になかったために未亡人のエマは知らずじまいだった。どのみち、負担するのはフィリイだから、エマの懐には響かない。

「おわかりになりましょう、先生。亡くなった大尉はフィリイに思い知らせる魂胆でした。エリサフェータにいやがらせをした罰です。もっとも、フィリイは裕福だから、そのくらいはいいではないか、という考えでしたろう」

たしかに、フィリイは金に不自由ない身分だった。だが、ことは金の多寡ではない。何年も、何十年も経った後までも、決まって年に二度、あたかも墓を暴かれる体に昔の情念を掻き起こされる苦痛といったらない。墓を暴くも何も、お互いまだ生きているとなればその辛さはなおさらだ。忘れようとして忘れられず、ようよう塞がりかけるところでまた傷口を引き裂かれるのだから堪らない。痛憤の涙も無理からぬことだろう。およそ無粋な田舎者ながら、フィリイはあれで一途にエリサフェータを想い、恋いこがれていたに違いない。

「ええ、私も存じておりますが」差配は言った。「フィリイは何度となく、ベラのご隠居に手紙で不満を訴えておりますです」

さもあろう。だが、フィリイの真意はついぞ伝わることがなかった。積年の鬱憤も、歯切れの悪い恨み言や当てこすりでしどろもどろの泣き節になるのが落ちである。これでは抗議の甲斐がない。何の役に立つかといえば、女地主に誤解を植えつけるだけだ。

「差配が私の目をごまかしているに違いない……」

「今や高齢のウンダには……」エステルハージは思案げに言った。「叔父は何も遺さなかったのだね。それも懲らしめのつもりだろう。ふん。いくらかなりと、思いやりを見せてもよさそうなものなのに……」エステルハージは記憶を押し戻し、ウンダの面影は未練を残して消え失せた。「いや、考えてはいたろうな。晩年……、もう先がないとなって……」

チルペリッツもそこは考えていた。「ですが、遺言に認めるまではなさいませんでした。それで、私が心ばかりのことをいたしておりますので。故人のためにもなりましょう。そうとわかれば、草葉の陰でご安心くださるはずですから」差配の心配りで細々ながら施しに与って、老いたウンダと、もと愛人の、生ける屍となり果てた軽騎兵は辛くも露命をつないでいる。「今さら、ベラのご隠居にお話しすることでもございません。さぞかし私のことを悪くお思いでいらっしゃいましょう」

エステルハージはうなずいた。退屈を覚えはしなかったが、体の奥から疲労が沁み出してくるようだった。欠伸を嚙み殺して立ちかけるところで、ふとある考えが浮かんだ。

「ものは相談だがね、チルペリッツ。どうだろう、フィリイは地所を変わる気はないか？　二番目に大きな農場はどこだったかな？　ああ、ゴーテンフォードだな。うん、ゴーテンフォードとフィリイのアラリッツ農場を交換する分には、文句はないだろう。フィリイは収入が減るかもしれないが、余計な負担はしなくて済むようになる。そうすれば、いつまでも古傷に悩まされることも……」

差配はどこやら歯痒い気色で溜息まじりに、それはとうに考えたことだと話した。すでに一度ならず、再三再四、フィリイに持ちかけている。「無理にも勧めましたですが、フィリイは首を縦にふりません。沽券にかかわる、と申しまして。後ろ指をさされるようなことはしたくない。ええ、フィリイはそういう男です。後ろ指をさされたくない……」

スフラーフスのどこよりも贅沢な客室で横になったエステルハージの枕元に大勢の人々が押しかけた。若返って意気軒昂なフェルディナンド叔父がいて、不思議や、娘盛りの色香がこぼれるばかりのエリサフェータがいる。年老いたウンダはうら若いクニグンダに姿を変え、傍らに、髑髏の徽章の軍帽を戴いた若き日の軽騎兵ガブロが寄り添っている。みなみな我勝ちに口を叩いて後へ退かなかったが、何を言っているのかまるでわからず、声すらエステルハージの耳には届かなかった。

寝入りばなを叩き起こしてベッドから弾き出したのは、面々とは別の声だった。階下の裏手に当たる方角で、悲鳴、叫喚、咆哮、罵声が割れ返っていた。

エステルハージはすかさず身繕いしてランタンを手に、古館の真っ暗がりを駆け抜けた。

ランタンの火影は裏階段に立つチルペリッツの妻を照らし出した。解いた髪を肩に乱し、両手を絞るように揉みしだくのは、古来、女が恐怖を訴える仕種である。

「どうした? 何の騒ぎ……?」

「あ、あ、先生。熊です。燻製場の肉を狙って……。あ、あ、危ない! お気をつけになって……。オットー!」叫ぶ声を背後に聞いて、エステルハージは夜陰に飛び出した。

「オットー! 気をつけて! 気をつけて! 先生がそっちへ……!」

差配が何やら叫び返したが、言葉が聞きとれず、はて、と首を傾げる暇もなくエステルハージはものに躓いてどうと倒れた。弾みで地べたに投げ出したランタンが、束の間、向こうの立木をぼんやり照らした。炎が消えようとする刹那、小暗い視野を熊が過ぎった。走るというよりは、やや早足で目の前をかすめた熊はまっすぐ立って前脚で何か抱えていた。燻製の豚の片身であろう。肉塊に牙を立てて唸りながら、熊は逃げ去った。

この熊が農場を襲ったのははじめてでない証拠に、頭部に古い傷があった。何年も前に受けた刃物の痕は塞がっていたが、おそらくは手斧によると思われる醜い傷は、頭から頬にかけて抉ったように熊の片目を潰していた。

我知らず、あっ、と叫ぶと同時に銃声が響いた。差配の妻が金切り声を上げた。「あーっ、オットー、まさか先生を撃ちゃしないわね！」

撃たれてはいないから心配無用だが、銃は片付けるように、エステルハージは不機嫌に言った。「暗い中で狼狽えると、誰かが怪我をすることになるぞ」何故かこの場の成り行きが腹立たしく、言葉がとがることは避け難かったが、かえってそれが周りに安心を与えるらしかった。やんごとなき方々の不機嫌はよくあることで、見馴れているし扱いやすい。

「早いところ、燻製場のドアを直しませんとね」差配夫婦はばつ悪げにうなずいた。

夜が明けて、見ると燻製場から井戸へ通じる路地の軟らかい土に熊の足跡が残っていた。

昼近く、老いたウンダは曖昧な会釈でエステルハージを迎え、ご機嫌を伺って、心付けの礼を言ったが、それきり薬草を見せるでもなく、ハチミツ酒をもてなすでもなく押し黙った。草葺きの小屋を覗くエステルハージの脇に立って、ふっと溜息をついたのも、何といって意味があるわけではなさそうだった。

格子の向こうに動く影はなく、踏みしだかれて朽ちかけた敷き藁に例の破帽が転がっている。エステルハージは背筋に冷たいものが走って、胸を締めつけられる思いだった。軽騎兵ガブロは隅にうずくまっていた。弾痕から血を流していたら、エステルハージにとっては止めの一撃だが、見たところ、銃創も流血もない。廃人は虚ろな目を空に泳がせ、ときおり、かつては騎兵隊の誇りだった軍帽の残片をつつくばかりだった。

「変わりは……ないかな?」エステルハージは堪りかねて尋ねた。

「いつもと同じですよ」ウンダはそっけなく答えた。

これをきっかけに、うずくまっていたガブロの抜け殻は尻を高く突き上げた四つん這いの格好で、いつ果てるともなく行きつ戻りつしはじめた。

「たまに、暑くて疲れている日は水浴びをさせますが、おとなしくしています」ウンダはくたびれきった声で押し出すように言うと、それ以上は口をきかなかった。

スフラーフスへ帰る道すがら、エステルハージは今度のことをとくと思案した。

いいだろう。「ライカンスロピー——人狼」は人間の無知が生んだ他愛ない迷信でしかない。今や薄れかけた族霊信仰の遠い記憶と、動物に取り憑かれたと思い込む発作的な精神錯乱が相乗効果で描き出した妄想である。人間が狼に姿を変えるはずはなし、ましてや熊になろうはずもない。世に語り継がれている民話、伝説では狼に変身する例が飛び抜けて多いところから、この種の妄想を、人狼、狼狂、狼憑き、などと言う。

だとすれば、考えられることはただ一つ。この土地に、かけ離れた二種の生き物がいる。片方は人間、もう片方は熊である。両者は頭の同じ部位に同じ傷がある。抉ったようなその傷が同じ側の目を潰して、両者はともに隻眼である。

　これをただ、事実と認めるほかはない。

　人狼伝説を認める方が気楽ではあってもだ。

　もちろん、どちらも否定したところで一向に差し支えない。

　見た通りそのままを受けいれるなら、むずかしく考えることはない。エステルハージは結論した。「理屈で説明できることではない」

　何もかも説明をつけようとするのは間違いだ。そもそも、世の中すべて理屈で説明できなくてはならないと思うこと自体が間違いではなかろうか。


　フラーハにはまだ鉄道が通じていない。この先も、汽車が走るようにはなるまい。開通して間もない新道は起伏がなだらかで、整備も行き届いている。乗合馬車は楽である。道が曲がるたびに吊革にしがみつかなくてはならないことを別とすればだ。新道は右に左に曲がりくねって、まっすぐなところはほとんどない。本や新聞を読もうとすれば、まあ、読めないこともなかろうが、止した方がいい。ドミネッツの始発駅まで馬車に揺られながら、考える時間は山ほどあった。フラーハで見聞きしたことは思い出したくもなかったが、頭は絶えず過去数日の記憶でいっぱいだった。

　自分はいったい何をしたろうか？

　つまるところ、何もしていない。立ち去った後と、訪れる前とで、一つとして変わったことはない。すべてはもとのままである。それかあらぬか、かつて読んだルター伝の一節が記憶の底から浮かび上がった。「ある日、ルター博士は同じ神学者のメランヒトンを前にして言った。『フィリップ。今日は二人で釣りに行こう。宇宙の統治は神に任せて』」

時として、何もしないのが正しいことがある。

ベラへ戻ると、叔母のエマは待ちかねたように尋ねた。「それで、どう? 差配は私の目をごまかしているのではなくて?」エステルハージは短く答えた。「そう。強いて言えば、だけれども」叔母は満足げにうなずいた。「そんなことだろうと思っていたわ」すでに疑いは忘れ去っていた。

神聖伏魔殿

「これを見たか、エンゲルベルト？」バルタザーロ・グンペルツ判事は新聞を叩いて言った。コーヒーハウス烏頭亭の思慮深い店主が取り揃えている朝刊二十数紙中の一紙である。

「それは？〈リポート〉か……。今日はまだ読んでいない」

「最果ての西の国、アメリカには女の新聞編集長がいるのを知っているか？」

「とはまた初耳だが、驚くほどのことでもないね」

「信じられない国だな」

判事はコーヒーをすすって頭をふった。

新聞を叩いたのは、頁の折り山を正して読みやすくする都合もさることながら、記事を腹立たしく思ったからでもあろう。「その女編集長が、農民はトウモロコシの作高を減らしてもっと怒れ、と言っている。ああ、ここだ。『収量を上げるより怒りの声を上げよ……』いったい、これを何と思うね？」

エンゲルベルト・エステルハージ博士は、給仕がぐらぐら沸いたミルクと熱いコーヒーを手際よく同時に注いでハーフ・アンド・ハーフにするのを見守った。「つまり……、常に弾圧の脅威にさらされているアメリカの農民に、トウモロコシを育てるのに注ぐ力を節約して、政治経済をめぐる争乱を煽ることにその力をふり向けろと呼びかける趣旨だろう」ミルクの表面に膜ができるのを見てエステルハージは満足げにうなずき、給仕が立ち去ると、カップを手に取って言葉を続けた。「そういえば、鉄道料金についても何かもめごとが起きている様子だね。この国の鉄道は王室の直営だが、アメリカには王室がない。鉄道は、いわゆる投資家が所有しているのだよ」エステルハージは前かがみになってカップを口に運んだ。

グンペルツ判事は頓狂な声を発した。「ははあ！」

「ははあ！　とは何が？」

第二司法管区裁判所の判事は、アメリカの鉄道がちょくちょく三重帝国の農民多数を呼び寄せるのはそのためかもしれない、と言った。「それと、一部の臍曲がりもだ。アメリカは、そうやって呼び寄せた移民に無償で土地を与えて、何くれとなく面倒を見ている。ええと、ほら、投票もせず、兵役も拒否する不届きな一派……。うん、そうだ、メノー派だ。しかし、メノー派が政治経済に不満を言い立てて騒動を起こすはずはないな。こればかりは間違いない。アメリカには実にさまざまな宗派が同居しているのだよ、エステルハージ。嘘だと思うなら〈ガゼット〉を見るといい。しかも、鉄道と同様、すべて自前でやっているのだね。宗派はみな平等だ。ああ、そうだとも。国教もなければ、ローマ教皇との間に教政条約もない。最果ての西の国では、女も編集長になれるようだし、選挙権まで与えられているのだからねえ」判事はまたコーヒーをすすって、口髭を舐めた。「信じられない」

その晩春の同じ朝、スキタイ＝パンノニア＝トランスバルカニア三重帝国の文化相、ウラデック伯爵が象嵌細工をほどこした黒檀のデスクにカードを広げて一人占いをしているところへ、第一秘書のブルーノがドアをそっと二度叩き、合わせてそっと咳払いした。

「遠慮はいらない。ずっとこれへ」文化相はわずかに不審の眉を上げた。人一倍、礼儀作法に神経質な昔気質のブルーノは上司に面会を求めるとなれば必ず前もって「かたじけなくもやんごとなき」にはじまって「閣下侍史」に終わる文書でその旨を伝える習慣である。それが不意の推参で、ウラデック伯爵は顔を上げたのみならず、手の内のカードを残らずデスクに伏せた。

蠟人形のように蒼白く、長身痩軀で黒ずくめの装いをした文官の鑑、ブルーノはほとんど爪先歩きの忍び足で床を跨ぐと、口を固く結んだまま、文化相のデスクに一通の書類を差し出した。上段に、ゴート語、グラゴール語、ラテン語と三つの言語で件名が大書してあった。「下記秘密礼拝集会公許認可」

ウラデック伯爵は顔色も変えず身じろぎもせず、歯ぎしりをするでもなかったが、上下の歯が当たって微かに音を立てた。ブルーノは満足と憂鬱をこき混ぜた態度で言った。

「そこにあるとおりでございます、大臣伯爵閣下」

文面に記された集まりが正教会の礼拝なら、文化相の許可を求めるまでもない。これはパンノニア・スキタイ首都大司教、ないしはトランスバルカニア教会会議の主管だし、会衆がローマカトリック、またはギリシア正教会の信徒なら、教皇大使がパンノニア監督教会の首座主教か、スキタイ行政長官、あるいはバルカニア人共同社会の長老に諮り、同意を得て集会の許可を与えるはずである。だが、ウラデック伯爵はこれまでのところ、グランド・ラビやグランド・ホジャなど、宗教指導者から何の連絡も受けていない。シナゴーグであれ、モスクであれ、新しい宗教施設の計画はないはずである。

それに……。思案半ばで文化相は嗅ぎタバコ入れを引き寄せた。これが新興のルター派やカルヴァン派の集会であれば、ブルーノが相談に来る以前に、そもそも文化省の出先機関がブルーノのところへ問題を持ち込むわけがない。

あれこれ考えると、またしても旧来の信仰に異議を唱える宗派の登場である。そうなると、この先、何が起こるかわかったものではない。

最近の例では、チスバルカニアで暴動が発生し、議会のビザンチア会派は予算案に反対票を投じた。ヒューペルボレオス人は人頭税の納付を拒否し、教皇大使のピノッキオ大司教は重度の健康不調を訴えて月二度のポーカーの会を取りやめにした。ポーカーはピノッキオ大司教がアメリカはニューヨーク島から川一つへだてた地方都市、ブルックリンで教区の司祭を務めた時に覚えてきた賭博で、大司教とウラデック伯爵のほかにドラキュラ＝フニャディ陸軍元帥と、医学博士、プロッツ教授が常連である。ますますもって気が重い。

　ウラデック伯爵は眉を曇らせてタバコを嗅いだ。

「今度は何だ、ブルーノ？」問いかける声も沈みがちだった。「善悪二重予定説を信じる浸礼派か、セヴンスデー反律法主義者か？」

　ブルーノは黙って集会の認可を求めている団体の名を指さした。軽やかに流れるような文字は、これを筆写した書記がいだいたであろう感情を毛筋ほども匂わせていない。団体の名は「神聖伏魔殿」だった。

　沈黙を破ったのはブルーノで、伯爵は引き攣るように肩を揺するばかりだった。「申請書は……」例によって、もの静かな口ぶりで秘書は言った。「決まりに従って素性のたしかな市民十九人が署名しております。いずれも先の国勢調査で身元が確認されておりますし、過去五年間、人頭税の納付義務を怠らず、兵役も済ませて、逮捕歴はいっさいありません。申請手続きにかかる費用は金貨で支払われております。礼拝所の賃料は向こう一年分、前金で済ませてありまして、受け取りには印紙も貼ってあります」書類には一つとして不備がない。文化相が認可の署名を拒む法的理由は何もない。だが、ここで署名すれば、その先どうなるかは言わずと知れている……。

「私は辞任するしかない」伯爵は声をつまらせた。「辞任して、トッシュの片田舎で猟犬の監督を務めるほかはない。王命をこうむらずして国務大臣の職を辞した者は、有無を言わせず犬の世話を押しつけられる仕儀だからね。辞任すれば、コルソで住み馴れた、居心地のいい十部屋の屋敷も手放さなくてはならないし、オペラでコロラトゥーラ・ソプラノを歌っている太り肉の可愛い情人とも切れなくてはならない。電気自動車も、ジョッキー・スポーツ・クラブの会員権も取り上げられるし、気心の知れたイギリス人の下男には暇を出して……」伯爵は握り拳を噛んで嗚咽を堪えた。終の棲家となるであろうシュロス・トッシュの荒ら屋は部屋一つで、暖房もままならない。霜焼けに悩む文化相はそれを思うだけで生きた心地もなかった。

意外や、ブルーノは控えめながらも決然と言い放った。「いいえ、大臣伯爵閣下、それはいけません」

希望が湧くにはほど遠かったが、驚愕がウラデック伯爵の目に溢れた涙をこぼれる寸前で食い止めた。「ならば、私はどうすればいい?」

「エステルハージ博士にご相談なさいませ」

法学博士、哲学博士、医学博士、文学博士のほかにもまだ博士号を持つエンゲルベルト・エステルハージは目の前に置かれたシーダー材の小箱を打ち見やり、やおら細巻きの葉巻、カオバ・グランダを手に取ると、うやうやしく香りを嗅ぎ、もったいらしく耳にあてがって無音の声を聞いた後、ザンジバルの道士（ハジ）、故ティプー・ティップから贈られた象牙の柄の小刀で吸い口を切った。ガス灯の小さな炎から火を移した葉巻を、一服、二服と吹かして唇の間に転がし、さらに深々と吸って長いこと息を止めたところはほとんど忘我（ぼうが）の境（きょう）だった。やがて、すぼめた口から湧き出すように煙の輪が宙を漂い、ステッキの金の握りに手をかけた訪問者の、手袋のまま撥ね上げている人差し指にまとわりついた。

「このハバナは上等だ」エステルハージは言った。「ご要望の筋は、はなはだ難題です。このところ、口さがない世間が噂していることを、おおやけに事実と認めろというに等しいお話ですから。つまり、エステルハージは悪魔と取り引きをしている、ということです。どうして私がそれを認めなくてはなりませんか？」

ウラデック伯爵は目をしばたたき、天上と床から等距離、約五フィートのあたりに浮かんで見える磁器に似た血色のいい顔から視線をそらせて咳払いした。「愛国心だよ」

エステルハージ博士の左瞼（まぶた）が微かにふるえたのは瞬きの兆（きざ）しか、はっきり目立つまでにはいたらなかった不随意筋の痙攣（けいれん）か、それはともかく、口の端（はし）から葉巻の煙が細くこぼれ出た。

「愛国心は、薬にしたくともないか？」ウラデック伯爵は詰め寄った。

「私の知る限り、誰よりも愛国心が強かったのは」エステルハージ博士は感情を交（まじ）えずに言った。「大量殺人で処刑されたムームコッチ特務曹長です。骨相学の見地から、ムームコッチの頭は類い稀でした。あれほどの頭はめったにあるものではありません。もちろん、ムームコッチの頭は憶えておいででしょう」

いくらか動揺しながら、いくらかむっとした様子でウラデック伯爵は言い返した。

「いや、ムームコッチ特務曹長の頭というのは記憶にない」

「おやおや」エステルハージは軽い驚きを表した。「そこの、すぐ後ろの大きなホルマリン容器ですよ」ウラデック伯爵は発情期のオオコウモリを思わせる声を発して椅子から跳び上がり、右と左へ同時に駆けだす構えを見せたがままならず、どさりと座りなおして不快げにエステルハージを睨みすえた。エステルハージは落ち着きはらってお持たせの葉巻を旨そうにくゆらせていた。

「エステルハージ……」

「何かね、ウラデック？」二人の視線が絡み合った。

その間、一呼吸。「いいか、エステルハージ。国王皇帝陛下を元首と戴く帝国政府の閣僚を相手にしていること、間違っても忘れるようなことがあっては……」

「一瞬たりとも、それを忘れてはおりません。ついでながら、帝国政府の閣僚たるお方は、七つの学位を許されている相手を、少なくともその一つでお呼びになるのが儀礼かと……」

ウラデック伯爵はむかっ腹で、ふん、と鼻を鳴らしてエステルハージに背を向けると、ホルマリン漬けの頭を見て激しく悪態をついた。「何だ、これは！　かっぱらいの生首か！」

「いえいえ、それがモノシ・ムームコッチの頭ですよ。パンノニア第一軽騎兵連隊特務曹長。カルパティア戦役で、第五級武勲星章、横帯入りを受けています。十七件の破廉恥殺人で死刑になりましたが、国歌を朗唱しながら絞首台に上がった傑物です。愛国心から生ずる結節がはっきり認められます。ごらんください……」エステルハージは葉巻でその部位を指した。

「ただの瘤としか見えないが」

エステルハージは自分の掌に視線を落とし、伯爵の手入れのいい後頭部に目をやると、両手の五本指を獲物に飛びかかろうとするクモのように動かして、小さく溜息をついた。

「ええ、それは瘤ですよ、大臣。愛国結節はその左斜め、約四センチ半のところです」

エステルハージは両手をポケットに突っこんで椅子の背にもたれ、立ち昇る葉巻の紫煙を眺めやった。

「このハバナは上等だ……」

ウラデック伯爵は遅ればせに向き直って低く言った。「これを見ていると、気が滅入るな。しかし、まあ、私も一つ勉強をした。いや、もう結構。こんなものは……」

伯爵はいったん顔をそむけたが、また気を取り直してエステルハージの目を覗き込んだ。

「いやいや、エステルハージ博士。これはこれとして、問題の性質はおわかりでしょう。お引きうけ願えますか？」

エステルハージは煙の輪を一つ、二つ、三つと続けて吹いた。

「ああ、その……、謝礼（オノレアリアム）について、そちらから希望がおありですか、エステルハージ博士？　エステルハージ博士博士、エステルハージ博士博士博士博士博士、エステルハージ博……」

博士は無用のくり返しを断った。「ああ、いや、それで充分です。どのみち、ほかの三つは名誉学位（オノラリー）ですから。ええと、謝礼ですか。さあて……」それまでの倦怠、軽侮、無関心はことごとく影を潜めて、エステルハージは膝を乗り出した。

☜

ポポシキ＝グルジウの市場は納屋（なや）の匂いだった。もともと納屋には付きものの干し草と、家畜と、糞の臭気に加えて、熟（う）れた果実、安物の香水、ケロシン油、熱した獣脂、揚げ物、焼きたてのペストリー、などなどの匂いが濃く漂っている。

これを納屋の匂いというのはそぐわないかもしれないが、さまざまなものの匂いが入り混じっているのは事実であって、それがポポシキ＝グルジウの市場だと認めるほかはない。記憶も薄れかけた遠い昔、ということは、つまり十七、八年以前から、火曜は小市場の日、金曜は大市場の日と決まっている。小市場の日に売り買いされるのはラバ、雄ウシ、雌ヤギで、出掛けてくるのは男ばかりだから、市場はビールと安物の蒸留酒、地元で言う「乙女の息吹」を派手にこぼした納屋の匂いである。火曜日は屋台の食いもの店がほとんど出ない。男たちは弁当持参で、ポポシキ＝グルジウの農民が昼に何を食うかといえば、ヤギのソーセージとヤギのチーズに、パンと、干した酸っぱいサクランボと、これも昔から決まっている。パンはライ麦や麩を焼いた黒パンよりも白茶けてむしろ灰色に近い。酸っぱいサクランボは胃腸、特に下腹にいいとされている。ポポシキ＝グルジウでは、下腹は深い感情の宿るところである。喜怒哀楽の表現にこの一語は欠かせない。「うちの一番いいラバが左の前脚を折った時は、トルコの三日月刀で下腹を抉られた気持だった」

市の日はまた、知った同士が言葉を交わす機会でもある。

農夫その一「昨日、帰ったら女房のやつがヤギ飼いの若いのと寝てやがってさ」

農夫その二「で、どうした？」

農夫その一「酸っぱいサクランボを食ったあね」

聞いて相手は、メイドゥンズ・ブレスの二本目を半分も空けていようものなら、縫い取りのあるチョッキを両手で摑んで半ズボンの中にちろっと洩らし、全身にふるえが来て堆肥の山に倒れこむ。

金曜日は農夫ばかりではなく、その妻子や、母親や、姑が打ち連れて市にやってくる。情景も小市場の日とはだいぶ違う。家畜を売り買いするほかに屋台店もたくさん出て、リボンや、呼び子、砂糖をまぶしたジンジャーブレッド、礼拝用の金細工などが市場ににぎわいを添える。細工物は純金、しかも金無垢である。薬草医は媚薬や下剤をあれこれ取り揃えて客を待っている。

薬草の屋台に、日に焼けた黒のペチコート十六枚を重ねてショール二十七枚をはおった断髪の老婆、ボッバ＝ボッバがよたよたやってくる。

薬草医「これはこれは、お婆さん。どうしました？」

ボッバ＝ボッバ（皺だらけの骨張った手で腰をさすりながら、嗄れ声で）「何ぞ、下腹にいいものを」

薬草医「そういうことなら、これさえあれば」

そこへボッバ＝ボッバの曾孫娘が進み出る。

薬草医「これはこれは、鄙には稀な器量よし。イタリア語はおできになりますか、お嬢さん？」

少女（顔を赤らめて、蚊の鳴く声で）「下腹にいいというのは？」

薬草医「ええ、ええ。お誂え向きのがありますとも」

続いて登場する農夫は少女の父親である。

農夫「よう、ちかごろ見かけない顔だな。いつもここでやってるヨッカムの年寄りはどうした、え？」（痰唾を吐く）

薬草医「ヨッカムはヒューペルボレオスで、イノシシに牙で突かれまして」
農夫「天罰だよ、そいつはありがたく思うこったな。牙で突くなんぞ、もったいないぞ、あの悪党にゃあ。何か、下腹にいいものはないか？」
ことほど左様に、ポポシキ＝グルジウの農民は一筋縄ではいかない。

この土地で文明の利器と名のつくものといえば、まず第一に、地方の中心都市から通じている狭軌(きょうき)の鉄道がある。次は、カラスムギを挽(ひ)き、ヤギの飼い葉を刻む蒸気式の粉砕機が村にただ一つ。そして……。いや、このほかに文明の利器と呼べるものは何もない。が、それはそれ、文明の利器が田園の情緒を阻害していない証拠に、老人が一人、単管のバグパイプで古い民謡を聞かせ、足の不自由な少年が左右一対(いっつい)の揃っていないシンバルを打ち鳴らして、酔った大女がタンバリンを叩く。郷土の歴史に愛着が深い農民たちはこれに合わせて昔ながらのジグを踊り、曲の合間に放屁する。少年が手を出せば、その垢(あか)じみた手の平に今では通用しない旧時代のコインを投げ、あるいは唾を吐く。とりわけ、少年にとっては迷惑なこの意地悪が踊り手たちには楽しみで、誰かがこれをやってのけると、みなみな縫い取りのあるチョッキを摑んで半ズボンの中にちろっと洩らし、全身にふるえが来て堆肥の山に倒れこむ。
ここしばらくは打ち絶えているが、もう一つ昔懐かしいのが香具師(やし)の呼び売りである。

香具師は薄紅の上着に、靴の底に裾帯を結ぶ空色のズボン、とてつもなく鍔の広い古びた鼠の山高帽という身なりでやってくる。「おい、見ろ。ロシア人の道化だ！　さあ、面白くなってきた！」土地の老人たちは肘でつつき合って言い、駆け寄って香具師を取り囲む。香具師はザクロ三つでお手玉をしながらきわどい冗談をまくしたてる。気がつくと、いつの間にかザクロは暦の束に変わっている。これを一冊数グロシェックで売りさばくのである。「一年中の聖人の日が残らず、ゴート語、グラゴール語、ラテン語で書いてあるだけではない。月齢も、蕪の植え頃も出ていれば、詩編もずらりと引いてありますからな」香具師はここでもっともらしく、敬虔を装って学ありげに詩編の一章を朗詠する。農民たちはわからないままに、それを古代スロヴァチコ語か、高地ロマーノ語か、教会ゴート語のありがたい言葉と思い込む。続いて香具師は見物の中にいる幼い少年を手招きして、その耳からハトの卵を取り出す。卵はたちまち二つになり、それを手から手へ投げ渡すと見る間に、一つはどこかへ消え失せる。

ロシア人の道化「はあてな、今、二つあったはずだが」（自分の額をぴしゃりとはたく）

　農民たちは縫い取りのあるチョッキを摑み……。

　見物が散って後、ロシア人の道化と呼ばれた香具師は片隅へ引き取って、売れ残った暦を大きな帽子の中に重ね、真紅のハンカチを膝に広げて銅貨を数えた。おおかたの農民は思いがけずもはじまった取っ組み合いの喧嘩に気を奪われて、市場はそこのみ黒山の人だかりだった。喧嘩ほど面白い見世物はない。おまけに、お代は見てのお帰りと、木戸銭を取られる気遣いもないのがいい。

「やあ、こんにちは。清い心の旅人さん」声をかけられて、香具師は銅貨の山を手で隠し、無言のままのろのろと顔を上げた。

声の主は黄色味を帯びた無毛の顔に深く笑い皺を刻んで、渡り農夫——チルディッツの身なりをしていた。「こんにちは、心の清い旅人さん」

香具師はそれとはわからないほど微かに頬をほころばせた。「そっちの方がよっぽど清い心と見受けたがね」

チルディッツはうなずいた。「私はね、白ハトですよ。子供の頃に、肉体の要求をすっかり摘みとられたので。それを禁じる法律はありませんでしたしね。いやいや、あなたこそ清い心です。なにしろ、昔の言葉を知っている。さっき、当世のいかがわしい詩編について話してるのを聞きましたよ。ええ、聞きましたとも。そうでしょう?」二人はちらりとあたりに目をやって、赤いハンカチの下で手を触れ合った。ハンカチは風で揺れたのか、二人の手が動いたのか、それとも、秘密の合図のやりとりか……? ほんの一瞬のことだった。

「以前にくらべて、少しは仲間が増えているみたいだな、え?」ロシア人の道化は言った。

白ハトはうなずいて長い顎をさすった。「そう、いくらかはね。数は多くないけれど。もともと、そんなにはいなかったんだ。でもね、これから変わるよ。もうじき。世の中は変わる。そうだろ？」

香具師は肩をすくめ、両手を耳に添えて空を睨んだ。「聞こえる。聞こえてはいるが……、何だかよくわからない」

ヤーネックと名乗るチルディッツは顔を寄せて耳打ちしかけたが、手前でふと思い止まった。「ほら、見ろ。いいか……、これが、ほら……」手にした棒切れで地べたに描いたのは、どうやら地図のようだった。「ここで会おう。待っているからな」チルディッツは言うだけ言って、返事も待たずに踵を返した。

「おい、兄弟。ほんの二グロシェック。暦一冊、持っていきな。たった二グロシェックだ」香具師は商売をする気で遠ざかる背中に呼びかけた。二人は密かに笑っていた。

やんごとなき使徒伝承の名君、イグナッツ・ルイがスキタイ皇帝、パンノニア国王、トランスバルカニア軍司令官を兼ねているのはほかに例のない三重帝国の特質であり、歴史の原点である。だが、エンゲルベルト・エステルハージが何かにつけて言う通り、「ことはそう単純ではない」。実際、とかく事情が込み入っている。例えば、トランスバルカニアは大小ウロクスと、ポプーシキと、ヒューペルボレオスから成る民族国家連合で、小学生でも知っているように、やんごとなき使徒伝承の名君、イグナッツ・ルイは両ウロクスの大公であり、ポプーシキの皇子であり、ヒューペルボレオスの首長である。トランスバルカニアは一九〇一年現在、人口一三二、七五六。主要輸出品目は羊皮、イノシシの剛毛、乾燥チョウセンアザミ、アイゼン・ガラス器、麝香（じゃこう）。首都、アポログラード（旧アポロエポリス）。

アポログラードは三重帝国で一番小さな首都である。統計学者、アインハルト博士が徒然（つれづれ）の慰みに計算したところ、帝都ベラの新風が三百マイルあまりをへだてたアポログラードまで伝わるには平均十七年半かかるという。「それも、仮に伝わるとしての話だ」博士は人なつこい近視の目をくりくりさせて注釈を加えた。現在でも、アポログラードではブタ飼いが地元で「車輪のついたサモワール」と呼ばれている蒸気路面車に驚いて十字を切る光景を見かけることがある。因みに、ベラで最後の蒸気路面車が廃止されたのが十七年とちょっと前である。土地の貴族階級はおりに触れて使用人たちに、何が何でもグランド・ホテル・アポロ・イグナッツ・ルイのガス灯を消してはならないことを言い聞かせている。ほとんどの家がケロシン・ランプを使っているサクソン人地区やアルメニア人地区でさえ、タタール人の大半はいまだに灯心蠟燭（ろうそく）である。だが、かつては砂利道が嘲罵の種だったタタール人街も、厳しい中に情のある進歩的な市長、ブロップ伯爵の行政下で今やすっかり過去の世界となっている。

ガスの本管はまだ旧市街の全域までは整備されていない。ブロップ伯爵は市長に就任してすぐ菜種油の街灯を試験的に採用したが、タタール人が油をくすねて料理に使うことがわかって、これはほんの一時期で取りやめになった。旅行者はなにがしかの手間賃を払えば市の鑑札で夜道を照らす案内人を雇うことができる。

「ここははじめてですね、旦那」案内人カルポシは頼りなげに揺れるランプの明かりを透かして言った。

「ブタの毛は、以前ほど商売にならない」土地に不馴れな相手は眉を曇らせた。「産地から直に仕入れないことには」背を丸めていなければ長身の部類だが、商売の苦労に押しひしがれていると見える。

「ええ、ええ。そんなふうに聞いていますよ。ねえ、この先はタタール人街ですが、その前にブランデーを一杯、どうです？ タタール人はイスラム教だから、ブランデーなんぞ、どこをさがしたってありゃあしません」カルポシは相手を値踏みするときの癖で黒ぼこの道に唾を吐いた。

旅商人は帰りにここを通るまでブランデーが蒸発することもなかろうし、これからも案内を頼むと言ったから、カルポシは我慢するしかなかった。道からずっとへだたって草葺きの小さな家々が続いている。メロン畑につながれた犬がときおり鼻面を突き上げてレモン色の月に吠える。二人はようよう目当ての場所に行きついた。

「この倉庫ですがね」カルポシはランプを掲げて漆喰の剝げた壁と割石積みの塀を照らした。「トルコ領だった昔は隊商宿で、ラクダがぞろぞろいたそうで。ええ、その数といったら、祖父いの話では……」

大きなドアに切った潜り戸が細めに開いて、カルポシの祖父の話はそれきりになった。旅商人は誰やらと短く言葉を交わし、潜り戸がさらに少し開いたところで奥へ消えた。ぎいと軋って戸が閉まり、カルポシは割石の隙間にランプを置いて芯を絞った。草叢に腰を降ろすと、あとはブランデーのことを思いながら、ただ待つほかはなかった。

隊商宿として栄えていたその昔、ここで旅の疲れを癒したラクダの数はなまじな想像を寄せつけない。ほとんどはフタコブラクダで、湾曲した太い首に青いビーズの頸帯を巻き、チンギスハンが西征の拠点を築いたカラコルムや、おそらくはもっと遠くから、列を連ね、日を重ねて、黙々とやってきた。キャラバンサライは広い中庭がいくつにも仕切られた構造で、建ちならぶ倉庫にはヒューペルボレオスのイノシシの毛や、それ以上に値の張る商品が山をなしていた。香料を取るカヤツリグサやベンゾイン、絹の綛糸、霧よりも薄いインドの紗などである。だが、もはや昔日の面影はなく、今では殺風景な小屋にヒューペルボレオス山地のむさくるしいブタの毛がわずかに蓄えられているにすぎない。ブタの毛はキリスト教世界の壁という壁を真っ白に塗り潰すペンキの刷毛になる運命である。

門番は松明を掲げていた。

広い中庭を矩形に仕切った角々にも松明を手にした男が立っている。

向こうが闇に霞んで見えないほど奥行きのある大広間に、これも松明を掲げた男たちが腕いっぱいの間隔で二列に並んでいた。

入り口のあたりで声がした。「そこまで。これ以上はもう入れない」

最後の一人が列の間を抜けると、松明を掲げた男たちもひとかたまりになって後に続いた。

奥の小部屋に集まった人数はさして多くなかった。片側のテーブルに、裕福な農家で特別の日だけ食卓に使うような刺繍のあるクロスをかけて、ピンクに透ける曇りガラスも目新しい火屋(ほや)の丸い石油ランプがあたりを照らしていた。頬髯(ほおひげ)を豊かに蓄えた身だしなみのいい男が三人いならんでいる中の一人は、卵形の小さな眼鏡のせいでほかの二人よりはるかに偉そうだった。黒ずくめの太った女がオルガンに向かっていた。当人ははぶりのいい肉屋の後家ではないが、姉妹の一人にはぶりのいい肉屋の後家がいる。エステルハージはできるだけ目立たないように後ろの席で小さくなった。助祭で通りそうな眼鏡の男が小さく一つうなずくのをきっかけに、女は盛り上がった肩をなおさら怒らせるようにしてオルガンを弾きはじめた。どうしてなかなかの演奏だった。人は讃美歌と思うかもしれないが、エステルハージは数小節を聞いただけでアイーダの大行進曲とわかった。

奏楽はほんの触り(さわ)だけだった。

オルガンが溜息をつくように跡切(とぎ)れると、助祭が立って袖口(そでぐち)からハンカチを取り出し、思い入れたっぷり声を張り上げた。「愛する兄弟たち、篤信の教徒たち。待ちに待った喜びの知らせです。聖なる魔王は今、ついにその身を地獄から解き放ちました。従う悪魔の使徒たちは、大魔王が天と地をあまねく支配すべく、これより挙って……」

会衆はたちまち感涙にむせび、喜悦に我を忘れて叫び、腕をかざして頭上に手を組み、あるいは胸を叩き、あるいは体を二つ折りにしてひれ伏した。やがて、一人また一人、二人、三人、かたまって四人、と起立して、いつか会衆は総立ちとなった。黒羅紗の服を着て、見た目も体臭も田舎の薬剤師に違いない白髪の男が皺の濃い顔を涙に濡らしてエステルハージに抱きついた。「悪魔が蘇った！　悪魔が蘇った！」

エステルハージは精いっぱい、感動と狂喜を装って男を抱き返した。「本当に？」

☜

パンノニア長老派教会のおろそかにできない特色は、十七人いる主教の十五人までがパンノニア領内の教区を受け持ち、教区を持たない名義だけの二人はスキタイとトランスバルカニアの教会会議を監督していることである。かつてこれを不審に思った懐疑派のカルヴィニスト集団がはるばるスコットランドから実情視察にやってきた。スコットランド長老派教会はカルヴァン主義の本流を自任している。応対に当たったたった同じ改革教派の神学者たちは、まず第一に、長老制は一五九三年の降伏文書によっていわば強制されたものであることを説明した。第二に、主教は断食、瞑想、祈禱の後に籤引きで選任される身分であって、使徒伝承の色彩はさらになく、教会会議を監督するといっても、カルヴァン派の平信徒と立場はまったく同等であることを話した。第三に……。いや、視察団は第三の説明にほとんど関心を示さず、天を仰いで肩をすくめるばかりだった。「へえ！」「ほお！」「主教が聞いて呆れる！」

主教アンドレアス・ホギウォッドはアポログラード長老改革派教会の庭を行きつ戻りつしていた。糊のきいた襞襟の黒服に三角帽子をかぶった大兵肥満の主教は、エンジンを積んで自力で動く棺桶が逆立ちしているかのようである。オクタボ判のカルヴァンの著『キリスト教綱要』第十二巻と、モロッコ革の表紙と抱き合わせに瑪瑙の嗅ぎタバコ入れを片手に持っているところは鷲づかみというにふさわしい。主教は今、もう片方の手を上げて二本の指を鼻の頭にあてがった。形よく雄大なところから、世に知られた高貴な鼻である。その壮麗な造作は建築でいえば、ロココか、あるいはバロック様式を思わせる。長老会から主教の肖像を委嘱されたさる画家は、ただ一度ながら、無思慮にもこの鼻を「ローマ鼻」と評した。憤怒の形相をあらわにするのはキリスト者にあるまじきことで、主教は色にこそ出さなかったが、不承知の意だけは表明した。それゆえ、ここはこれまでとしなくてはならない。アポログラードと全トランスバルカニアを代表するカルヴァン派主教の鼻はローマ鼻ではない。ましてや、ローマカトリックの鼻ではないことは言うまでもない。

神の選びの教理や、予定説、人性全悪説など、カルヴァンの神学に思いをいたしながら庭を歩いていた主教は厳かともいえる表情で瞬きもせず、おりから訪れた客人を見すえた。訪問者は長身で、片手を軽く背中にまわしてゆったりと歩く姿に毛並みの良さが窺われた。フロックコートを見れば、ここへ来る途中、埃をかぶった跡もない。アポログラードでは珍しいことである。主教までが戯れに、「風塵のアポログラード」と言っているではないか。同様にまっさらのシルクハットを取ると、その下は銀髪の生え際が後退したいかつい頭だった。ゴーゴリがどこかで書いている、「知者なるがゆえに神はその眉を描き足した」という言葉を思わせる立派な頭である。秀でた額と開いた鉢から察するに、帽子屋は前頭骨と後頭骨の間につまった脳漿の並はずれた量と質を思ってさぞかし恐れ入ったことだろう。

　風貌、外見から人を見ることを知っている主教は鼻にあてがっていた手を降ろして嗅ぎタバコを風に散らした。風塵のアポログラードで、わずかばかりの塵芥など今さら人は気にしないという意識はなかったろうけれどもだ。カルヴァンの著と嗅ぎタバコ入れを持ち替えて、主教は空いた手を訪問者に差し出した。「ようこそ、弁護士さん」

「法学博士、エンゲルベルト・エステルハージです。お初にお目にかかります。それはそうと、尊師はどうして私をご存じでしたか？」

　主教はほとんど取り合わず、エステルハージの手を握って小さく肩をすくめた。「ええ、ええ。存じ上げておりますとも。ああ、エステルハージ先生。ベラから？　そう、ベラからお見えですね。この通り、何でも知っています」

　小さくすくめた肩は、名もない田舎の主教とはいえ、多少はものを心得ているのだと暗(あん)に匂わせていた。何よりもまず、遠来の客は法学博士を名乗る口舌(こうぜつ)の徒であること。そして、隙のない上等な身なりからわかるとおり、帝都ベラの弁護士会に所属しているはずであること。とまれかくまれ、そのような立場から主教をだまくらかして、かつてはローマ教皇に上納していた初年度収益や、十分の一税や、その他、長老会が得ている余録を当てにせびろうとしても無駄であること。ねだったところで何も出ないから、そのつもりでいるがいい。

「いやいや、ご慧眼(けいがん)、恐れ入ります。ただ、当地へまいりましたのは、ブタの毛の買い付けではありません」

「ほうほう」主教は低く笑った。「はっ、はっ、はあ。ブタの毛ですか。は！　これは面白い。なるほど、なるほど。ブタの毛ではない。とすると……、ああ、麝香(じゃこう)ですか?」と、ここで主教は眉を上げて口をゆがめた。「数ならぬ牧人(まきびと)の身で、これは口が過ぎました。もう何も聞きますまい。ええ」

　エステルハージはわずかに首を横にふった。法曹界の女出入りについてとかくの噂があることは承知している。ただ、帝都ベラでは何十年も前から麝香が高級娼婦たちに喜ばれていることは言わなかった。

「ベラへ帰って私の尊敬するエッケルホフト牧師に、尊師から何と伝えましょうか?」

「エッケルホフト……、ああ、エッケルホフト！」主教は器用にガウンの裾をたくし上げ、嗅ぎタバコ入れとカルヴァンの著を左右のポケットにおさめると、両掌を返して天を仰いだ。「あれは人物です！　俊英です！　エッケルホフトの叡智にはイエズス会士が束になってもかないません。キリスト教精神は今、懐疑と危機に直面しています」主教はバラの茂みと菩提樹を証人として世に訴えた。「太陽の下、ありとあらゆる国の大都で、かつてない誘惑と妄りがわしい教義に脅かされている多くの信者たち、恐れることはない！　セバスチャン・エッケルホフトは導きの光です！　帝都に住まう心貧しい人たち、エッケルホフトの言葉に従いなさい。主の日には、その足下に坐しなさい！　ルター派の教義は何であれ、すべて遠ざけるように。ましてや、それ以上に過った……」

　エステルハージは主教の訓戒をいちいちもっともとうなずく思い入れで高い鼻梁をさすった。「大変な学者ですね、エッケルホフト牧師は」

「誰一人、右に出る者はありません。キケロには精通しているし、エラスムスも知りつくしています。私も、少しは学問をしました」主教は心なしか悲しげに言った。「しかし、ヒューペルボレオスで異教徒にかこまれていては、学問なぞおよそ役に立ちません」

「ああ、異教徒ですか。つまり、タタール人のことをおっしゃっておいでですね？」

　主教は確信がなかった。タタール人はもともと陰日向なく純朴で、勤勉な人種だが、不幸にして食わせ者の、いわゆる預言者に誑かされた歴史がある。だが、ヒューペルボレオスにはタタール人の信仰よりもはるかに質の悪い宗教が根を張っている。考えてみれば、タタール人はしょせんトルコ人の影でしかない。トルコ人は淫乱この上なく、なりふり構わずだが、そのトルコ人すらが、改革派の宗教に偶像崇拝からすっきり解放された信仰を認めている……。

「タタール人よりはるかに質の悪い人種がいます」主教は暗澹たる面持ちでくり返した。

エステルハージは困惑しつつも感嘆に打たれた。「豊かな知識と経験からおっしゃることに異を唱えようなどとは、夢にも思っておりません。エッケルホフト牧師の口からも何度かその話が出ましたが、かつて……、トルコの支配を受ける以前にこの地で栄えた多様な人種は異端のマニ教にどっぷり染まって、そこから一歩も出られないありさまでした。それほど強く影響されていたということですね。今のお話も、そうした過去の歴史を指していると理解しますが……違いますか？」

アポログラードの主教は安直にうなずくつもりはなかった。「過去の歴史？　影響されていた？　されていた、ですか？　トルコ以前に？　は、は！」

はて、ホギウォッド主教のこの当てつけは本気だろうか？

そう、ホギウォッド主教は本気だった。

エステルハージ博士はポポシキ＝グルジウをご存じか？

エステルハージは思案げに、鼻の頭に指をやった。もちろん、行ったことがある。

ならば、有名なポポシキ＝グルジウのチーズも知っていよう。いかにも、知っている。だとすれば、あのチーズを熟成させる手法も知らないはずはない。洗い清めたブタの膀胱にチーズを入れ、さらに七重の袋をかぶせて二か月の間、堆肥の中に寝かせる。「二か月……、でしたか？」主教はちょっと首を傾げた。「いえ、二か月だろうと、もっとだろうと、そんなことはどうでもいいのです。その間、堆肥は発酵して、熱を発します。昔の錬金術師もこの熱を利用しました。チーズ作りではありませんが。いやいや、これもどうだっていいことです。グリーン・チーズを堆肥に寝かせて、時間が経つとどうなりますか？

チーズが熟れますよ。私の好みからすると、熟れすぎです。雌ブタの血と同じで、臭いこと、臭いこと！と、こう言えば、もうおわかりでしょう」主教はものものしくうなずき、縁取り花壇に薬草を植えた歩道の敷石を大きな足で踏みしめた。

エステルハージは咳払いして考えた。ここは勇を鼓して、わからない、と答えるしかない……。

「わからないですって？　何ですか？　まあ驚いた！」主教館の裏口が開いて、年配の女がエプロンを直しながら飛び出した。「わからないことがあるもんですか！　グリーン・チーズでしょう。ということは、マニ教の善悪二元論でしょうが。禁欲主義を気取ったカタリ派の愚劣な教義も、けがらわしいブルガリアの魔神崇拝もみな同じ。そういう邪教を堆肥に寝かせるのが正教会や、ローマカトリックや、トルコの遠い遠い昔からのやり方だわよ。イモムシだのヘビだのは、その身にふさわしく、何世紀も地べたの下に隠れているの。すると、どうなるかしら？　出てくるのは、何？　鼻が曲がるほど臭いチーズじゃないの。言葉を換えれば、キリスト悪魔教。ほかに何があるっていうの？」

女は近づいて、大時代に腰をかがめた。「こんばんは、主教さま。お食事の用意ができていますが、お客さまはお召し上がりに……？」

食事と聞いて主教は苦虫を嚙みつぶしたような顔をしたが、その顰め面も熱い紅茶に落とした氷のように、たちまちにして消え失せた。「もちろんだよ、ウムラウトさん。この方を何と心得るね？　ここで食事をお出しするのに、どうしてグランド・ホテルのごてごてと脂っこい料理などお上がりなものか」

エステルハージは、せっかくながら、と口ごもって時計を取り出したが、主教はその時計をひったくってもとのポケットに押し戻した。「何ですって？　ここで食事をなさらないとおっしゃいますか？　アポログラードの主教館で？　いえいえ、それはないでしょう」博学な主教の鼻は膨れ上がり、大きく開いた鼻孔から教養に溢れる息が漏れた。「サワークリームを溶いた若鶏のスープを召し上がらないなんて。新鮮なヒメウイキョウに、ボスニアのプルーン。レバーの叩きとワケギを添えた雛鳥の網焼きはどうです？　赤キャベツに、ヒメウイキョウの種はいかがです？　カリカリに焼いた若いウシの胸肉に、ポテト・ダンプリングとザワークラウト。主教館特製のヌードルと、ポットチーズ。

プラム・ブランデーに、炒りたてのコーヒーに挽きたてのシナモンもあります。デザートには、リンゴとクルミと干しブドウを焼いたシュトルーデル。どうです？　おいやですか？」

エステルハージは溜息をついた。「いやあ、そこまでおっしゃられては、お言葉に甘えてご馳走になるしかありませんね」

「そうですとも、そうですとも！」主教は親しみを込めてエステルハージの背中をどやした。足下がしっかりしていなかったら、ひとたまりもなくつんのめるところだ。「ええ、ええ。キリスト悪魔教……。まさかとお思いでしょう。ねえ。出エジプト記にある、エジプトの饗宴にも等しいベラのことは博士もよくご存じでしょうが、この土地の口内炎とでもいうべき悪魔教については何もご存じないし、なかなか信じられないことだろうと思います。ですが、私どもは知っていますよ。目の前で起きていることですからね。そうです。おこがましくも、あの破落戸集団はここへ来て長の眠りから目覚めようとしています。ええ、事実、広いところへ出るんだ、などと言い合っているのです。なに、出られるものなら出てみろです。私ども、信教の自由は尊重しますし、これで度量は広いつもりです。が、もう忍耐も限界です。だって、そうでしょう。われわれ、ネズミやヒツジの子孫ではありませんから。そこで私はかの敬神、世に並びなきウラジーミル大公について一つ二つ、言いたいことがあります」

この時、二人はすでに手を洗い終えて、あとは主教が食前の祈りを捧げるばかりだった。

帝国郵便手旗信号電報局は日没閉門だったが、法学博士、文学博士、医学博士、等々の肩書きと、なにがしかの心付けがものを言って局員が応対に出た。

「アメリカ式の略号電報で、大丈夫、発信できるね？」エステルハージは念を押した。

「先生」電信技師はわけしり顔で答えた。「もう一息、弾んでもらえれば、『聖人伝記集』全文だって送れますよ。それも、グラゴール語で」

エステルハージは手回しよく電文を用意していた。極く短いが、充分それで用は足りる。受信機がカタカタ鳴りだした。

「最重要」技師は信号を翻訳して顔を輝かせた。この日の午後、ベラで行われたサッカー・トーナメントの結果に違いない。だが、まったくの期待はずれだった。

「ブルガリア軍、トルコ侵攻の構え」エステルハージが通信文を訳した。

「何が最重要だ！」技師はふてくされて肩をすくめ、咳払いして、エステルハージの電報を打ちにかかった。

その夜、タタール人街で開かれた違法の集会には前回の何倍もの人数がつめかけた。

「愛する兄弟たち」助祭は会衆に呼びかけた。「喜びの知らせは広まろうとしています。なおいっそう、伝え広めることが私どもの務めです。加えて、受難に甘んじることもまた、常に変わらぬ私どもの務めであります。逃れる術のない苦しみも束の間の辛抱です。『額の汗を拭くハンカチさえ地主からの借りもの』という言葉が今ほど事実を言い当てている時世がありましょうか？　われわれの、いったい誰が耕す土地を、商いをする店を持っていますか？　一人として持ってはいません。一人として、です。修道士や、修道院長や、主教がわれわれの命の織物を持っていないとしたら、持っているのは一握りの貴族階級です。私利を貪るその邪な心から、富める者たちは聖なる大魔王を崇めたがらず、魔王の使徒たる悪魔の軍団に戦いを挑み……」

　助祭が言葉を切って息を継ぐ間、次に出かかってまだ声にならない声が会衆の嘆息と一つに溶け合い、深いOの音となって高く低く尾を曳いた。

　左手の、それまではただぼんやりとした暗闇でしかなかった天井近くに化生の顔が浮かび出た。ベラの帝国美術館にあるロシアの大貴族ボグダノヴィッチの肖像を彷彿させる顔だった。『長きにおよんだ対ウロクス抵抗潰えて後、串刺しの刑で城壁へ引き立てられる大貴族ボグダノヴィッチ』と題されているあの歴史絵と同じく、憔悴のうちにも品性と高い気位が窺えるその顔は並の人面の倍ほどもあり、金色の目から溢れる血の涙が音もなく暗がりに滴り落ちていた。それと見るなり、会衆はいっせいにひれ伏した。異形の顔は語りかけた。

「誤って闇の子と呼ばれている光の子ら」よく通る、底力のある声だった。「汝らの行かんとしている道は、道ならぬ道である。真の道はほかにある……」

助祭は畏怖の沈黙に抗して、すがりつくように叫んだ。「聖なる大魔王。ならば、われわれの行くべき道は？」

異形の顔は金色の目を剝き、いらだたしげに唇をゆがめた。「汝らに使いの者を差し向けよう。合い言葉は旧約聖書の一節、晴れて翼を広ぐがごとき土地……」

最後の一言がまだ耳に余韻を残しているうちに、魔性の顔は薄れて消えた。会衆の声はふたたび一つに溶け合い、深いOの響きとなって高く低く尾を曳いた。

☜

パンノニアの首都、アヴァール＝イステルの中央停車場はいつも人でごった返している。ベラ発の下りと、ベラ行きの上り列車がここですれ違う。国境の手前では、コンスタンチノープルに最も近い特急停車駅である。着飾った旅行者たちは三十分停車を利用して脚を伸ばし、名物のバラや干菓子を買う。アヴァール＝イステルは「副都市」で通っているが、ベラの市民がこの呼び名を口にすることはほとんどない。三重帝国第二の都市と東西南北を結ぶ路線が交錯するこの駅は、昼夜を分かたず、乗り換え客の波が洗う岸である。波はアポログラードにまで寄せている。雑踏するプラットフォームに、有名なもとジプシー・ダンサーのヤーノシと、当人に劣らず有名な踊る雌熊、ヤーノシカがいる。ヤーノシは痴話喧嘩の果てに嫉妬深い愛人に足の指二本を嚙まれて踊れなくなったが、人気を集めているところは昔と変わらない。「バルカンのパリ」アヴァール＝イステルでは古くから、誰だろうと真夜中に駅のベンチに座っていれば、知った顔が残らず目の前を通る、と言われている。

時には人知れぬ出逢いもある。

ちょうど真夜中のことで、ベンチにいるのが誰か、ちょっと見分けがつかなかった。大勢の乗降客が輪になってヤーノシを囃しているためだ。ヤーノシが寂声（さびごえ）で歌いながら打ち鳴らすジプシー・タンバリンのリズムにつれて、熊のヤーノシカはぐいと頭を上げ、扁平（へんぺい）な大足で、どたり、ばたり、とプラットフォームを行き来した。人だかりが尽きるあたりで、糊のきいた丸襟の、痩せぎすな紳士が心細げに周囲を見まわした。それをきっかけと待ち受けていたかのように、ベンチから男が立って近づいた。

「アバナシーさんですね？」

痩せぎすな紳士は襟を正し、眼鏡をなおしてふり返った。「はい、サイラス・アバナシーです。大西洋太平洋南西ネブラスカ鉄道からスキタイ＝パンノニア＝トランスバルカニアに派遣されております、全権駐在員です。はじめまして。エステルハージ先生でいらっしゃいますね？　ああ、やっぱり！　わざわざ電報をいただきまして、ありがとうございました。……ええと、先生は、哲学博士……、いえ、法学博士でいらっしゃいましたね？」

「その通りです」エステルハージはうなずいた。

アバナシー氏は目をぱちくりして、くっくと笑い、それから堰を切ったようにまくしたてた。「私どもの鉄道用地沿線十郡区がやっと和解に応じて訴訟を取り下げたことを、どうしてご存じだったかは知りませんが、大西洋太平洋南西ネブラスカ鉄道が勤勉なヨーロッパ系移民の入植を強く望んでいることは、おっしゃる通り、間違いありません。沿線一帯は土壌が深くて、非常に肥えています。メイズ……、ああ、トウモロコシや、馬鈴薯や、秋まきの小麦がよく穫れます。大西洋太平洋南西ネブラスカ鉄道はたしかな相手にその土地を、ただ同然の一エーカー三ドル、二十五年年賦で売却するばかりか、人と物とをひっくるめて、移住の費用全額を喜んで負担する考えです。入植者はその日から土地持ちで、農業に専念できます。それに、晴耕雨読を理想として、時にはものを書こうという人には出版の自由がありますし、言論の自由、結社の自由はもとより、信教の自由が保証されていることは言うまでも……」

「ええ、ええ、わかっています」エステルハージは先を急いだ。「移民団の指導者、フィロストル・グロッツ助祭にお会いの節は忘れずにお伝えいただきたいのですが、おおかたの聖書解釈学者の見るところ、南北一続きのアメリカ大陸はどうやら旧約に、晴れて翼を広ぐがごとき土地、とある……」

「はい」アバナシー氏はきっぱりうなずいた。「承知しています。きっと伝えますから、どうぞご心配なく。入植者は、ゆくゆくはネブラスカ鉄道の上得意でしょう。ヨーロッパ系の信仰篤い移民は願ったりです。私どもとして、これに越す喜びはありません。ああ、そうだ。今度ベラで、日曜の朝、食事をご一緒しましょう。家内はワッフルが得意でして、パンケーキも焼きますし……」

エステルハージは誘いに応じて、いくらか遠慮がちに人差し指でアバナシー氏の頭に触れた。「ほほう、子煩悩の子だくさんですね」

「ああ、そろそろ汽車の時間ですね。はい、私ら夫婦ともども肥沃な大平原の出でして。こちらでは、ステップというのでしょうか。何を隠しましょう、子供が五人おります。可愛い子供たちですよ。もうじき、六人目が生まれます。予定日は今から五週間と三日、まあ、一日二日の違いはあるでしょうけれども。ああ、銅鑼がなっていますね。もう行きませんと。アポログラードへついたら、先生からよろしくと伝えましょう。この度は本当に、ありがとうございました……」

ヒューペルボレオス特急が走り去って気の抜けたような沈滞の中で、ヤーノシはたどたどしく一日の上がりを数えて悪態をついた。「これが施しかよ！　しみったれが！　どいつもこいつもコレラにかかって死んじまえ！　何が施しだ！　みんな、バイソンに角で突かれちまえ！」ヤーノシの悪態は時代がかってはいるが、めっぽう辛辣なことで知られている。

顔が合うなり、野牛は緑濃い斜面を逆落としに駆け下って、それきり午前中は姿を見せなかった。「逆落としに駆け下って」はいささか誇張が過ぎるかもしれない。正しくは、のそりのそりと遠ざかったといったところだ。午後も半ばをまわった頃、何度か双眼鏡の視野を重たげに横切り、二日目の昼近くには斜面に現れて草を食(は)んだ。三日目になると、おずおずと近づいて手の平から塩のかたまりを舐めた。

　年老いて赤茶けた雄だった。頑丈な角の生えた頭を肩より高く上げることはめったにないが、なにしろ図体が桁外(けたはず)れで、臭いことといったらない。鼻が曲がるとはこれだろう。　昼前に年取った野守(のもり)が立ち寄ると、野牛は上目遣(うわめづか)いにじろりと見て、形ばかり申し訳に尾をふった。「はなはだ粗末ながら、お口汚しながら、先生にお食事をお持ちいたしました。昨日と同じものでございます」野守は言った。敬意と共感のこもったたしかな口ぶりだった。「昨日も、一昨日も、召し上がってくださいましたので。ここは今日まででございますね。名誉滞在許可証に、三日としてございますから」

「ああ、ああ」エステルハージはうなずいた。「いろいろと世話になったね。ありがとう。気遣いは無用だよ。日暮れにはここを発(た)つ。特別待遇には感謝しているよ」野牛はエステルハージの手に鼻面をすり寄せて薄切りのリンゴにありついた。

「この一頭は大変な年でございます。二十年は生きておりましょうか。私がここへ参った時には六頭ばかりおりましたですが、みんな死にまして。どこかほかに、こんなものがおりますかどうですか」

「どこにもいないね」エステルハージは野牛から目を離さずに言った。

　野守はしばらく、ぜいぜいと荒い息をしてからうなずいた。「これまで、ここへおいで遊ばしたのはイリリア国王、お一人でございます。それも、わが名君、国王皇帝陛下がこの生き物を狩ること許し召さずとあって、早々にお帰りでございました。可笑しうございますね。ああ、そうです、私ども、この一頭を『メトシェラ翁』と呼んでおります。齢九百六十九歳なり、と創世記にあります、あのメトシェラでございます。ほかに呼びようはございません。動物の種類で申しますと、これはバイソンでございます」

エステルハージはなおも野牛を見つめたまま言った。「知っているよ」

イギリス人魔術師　ジョージ・ペンバートン・スミス卿

スワルトブロイ兄弟商会は一世紀半以上にわたって金の雄鹿小路に、建つというよりは蹲ったような格好でいすわっている。かつて繁盛を誇って小路の名の起こりとなった居酒屋は店を畳んで久しいが、ここかしこに壁やアーチ、それに、小路へ行くにはそこを降りるしかない石段と、わずかに往昔の面影を残している。居酒屋が流行ったのはそれだけ遠い時代のことで、その後、三重帝国の大都ベラは次第に周囲の路面を嵩上げして、今では小路だけが窪地になっている。軒を連ねる店々はこの一郭に特有の空気を醸す不思議な取り合わせである。角もすり減った石段の右側は、注文に応じてホース・クラウンを細工する店だが、表札には〈フローリアン〉とあるだけで、いっさい何も謳っていず、ショウウィンドウに品物を飾ってもいない。鉛の枠の小さな丸窓はそれ自体、見るからに古風な作りで、窓はただ明かりを採るためという古臭い考えで壁に開けたとしか思えない。そもそも、ホース・クラウンとは何か？　葬式に出るか、あるいは葬列を見物したことがあれば知っていよう。霊柩馬車を牽く馬の頭に、故人が並の大人なら黒、子供か未婚女性なら白、貴族か高位の聖職者ならスミレ色のダチョウの羽根飾りが何ごともなかったように揺れている、あれがホース・クラウンである。フローリアンほどの細工をする店は、どこをさがしてもほかにない。

石段の左側は、ありとあらゆる大きさの貝ボタンを作って売るワイトモンドルである。はるか南のペルシャ湾で、漁師が貝を開けて真珠がなかった時の落胆はいかばかりか察してあまりあるが、それでも、乳白色の真珠層を持つ貝殻がやがては花の都ベラへ運ばれて、ワイトモンドルの手でボタンに変わると思えばいくらかは慰められようというものだ。馭者の胸を飾る大きなボタンから、子供の手袋を留める小さなボタンまで、ボタンと名がつく限りワイトモンドルの店なら何でもござれである。

ゴールデン・ハート小路の石段を降りた突き当たりは嗅ぎタバコ専門の店、スワルトブロイ兄弟商会である。

もちろん、ほかにもいろいろな店が商売をしているが、入れ代わりが激しく、十年と続かずに仕舞った例も少なくない。フローリアン、ワイトモンドル、スワルトブロイ兄弟はゴールデン・ハート小路の御三家で、中でもスワルトブロイ兄弟商会は一番の老舗である。

土間に一脚だけある椅子に人が座ることはほとんどない。奥まったところに間口いっぱいのカウンターがあって、背後は同じ木製の、造りつけの棚になっている。棚に並ぶ五つの壺（つぼ）はどれも子供一人が入れるほどの大きさである。ラベルは端から順に、ラピー、ミノルカ、インペリアル、ハバナ、トルコ、と読める。

嗅ぎタバコを覚えてまだ日の浅い、いうなれば晩生（おくて）の初心者は、知ったかぶりで迂闊（うかつ）な口をきいてはならない。ペパーミント、ウィンターグリーン、ココア・ダッチ、などと言おうものなら、お気の毒さまで、生まれてきたことを後悔する破目になる。返ってくる答の冷たいことといったら氷河の比ではない。「甘いものなら、これを行った先だ。うちは嗅ぎタバコ専門だ」

この日、エステルハージ博士はわけあってゴールデン・ハート小路へ足を向けた。実はある人物をつけているのだが、相手が急ぐふうもなくぶらりぶらりと行くせいで、医学博士、法学博士、理学博士、文学博士ほか、何でも博士のエンゲルベルト・エステルハージは足がもつれて歩きにくいほどだった。前を行く男は長身で骨太ながら、やや猫背で、たっぷりとした黒いコートの裏地はくすんだ茶色の絹である。今時、この手の黒いコートは流行っていないし、過去に流行ったことがあるかどうかもあやふやだが、人目を引いて存在をひけらかす魂胆が見え透いている。エステルハージの知る限り、ベラでこんなコートを着ているのはたった二人、帝国歌劇場の支配人スペクトリーニと、宮廷画家のフォン・フォン・グライチュマンシュタールだけで、両方とも裏地は燃えるような緋色（ひいろ）である。

踝（くるぶし）まである黒のコートに好き好んで茶色の裏地となると、かなりな自己顕示欲と思って間違いない。この見知らぬ相手を呼び止めて、興味のままにものを問うのは躊躇われるところから、エステルハージはリンゴ搾りが絶えてもう何十年にもなるリンゴ搾り通りを横目に、今では仕立て屋が並んでいるばかりの見晴らし通りを過ぎ、モーリッツ・ルイ広場を抜けた。不人気だった暗君の見るに堪えない銅像のほかに、八百屋が六軒、花屋が二軒、フランス人のやっている洗濯屋と、カフェが一軒という殺風景な広場をはずれた先がゴールデン・ハート小路である。

石段を降りれば、いやでも「嗅ぎタバコ・スワルトブロイ兄弟商会」の店に立ち寄ることになる。

兄弟の片方がカウンターからいっぱいに身を乗り出して新来の客の不思議な帽子に目を凝らした。銀の勲章らしきものを飾った黒いベルベットの帽子は式帽とも思えなかったが、見た目は何よりも式帽に近かった。スワルトブロイ兄弟その一は我知らず丁寧に会釈した。客は大きな嗅ぎタバコ入れをカウンターに出して、ぼそりと言った。

「ラピー」

兄弟その一は真鍮の柄杓で壺からタバコを掬い、秤にかけて、タバコ入れに空けた。量はタバコ入れにちょうどだった。代々百年を超える家業ともなれば、一目で嗅ぎタバコ入れの容量を見定めるくらいは造作もない。

長身の客は五コペルカ玉で支払った。スワルトブロイ兄弟商会の嗅ぎタバコは安くない。客は名刺を置いてそっけなくうなずき、ものも言わずに立ち去った。

きれいに剃った顔は彫りが深く、何やら曰くありげだった。

ドアが閉じたところで、兄弟その一はあらためて会釈した。今度はせいぜい愛想をふりまく態度だった。「これはようこそ、先生。何を差し上げましょう?」

「インペリアルを四オンス、計ってくれないか」

スワルトブロイ兄弟商会では、少量の品物はタバコ入れに空けず、新聞紙に包んで客に渡す習慣である。量が多くなると、これが商標を彩色した襞目の包み紙に変わる。商標はイグナッツ・フェルディナンドが権力を誇った時代の身なりをした紳士が嗅ぎタバコを鼻につめてうっとりしている図柄で、閨秀画家イムグロッチ夫人の手描きである。夫人は寄る年波で、視力が衰えている。出来上がった絵はただ好事家を喜ばせるだけの珍品ではない。これこそは、商標の権威と、タバコの品質の証である。

「何か月か前に、ヒエロニムスの店で先生をお見かけいたしました」ヒエロニムスはエステルハージが葉巻を買う行きつけのタバコ屋である。「私どもが売り物にしております嗅ぎタバコ用に、ハバナの刻みを求めに参りまして。先生も葉巻をお断ちなすって、これからは嗅ぎタバコをご愛用で……」

兄弟その一は枯れ木のような痩せ形で、骨の浮いた頭に黒い縮れ毛が片々とこびりついている。エステルハージは咄嗟に想像の中でその頭蓋骨を手に取ったが、たちまち興味が失せて投げ出した。「いや、嗅ぎタバコは雇い人に、聖人の日の贈りものだよ。それはそれとして、もし私が嗅ぎタバコを嗜むようになったら、世に隠れもないスワルトブロイ兄弟商会で買うだろうから、そう思ってくれていい。ところで、今ここを出ていった、あの人は？」

兄弟その一は、隠れもないとおだてられたことに気をよくして、先客の名刺をカウンターに押しやった。

イギリス人魔術師
スミート卿閣下
深夜面談　要予約

流麗なカッパープレート書体で滞在場所が添えられていた。

ホテル・グランド・ドミニク

「聞くところ……」兄弟その一は言った。「イギリスの貴族はえらく趣味が奢って、おまけにやたらと偏屈だそうですね」

「ああ、世間ではよく、そんなふうに言うね」エステルハージはうなずいた。イギリス貴族がホテル・グランド・ドミニクに滞在するというのは、趣味が奢っているかどうかはともかく、なるほど偏屈には違いない。考えてみれば、名刺の体裁がふるっている。

卿（サー）とあり、閣下（ミロード）とあるが、これはいずれも敬称、もしくは呼称であって、貴族が自分から名乗る称号ではない。特にミロードは欧州人の側からイギリス貴族を指す呼び方で、『バーク貴族年鑑』にも、『デブレット貴族名鑑』にも、これを位階として記載している例はない。名前のスミート（Smiht）も、本当はスミス（Smith）だが、イギリス海峡を隔てた南と東では誰もこの名を正しく綴（つづ）れず、将来もそれは変わらないであろうところから、こんな名刺が出来上がったに違いない。

払いを済ませれば、もはや店に用はなかった。それに、どこへ行けば会えるとわかっている相手を追っていたずらに街を徘徊することもない。

エステルハージは、馴染（なじ）みとはいえないまでも、よく知っている顔を見返した。果たせるかな、兄弟その一は遠慮がちに切り出した。突然ながら、大先生にお教え願いたいことがございまして。どうぞ、何なりと。それはご親切に。言葉はそこで跡切（とぎ）れて後が続かず、エステルハージは助け船を出す気になった。尋ねたいと言っておきながら口ごもるとすれば、だいたい筋は知れている。

「過去の不始末に関することならば、毎日のように新聞で名前を売っているルデュック博士に代わって私が話を聞くよ。そういうことではない？　ははあ。毎日きちんと通じがないのなら、イチジクのシロップがいい。ん？　それも違う？　だったら、はっきり言ってごらん」

兄弟その一は質問する代わりに商会と家族の来歴を語った。スワルトブロイ兄弟の初代はクメルマンとフーゴだった。二代目はオーギュストとフランスで、弟のフランスの子がクメルマン二世とイグナッツである。

「私が当代のクメルマン・スワルトブロイでございます」スワルトブロイ兄は大真面目に言った。笑っては非礼になりそうなほどだった。「弟のイグナッツは今、水車小屋でシチメンチョウの塩漬けを仕込んでおりますが、ずっと独り身で、この先も所帯を持つようにはなりますまい。私の家内は亡くなった伯父オーギュストの一人娘でして、一緒になって十五年ですが、まだ子供ができません。人間、死ぬる者です。ではございますが、先生、このベラからスワルトブロイ兄弟商会の名が消えるなんて、そんなことがあっていいものでしょうか？ 赤の他人にこの店を譲るなんて、どうしてできましょう？ それで……、その……、いろいろと薬もございますようですが、何を試していいものやら、私ども、皆目、見当もつきません。というわけで、先生、何か安心で、効き目はたしかとわかっているものをお教え願えませんか？」

エステルハージは努めて優しく穏やかに言った。「そういうことなら、この場で答えるより、医学部のプロッツ教授を紹介しよう。私の名前を出してくれて構わないよ」

☞

ホテル・グランド・ドミニクは、その昔、イギリス貴族の子弟が教育の総仕上げにヨーロッパを旅行する足場として開業したのがそもそものはじめだった。御曹司たちの足が遠のいて後も長いこと、はぶりのいい旅商人たちがここを贔屓にしてホテルはにぎわった。鉄道の東ターミナルから目と鼻の間で、地の利を得たと言えば言える。駅に近いのは今も同じだが、中央停車場ができて、見る影もなく古びた東ターミナルは郊外鉄道と産業輸送だけを受け持つ支線の終着駅になりさがった。そんなこんなで、現在グランド・ドミニクに泊まる行商人は時代の流れに疎いものぐさか、黴臭い年寄りか、いずれにしろ素寒貧ばかりである。懐が淋しいのは、要するに人が買いたくなるようなものを商っていないからというだけのことかもしれない。それでもここ数年、グランド・ドミニクがどうにか成り立っているのは十一時から三時まで限定で出す半ダカットの昼食が人気を呼んで、一円になお生き延びている零細な工場や事務所の中間管理職が挙って利用するからだ。これがホテルの目玉商売で、客を泊めるのはほんの付けたりである。早い話、部屋代が安い。

加えて経営側に模様替えをして新しい客層を開拓する意欲などなきに等しく、安い割りに部屋は広い。ミロード・サー・スミートは西日のさす中央のテーブルに座っていた。背後はぼんやり暗く、梯子で昇り降りする天蓋つきの大きなベッドと、古風な衣装ダンス、大理石とマホガニーの洗面台、それと、擦り切れたクッションにホテルが華やかなりし頃の面影を微かに残すソファが影を滲ませ、クッションから嗅ぎタバコ、ラピーの香りが濃く漂っているように思えるのは気のせいで、匂いのもとは部屋の主、当のイギリス人魔術師だった。

「前に、どこかで会いましたね」

エステルハージはうなずいた。「ゴールデン・ハート小路に名刺を置いていったでしょう。それで……」

「……それで、ベラのど真ん中から私をつけて小半日ですか。嗅ぎタバコの店に名刺を出すとは見越しの筋で。え？」

やりとりはフランス語だった。

エステルハージはじわりと笑った。「これはこれは。ミロードのご慧眼(けいがん)、恐れ入ります。ええ、おっしゃる通りですよ。実は、そのよく目立つ、と言いますか、水際立ったお姿に心を惹かれまして……」

ミロードは、ふん、と鼻を鳴らし、大きな時計を取り出すと、ちらりと目をやってから、これ見よがしにテーブルに置いた。「条件は、三十分につき二ダカット。今すでに、もう計算のうちです。何だろうと、気の済むまで質問してください。トランプの手品をするもよし、ずっと黙って私を見つめるのも、そちらの自由です。ただ、自然力オッドの実演が希望なら、すぐにも取りかからなくてはなりません。あらかじめ断っておきますが、約束の時間を少しでも超過したら、そこからまた三十分ごとに二ダカットの決まりですから」当然ながら、エステルハージは考えた。ここまで商売に徹している人間が、ホテル・グランド・ドミニクに滞在していることは言うにおよばず、生まれ故郷を遠く離れて放浪しているとは不思議な話ではないか。もっとも、人は見かけによらずで、本人が世の中で演じているつもりの役割りと、傍目（はため）に映る姿がかけ離れているというのはままあることだ。

「その前に」エステルハージは自身の研究のために特注印刷したアンケート用紙を取り出した。「恐れ入りますが、こちらの調査が済むまで、帽子を取っていただけますか……」

イギリス人は用紙を見て目を丸くした。「これは驚いた！　ずっと前ですが、ブライトンで、さる骨相学者に頭を撫でたりさすったりされたことがあります。いやあ、ここで骨相学者の訪問を受けるようになるとは、思いもかけない光栄です」

「ほう、ブライトンですか。あのインド風の、ロイヤル・パヴィリオンは素晴らしい。まさに幻想旅行でした。ところで、ヨーロッパで最初の紳士は、ヨーロッパではじめてハシシを吸った人物だと思いますか？」

スミートはちょっと眉を曇らせたが、すぐに表情を和らげて帽子を取った。「ブライトンをご存じですか。こう見たところ、イギリスの方ではないようですが、英語は不自由しませんね？」

「子供の頃、学校の休みにはイギリスの叔母（おば）のところで過ごしましたから」

「だったら、フランス語は止めましょう。私が苦手のフランス語より、そちらの英語の方がよほど苦労がないでしょうから。それに……イギリス体験があればおわかりでしょう。サーの称号は、苗字(みょうじ)だけには用いません。必ず姓名が後に来るのです。モーゼス・モンテフィヨーレなどの場合はまた別の尊称を使いますが。ヨーロッパではいくら言っても理解されなくて、毎度ながら、いらいらしますよ。ミロードは、まあ、いいことにしています。いわば習慣ですからね。スミートは、もう諦めました。ギリシア語と……、アイスランド語のできる人を別とすれば、スミス（Smith）の発音はほとんど無理だとわかったものですから。発音にせよ、綴りにせよ……」

スミスが言葉を切って話の接(つ)ぎ穂(ほ)を思案するところで、エステルハージは背後へまわって指先でそっと頭に触れた。意外や、スミスはとんと気にかけるでもなかった。「それにしても、準男爵という身分はヨーロッパ大陸をでたらめにしていますね。そりゃあそうです。男爵の子は誰も彼も男爵、公爵の子はみんな公爵なら、ヨーロッパ中に公爵、伯爵、男爵がうようよいて不思議はありませんよ。長子相続制も何もないんですからね。……ああ、この調査については、そちらからどうしろこうしろと注文してくれれば、その通りにしますよ。ゴート語だか何語だか、私は読めませんから、誠意がないの何のと言われたって、恨みに思いやあしません。どうぞご心配なく。縦何列の、何行目、というように場所を言ってください。それでどうです？」

「最初の欄の、一番上からお願いします」エステルハージは指示した。

イギリス人は頭を動かすでもなく、長い腕を伸ばしてはじめの段の一行目に印をつけた。「私はジョージ・ウィリアム・マーマデューク・ペンバートンですが、ずっとジョージの名で呼ばれていました。マーマデューク・ペンバートンは大伯父に当たります。実の大伯母はずっと早くに亡くなりました。軍隊向けに携行食糧の乾パンを商売にして財をなしましてね。甘味のないダイジェスティヴ・ビスケットだったかな。なに、どっちだっていいです。いや、大伯母モードとの間には子供ができなくて、大伯母が亡くなってからは、あっちの方も役に立たなくなったか、後添えは迎えませんでした。それで、親類中が相談して遠縁の私に名前を継がせることにしたのです。私がスミス・ペンバートンを名乗れば、大伯父の家は絶えませんから。準男爵の位は長兄が継ぐと決まっていますしね。マーマデュークは私に何も遺してくれませんでした。遺産のほとんどは教会修復の基金にあてられましたが、教区の牧師が泣きついてせびり取ったに違いないことは目に見えているというものです。

「ええと、次の段の、四行目ですね。これでよしと。それはともかく、マーマデュークは誕生日にいつも一ギニーの小遣いをくれて、私は恩に着ていました。おまけに、ジョージの名がどうしても厭で、自分ながらスミス・ペンバートンの方が似合うと思いましたね。だいたいこのヨーロッパ大陸で、ペンバートンを正しく綴れる印刷所がどこか一軒でもありますか？　ふん！　私はとっくに諦めていますよ。さてそこで、自然力オッドですが、もともとは、ブルワー・リットンが伯爵になる前に言い出したことです。ブルワー・リットンを読んだことがありますか？　なにしろ、それはひどい文章で読むに堪えませんが、ただ、オッドについては漠然とした考え以上のものがあります。ええと、これは？　ああ、四段目の、上の行。小数点の繰り上げみたいですね。ええ、いずれにせよ、もとを糺せばオッドの概念はメスマーに遡ります。ええ、そうですとも。メスマーはわかっていました。が、悲しいかな、何がわかっているのか、自分で理解するにはいたらなかったのです。その後……、次兄のオスカーがパ・レウィ・ナン・ナンとやらいうところで、マオリ族に撃たれて死にました。パ・レウィ・ナン・ナンだかどこだか、そんなところで死ぬなんて、情けない話です。……ああ、六段目の、四行、おっと、五行目でしたか。ああ、これでいい。それから、レジナルドがインドのフーグリ河に嵌って、とうとうそれっきりです。気の毒に、ワニに食われたのだろうと思います。ワニにしてみれば、痩せこけたヒンドゥ教徒百人よりよっぽど腹ごたえがあったでしょうよ。いや、まったく」

ジョージ・ウィリアム・マーマデューク・ペンバートン・スミスは言葉を切って、ラピーを鼻につめた。

「で、どうなったかといえば、兄弟で残っているのは兄一人。準男爵の後継ぎ、オーガスタスだけです。私はこの通り、大衆新聞で派手に名が売れているだけのしがない身の上でしかありません。何故か？　要するに、単なる偶然、自然の成り行きですよ。今ここにこうしているのと同じで、たまたま私は英国学士院小委員会の前で自然力オッドの実演を披露することになっていました。委員の一人にピガフェッティ・ジョーンズという希代の人物がいて、快く実験台を引きうけてくれたのです。ところが、このピガフェッティが衣類だけを残してふっと消え失せました。ズボン吊りのボタン、腹巻き、ボール・アンド・ソケット式の脱腸帯と、身につけていた一式はそっくりそこにありながら、まさに神隠しです。さあ、どうでしょう！　そもそも、これは科学的実験か、否か？　いったい、命の危険を冒すことに真理探究の本意はあるかどうか？　委員会の面々は、はじめは笑いましたが、そのうちに、ピガフェッティを呼び戻せと言いだして、果ては私をいかさま師呼ばわりする始末です。この私をですよ！　かくなる上は……」

エステルハージははるか以前にウェールズの王立天文台長、ピガフェッティ・ジョーンズ氏の奇怪な蒸発について読んだことをぼんやり微かに思い出した。当時、すでに事件は世間の話題にもならない旧聞だった。それが、今になって見ず知らずの相手から思ってもみなかった詳しい経緯を知らされた格好である。おまけに、充分な説明とは言えないまでも「ミロード・サー・スミート」が長いことヨーロッパ大陸を放浪しているわけもこれでどうやら察しがつく。おそらくは、もっと遠くまで足を伸ばしているだろう。故郷を留守にしているために、家族の体面を汚すような悪い噂が立つこともない。その見返りに、家族はなにがしかの仕送り（レミッタンス）を欠かさずにいる。そんな境遇をペンバートン・スミスは「レミッタンス・マン」と自嘲する。送金頼みの風来坊で、親のすねかじりと似たり寄ったりである。

もっとも、長兄がもう準男爵を継いだのか、父親は故人となったか、まだ存命か、はっきりしない。

自然力オッドに関しては……。

「いろいろありますよ」背の高い年配のイギリス人はこともなげに言った。「一種類ではないと私は確信しています」

と、そこで口をつぐんだのはエステルハージの心を読んでか、もともと思いつきで言いかけたことを引っこめたつもりか、とらえどころがない。

「いや、それを言うなら」スミスは屈託なげに話を続けた。「例えば、錬金術師ゾシマスの……。どうぞ！」

年取ったボーイが古めかしくへりくだった挨拶をして、名刺を載せた銀の盆を差し出した。

「ははあ。商売、上向きですよ。ええと、十五の段の三行目……」

エステルハージは三十分を超過せずに腰を上げたが、とりあえず次回を予約した。順番待ちの客の名刺は目の前に置かれたままである。

見覚えのある名前だった。

スワルトブロイ兄弟商会

ゴールデン・ハート小路　三番地

嗅ぎタバコ

在留外国人局監督官三等補佐ルペスカスは複雑な心境だった。一方では、つい最近、三等補佐にまで出世したことを誇らしく思っている。少数民族のロマーノ人が中央省庁でこの地位に就くことはめったにない。が、その片方で、不馴れな調べものを仰せつかって外歩きをしなくてはならないのは気が重い。今もこうしてイギリス公使館の二等参事官を訪ねているが、上役の二等補佐フォン・グルーキに言わせれば、こんなことは形ばかりの雑用でしかない。「毎度のことだ、ルペスカス」だが、言うはやすしで、毎度のことだろうと何だろうと、きちんと結果を出さなくては顔が立たないからむずかしい。現に公使館まで足を運んでいながら、どうやら収穫は望み薄である。

「スミス、スミス……」二等参事官は不機嫌に言った。「これだけでは、答えようがありませんよ。何……スミスですか？」

ルペスカスはただくり返すしかなかった。「ミロード・サー・スミート」

「ミロード、ミロードと言われても、そんな位も称号もありません。サーは、ドイツ語のヘアだの、フランス語のムッシューと同じで、ただの敬称です。ついでながら、スミスの綴りが間違っていますよ。これはS–M–I–T–Hでなくてはいけません。いずれにせよ、ただスミスだけでは返事に困ります。だって、そうでしょう。これではカーディフでジョーンズ、グラスゴウでマクドナルドを尋ねるようなもので……、ああ、そう言ったところでおわかりがない……、ええ、これでは、プラハでノヴォトニーをさがすのと変わりありませんよ。石を投げれば当たる名前ですからねえ」

ルペスカスは少しだけほっとした。脈がある。後々の参考にと、心して手帳に書きとめた。「問題の人物、ミロード・スミートはプラハ在住のノヴォトニーと接触ある模様……」

丁寧に挨拶して、公使館を辞したところで深々と溜息をついた。これからオーストリア＝ハンガリー公使館へまわってノヴォトニーのことを聞き出さなくてはならない。今度は何かわかりそうだった。イギリスでは、スミートという名の人間は木に生っているらしい。


初対面からひと月ほど経ったある晩、エステルハージと白髪のイギリス人は一足飛びとはいえないまでも、かなり急速に親交を深めた。名刺を出すと、取り次ぎのボーイにそのまま通るよう促されて、エステルハージは部屋へ上がった。スミスは黒ずくめの女と向かい合っていた。世界中どこの教会にもきっといて、陰で教会を支えているような目立たない女だった。

「やあ、これはこれは。さあ、どうぞ。こちらのご婦人はフランス語もドイツ語も通じません。私のゴート語はもっと使いものにならない……、というわけで、一つ、通訳をお願いしますよ」

　未亡人のアプテルホッツは死んだ夫と交霊を願っていた。「ですから……」くれぐれも誤解のないように、と夫人は重ねて念を押した。「ですから、夫はとうに亡くなっています。名前はエミールです」

　スミスは辛抱強く頭をふって言った。「死という存在はありません。生も同じ。ただ、星界、もしくは幽界と顕界を隔てる一線のどちらかに流転する〈状態〉があるだけです。こう言うと、生きていない人間はみな死んでいるように思えるかもしれませんが、それは違います。男であれ女であれ、今こちら側にいない人間は、いわゆる〈死〉の領域を流転しているか、星界、もしくは幽界の地平に沿ってゆるやかに波動しながら漂っているかでしょう。人は〈死者〉が〈生きていない〉ことを悲しみますが、死の世界で、死者はわれわれの言う生の世界へ旅立つことを悼むかもしれないのです」

　未亡人アプテルホッツは焦れったそうに溜息をついた。「エミールは根っから丈夫で、力持ちで、病気一つしませんでした。亡くなったことがまだ本当と思えないくらいです。口を開けば、地獄なんてありゃあしない、あるのは天国と煉獄だけだ、と言いました。それで、いつも私は、あら、エミール、そんなふうに言うとフリーメーソンか何かに思われてよ、とたしなめる役まわりでした。でも、ウゲロウ神父は、死んだ亭主のことは忘れて、お祈りはしなくとも、せめて聖書に手を置いて慈悲を乞いなさいと、そればっかりで。でも、私は……」アプテルホッツはのっぺりとした顔に精いっぱい深刻な表情を浮かべて、すがるように身を乗り出した。「私はただ、あの世でエミールが幸せにしているかどうか、それが知りたいだけなんです」

ペンバートン・スミスは、何も約束できないと断った上で、少なくとも何か一つ、死者のオッド力が染み込んでいるものが必要だと言った。未亡人はうなずいて手提げ袋をかきまわした。「そう聞いていましたから、持ってきました。いつも身につけるように言って、エミールは人から何と思われようと、肌身はなさずでしたが、埋葬の時、形見にと思って取っておいたものです。はい、これ」形見の品は小さな銀の十字架だった。

スミスは眉一つ動かすでもなく受け取った十字架を奥の暗がりの、所狭しと込みあった大きなテーブルに置いて二人を手招きした。未亡人アプテルホッツはそれを指図と理解し、エステルハージは呼ばれるまでもなく関心の命ずるままに傍へ寄った。「これがオッドを誘引する装置です。どうぞ、そこへ掛けてください」スミスはマッチをすって小さなガス灯を点した。ガス灯には火屋がなく、おまけに調節のつまみがあっても故障しているせいか、あるいは、ただスミスが好んだことか、赤みを帯びた金色の炎が二フィートほど勢いよく噴き出してはためいた。

いかにも、スミスは何を出し惜しみする気色もなかった。

何がどうあれ、さあ面白くなってきた。エステルハージはイギリス人魔術師が両方の鼻の孔にラピーをつめる間、オッド装置を仔細に睨めまわした。真空状態を作る鐘形のガラス器、ベルジャーが並んでいるほか、内側に錫箔を貼ったライデン瓶と思しきものもある。ベルジャーの中はと見れば、金属のヤスリ屑が山をなし、あるいは水銀が妖しく光っている。が、それ以外はほとんどが植物性に違いない有機体だった。ベルジャーとライデン瓶はすべて相互にガラス管で結ばれ、錯綜するガラス管はやがてひとまわり太めの、言うなれば本管に通じている。本管は螺旋を描いて下降し、しばらく這ってから立ち上がった先端が蓄音機のラッパのように大きく開いていた。

「触らないでくださいよ。繊細この上ないこわれものですからな」ミロード・サー・スミートは注意を与え、素材は不明ながら表面が格子細工の小さなテーブルを軽々と引き寄せてラッパにかぶせるように据え、その上に銀の十字架を置いた。「では、そちらのご婦人に、これを持つように言ってください。そうして、今は存在の別次元においでの、ご主人の面影に神経を集中するように」未亡人アプテルホッツは入り組んだガラス管につながっている磁気電池の取っ手に似た金属棒を摑んで目を閉じた。「いいですか」ミロードは言葉を足した。「私が意思を通じるのに力を貸してください。つまり、あなたの願いを私の流儀で伝えるということです」

ミロードはガラス管の栓をひねり、あちこちの継ぎ目を曲げ伸ばし、あれやこれやをいじくって、ようよう準備をととのえた。「エミール・アプテルホッツ。エミール・アプテルホッツ。エミール・アプテルホッツ。今どこにいるか知らないが、幸せにしているなら、存在のこっち側で身につけていた十字架を動かして合図してくれないか。さあ！」

　ガラス管が複雑に絡んだオッド装置を載せたまま、大きなテーブルが前へ動きだした。

「違う、違う！　このたわけ者が！」ミロードは顔を真っ赤にして喚いた。「テーブルじゃない！　十字架だ！　十字架だけを……」体を預けて押し戻そうとしても、まるで歯が立たなかった。ガラス管や装置が破損したら何が起きるかわかったものではない。エステルハージは見るに見かねて脇から手を副えた。ミロードは息を荒らげて踏ん張ったが、テーブルはなおもじりじりと迫り出した。

　と、あるところでテーブルはいきなりひょいと引っこんだ。ミロード・サー・スミートはよろけて椅子にすがり、エステルハージが横っ飛びに抱きとめて、二人はそのまま腕を組み、もたもたと怪しげなショティッシュ・ポルカを踊る格好でやっとどうにか踏みこたえた……。

　ミロード・サー・スミートはすっかり機嫌を悪くして、道路工夫がポークパイを包むような赤いハンカチで額を拭いた。「どうやら、交霊は不調に終わったと言わざるを得ません。幽界の住人からこれほどの無礼を受けたのははじめてです」

　だが、未亡人アプテルホッツは今しがたの交霊を仮にも不調とは思っていない証拠に、のっぺりと平べったい顔に陶酔の色を浮かべて十字架を手に取った。「エミールは根っから丈夫で、力持ちで……」

　言い捨てて、未亡人は立ち去った。

オーストリア＝ハンガリー公使館のマンフレッド・マウスワルマー氏は強い関心を示した。「プラハのノヴォトニーですか、え？　ああ、心当たりがありますよ」在留外国人局監督官三等補佐ルペスカスははっと体を起こした。軽い興奮が頭を走った。「ええ、ええ。聞き覚えのある名前です。チェコ人の名前ですね」マウスワルマー氏は鷹揚な口ぶりで言った。「チェコが何を企んでいるか、油断がなりません」几帳面な字でメモを取る顔は晴れやかだった。「まずはウィーンと連絡を取って……」

「ええ、もちろんです！」

「当然、ウィーンはプラハに接触するでしょう」

マンフレッド・マウスワルマー氏は血走った大きな碧眼をしばたたいた。「チェコ名前に、イギリス名前。暗号名は魔術師。日常語はフランス語、と」マウスワルマー氏はずんぐりした人差し指を鼻の脇にあてがって目くばせした。ルペスカスは目くばせを返した。了解が成り立った。ウサギはとっくに飛んで逃げたが、猟犬の群れは臭跡を嗅ぎ取った。

☞

ベルジャーの一つは空(から)だった。エステルハージははじめからそうと知っていたが、あれこれ理由を考えるでもなく、あえて問うつもりもなかった。イギリス人ミロード・サー・スミートは帽子をかぶったまま、長いコートを仰々しく、ばさり、ばさり、と翻(ひるがえ)して古びた広い部屋を行きつ戻りつしながら語った。「容器の中味はほとんどが植物界と鉱物界を代表するものです。気づいておいでかどうかわかりませんが」

「気づいていますよ」

「そこで、動物界ですが……。人間は、男も女もみなそれぞれが小さな一つの宇宙、つまりは大宇宙の縮図です。すなわち、人間は体内に、自覚はないものの、絶えずなにがしかのオッド力を放射する動物や鉱物の要素、成分を持っている……」

「そのオッド力は、一種類ではない、と」

「そう、一種類ではありません。そこが大事なところです。それはともかく、人の体内には、ジャガイモ、キャベツ、芽キャベツ、といった植物界の成分が含まれていて、これが消化の過程を潜ります」ばさり。「体内に常住する無数の細菌も植物界に属しています。人体の化学組成に占める植物の割合は、ええと、どうでしたっけ。実質貨幣に換算して、四シリング六ペンス前後、重さにして二ポンド六オンスといったところかな？　いや、忘れました。とにかく、人体組織はもともとが動物性です」

エステルハージは両手の指先を突きあわせてうなずいた。「間違っていたら、訂正してくださいよ。つまり、交霊を希望するこちら側の誰かがここにある取っ手を摑めば、動物、植物、鉱物界が統合されて……」

「譬(たと)えてみれば、三重帝国が誕生してまだ間もない時代に立ち戻る、と。そう、その通りですよ。あなたなら理解すると睨んだ私の判断は間違っていませんでしたね」ばさり。

「となると、あとは微調整の問題です。植物オッドを強くして、その分、鉱物オッドを抑えるとか……。それで巧くいきましたらご喝采ですが、ここではまだ人間、個々人を手なずけるまでにはいたっていません。人それぞれはもとのままです。栓をひねろうが、弁を開閉しようが、あるいは、ガラス管を継ぎ足そうが切り離そうが、人体は見た通りと受け取るほかはないのであって……、悲しいかな……、おお、お！」

空のベルジャーに変化が起きた。霧か煙か、蒼白い光を孕んだ流体が渦を巻き、紅白の火花が飛び散るさまはただごとではなかった。

ミロード・サー・スミートは右往左往して装置をあちこちいじくったが、何の甲斐もなく、もうこれまでとエステルハージに泣きついた。「申し訳ない！　ちょっと、そこへ……」

エステルハージは進み出て装置の握りを摑み、子孫を残す望みを絶たれていながら両方向を同時に見る不思議な動物、ラバのふるまいを模した。

一つの方向はペンバートン・スミスである。動物、植物、鉱物と三つあるオッド力の満ち引きを調節しようとスミスはなおも管をつないだりはずしたり、栓を締めたり緩めたり、あっちをいじり、こっちをひねりして大わらわだった。

もう一つの方向が今しがたまで空だったベルジャーである。空洞だったところに溢れかえっているのは何か……？　見ようによっては、顕微鏡的なハチの群れと思えないでもなかった。

微かな刺激が手の平から肩へ走った。電気とはおよそ違う、と思ううちにも刺激は倍加した。額に汗が噴き出して、エステルハージは軽い眩暈(めまい)を覚えた。スミスはすかさずそれと見て取った。「強すぎるかな？　悪い悪い！」スミスが装置を加減すると、眩暈は嘘のように去った。

ベルジャーの中に何かがゆっくり形を現した。

幻視だろうか。いや、姿から言って一寸法師(ホムンクルス)か。ベルジャーにすっぽり入る柄の小さい子供ほどだが、その点を別とすれば、どこから見ても立派な大人だった。しかも、フロックコートに威儀を正して髯(ひげ)をたくわえている。肩から斜めに綬をかけて勲章を下げているのだが、エステルハージの目にはそれがミロード・サー・スミートの帽子の銀メダルによく似ていた。

「ペンバートン・スミス。何者だね、これは？」

「誰かって？　おお、おお、ゴームズ。ブラジルの魔術師だよ。もちろん、ゴームズは知っているだろう」スミスは両手を結んだり開いたり、指を曲げ伸ばしたりして、空気をかきまわすようにめまぐるしく動かした。「国際語の手話でね。向こうは英語ができないし、こっちはポルトガル語が駄目だから。ゴームズも気の毒に、最後の皇帝ドン・ペドロが失脚してからすっかり意気地がなくなって。しかし、まあ、時代の流れでやむを得ないのだろうな。皇帝と南北アメリカはどうしたってしっくり合わない。皇帝はあくまでも旧世界の存在だよ」スミスは重ねてひらひらと両手を翻し、流れるような動きで宙に不思議な形を描いた。「うん、うん。はあ、なるほど。いや、本当に。そんな、まさか。うーん。いやあ、それはまずい！」

スミスはここでエステルハージをふり返った。ベルジャーの中で、ブラジルの魔術師は小さな小さな両手を降ろし、言葉尽きて悲しげに肩をすくめた。「だから、どうだっていうんだ？」イギリスの魔術師は海を隔てて問いかけた。

「何だ、通じていないのか？」手話の心得があるエステルハージは言った。「アリがコーヒーの木を食って困るから、殺虫剤のパリスグリーンを送ってほしいとさ。向こうでは手に入らないので」

「弱ったな。パリスグリーンを送れと言われたって！」

「いいよ。私が手配しよう。明日中には発送できるだろう」

「それはありがたい。いやいや、ご親切にどうも。ああ、早速、吉報を伝えなくては」

遠く離れたブラジルの避暑地ペトロポリスで、大きな国の小さな魔術師は胸に手を組んで深々と頭を垂れ、海の彼方の友好国、スキタイ＝パンノニア＝トランスバルカニアの見当に感謝を表した。世界中の科学者は親愛の名のもとに、人種を問わず、国境を超えた地球規模の同盟を結んでいる。

聖人の日に嗅ぎタバコを贈られた料理人のオルガッツ夫人はことのほか喜んで、エステルハージの言いつけ通り、コーヒーの買い置きを大量に増やした。これに気をよくしたエステルハージは、めったにないことながら常に危険はあって油断のならない事故に備え、オルガッツ夫人をなだめる用意にまた嗅ぎタバコを仕入れることにした。油断のならない事故とは、オルガッツ夫人が湯気で火傷してスープを焦げつかせたり、三階まで聞こえる悲鳴を発して、二度とストーヴの前には立てないとつむじを曲げたりする騒動である。そんなわけで、エステルハージは暇を見つけてゴールデン・ハート小路を再訪した。

「インペリアルを四オンス」

秤を睨むスワルトブロイ兄弟の片割れを見てエステルハージは言った。「クメルマンではないね」いや、言おうとして喉まで出かかった言葉を呑みこんだ。

「ええ。私、イグナッツです」スワルトブロイ弟はうなずいた。「クメルマンは今……」

「水車小屋で、シチメンチョウの塩漬けを仕込んでいるところだね」

イグナッツ・スワルトブロイは軽い驚きと反撥が入り混ざった顔をした。「いえ、違います。クメルマンはラピーを挽くのが仕事ですから。シチメンチョウの塩漬けは私の役です。ほかのことは何でもかわりばんこですが、ラピーを挽くのと、シチメンチョウだけは絶対、人には任せません。実は、クメルマンは義姉の具合が悪くて、家にいます。このところ、義姉は家事をするのも大儀なようで」

スワルトブロイ弟は商標を手描きした襞目の紙に品物を包んで差し出した。老いた閨秀画家イムグロッチ夫人は緑の鬘をかぶって灰色の鼻をした人物にタバコを嗅がせていたが、スワルトブロイ兄弟商会のタバコを左の鼻孔につめたその至福の表情は常と少しも変わらなかった。もっとも、嗅ぎタバコがラピーか、インペリアルか、ミノルカか、ハバナか、トルコか見分けがつかず、包み紙の絵からはしょせん知る由もない。

「それは、それは。心からおめでとうを言わせてもらうよ」

スワルトブロイ弟はエステルハージを見返して、礼を失しない範囲で形ばかり会釈した。「これはどうも、ご丁寧に。お祝いの言葉はまだ少し早いかもしれませんが。女の子でしょうか?」

「さあてね」エステルハージは小さく首を傾げた。「うん、それは……。可能性は半々だから。ありがとう。お大事にね」

スワルトブロイ兄のクメルマンもその可能性を考えないはずがない。あまりにも当然ではないか。だとすれば、クメルマンはその後、ミロード・ペンバートン・スミスが長逗留しているグランド・ドミニクの古びた広い一室を重ねて訪ねたのではなかろうか。

☞

フォン・パーファスは口をすぼめて頭をふり、密かに溜息をついて、上司ツー・クルック伯爵の部屋を訪ねた。「ああ、何かね?」ツー・クルック伯爵はいつもながらすっきりと晴れやかだった。伯爵に仕える喜びはこれにある。フォン・パーファスは地位も身分も投げ出してアメリカへ渡ろうと、もう何度思ったかしれない。従兄がオマハで靴屋をやっている。が、もちろん、そんなことはおくびにも出さずに文書を手渡した。

「ベラのマウスワルマーからです、閣下」

伯爵は片眼鏡をきつくかけ直して、うん、と唸った。「ベラのマウスワルマーは、オーストリア＝ハンガリー帝国の分裂を狙うイギリス、フランス、チェコの陰謀を暴いたぞ」

「それは一大事ですね」

「ああ、そうだとも。間違いない」ツー・クルック伯爵はきれいに爪の手入れをした指先で報告書を叩いた。「連絡工作員は……、当然、プラハだ。ほかに足場はあり得ないな。名前はノヴォトニー。暗号名、魔術師。さあて、これをどう思う？」

「はい、ノヴォトニーといいますと、プラハでは極くありふれた名前と存じますが」

ツー・クルック伯爵はこれを聞き流した。「このことを、ただちに殿下のお耳に入れなくてはいけない」ツー・クルック伯爵といえども、相手によっては腰が低い。長年オーストリア＝ハンガリーで文官を勤めているせいで、何はともあれことなかれ主義である。「だから、ロンドン、パリ、プラハの出先と打ち合わせをした上でだ。それまでは、いっさい口外無用だから、そのつもりで」

「もちろん、承知いたしております」

「ああ、もちろん、もちろん。なら、ただちに！」

フォン・パーファスはオマハに思いを馳せて部屋を出ると、後ろ手にドアを閉じてまた密かに溜息をついた。


外地勤務海軍少佐アドラーは配属先の隣国で長らく重責を担い、輝かしい軍功を立てている。「それが……」少佐は口をとがらせた。「ええと、英語で何と言いましたっけ？そう、習字帳にインクをこぼすというやつで、経歴を棒にふることになったのです。詳しい話は控えますが、陸へ上がっても、せめて深海魚の研究論文に手を入れて、結末をつけるくらいはできるつもりでした。ところが、最高司令部は思いのほかにお冠で、懲罰は免れない、の一点張りです。私が懲罰を受けるいったい何のいわれがありますか？そんなこんなで、私はこの通り、ベラの大使館付海軍武官です。ベラ、ですよ。河港じゃありませんか。それはまあ、一国の帝都ですから、名誉には違いありません」少佐はエステルハージに向かってぞんざいに会釈し、エステルハージは億劫げにうなずき返した。「そうはいっても、ここは深海とまるで縁がないんですから。いやはや」少佐は長嘆息して言葉を継いだ。「だいたい、淡水魚なんてどこが面白いか、なろうことなら教えてもらいたいところですよ」いくら少佐がむずかっても、こればかりは答えようがなかった。

「んー」ミロード・サー・スミートは言った。「ええ、ええ。異国の憂鬱はよくわかります。私も同じですから。ただ、私は政治向きのことにはいっさいかかわらないようにしています。もともと柄じゃありませんし。ホイッグ党も、トーリー党も、ものの数でもないのは同じ。いい加減にしてくれです。海の魚は燐が豊富で、頭にいいんですね」

少佐の気持は伝わっていなかった。ミロード・サー・スミートと政治談義をするつもりはない。少佐の関心はもっぱら科学である。サー・スミートの田園自然の……、おっと、失礼、天然自然の霊力オッドについてはいろいろと耳にしている。深海魚の研究を続けられるように、その自然力を操ってここベラにミンダナオ海溝を再現してはもらえまいか……？

ミロードは万歳をして叫んだ。「とんでもない！　とうてい無理です！　水圧を考えてごらんなさい、水圧を。深海に潜るには、何よりもまず、とびきり頑丈な鋼鉄船が必要ですよ。それも分厚いガラス窓のある船です。建造にべらぼうな費用がかかります。そのくせ、研究成果についてははなはだ心許ないと言わざるを得ません」

海軍武官はそんなことでめげるわけがなかった。費用はほんの第一歩でしかない。少佐はすでにその一歩を踏み出している、と打ち明けた。私財を投じる用意がある含みだった。

「その先については」エステルハージはきらりと目を光らせ、強い関心の色を浮かべて乗り出した。「少なくとも、船については〈イグナッツ・ルイ〉号の鋼板が使える……」

〈イグナッツ・ルイ〉号！　三重帝国初の弩級戦艦建造計画を、国民が熱狂的に支持したことは記憶に新しい。とりわけ、国粋派の新聞は有頂天で派手に書き立てた。現実であると仮想であるとを問わず、スキタイ＝パンノニア＝トランスバルカニアに脅威を与える敵国の心臓部に相応の痛撃を加え、心胆を寒からしめる弩級戦艦は帝国が面目にかけてこれを保有しなくてはならない。従来、ヨーロッパ第四の帝国海軍は密輸監視艇三隻と、砲艦二隻、灯台補給整備艦一隻、それに、南北戦争の終結を機にアメリカからただ同然で購入したモニター艦〈モナドノック〉号、改め〈フリオーソ〉号を装備するだけだったが、この計画によって新しい時代の夜明けを迎える、と新聞は喧伝した。特に注目を集めたのは、スウェーデンが巨額の契約で精魂こめて鍛造した超高強度鋼板である。

悲しいかな、三重帝国が世界有数の海軍力を誇ると浮きたった国民の期待はあっけなく裏切られた。〈イグナッツ・ルイ〉号はイステル河の満潮時の水深よりも四フィート吃水が深いことがわかって計画は立ち消えとなり、翌年度の予算から弩級戦艦の建造費が削減されて、国粋派の新聞はそれきりふっつり沈黙した。建造途中の竜骨や梁は雨風にさらされて赤錆び、技術の粋を集めて鍛造した超高強度鋼板は海軍工廠の倉庫に寝かされたままとなった。以後、ロシアやオーストリア＝ハンガリーと敵対することはないものの、グラウスタークと、ルリタニアの心臓部に攻撃を加えるとなれば、砲艦二隻と、一隻しかないモニター艦だけが頼りである。

異国の海軍少佐は気を取りなおしてじわりと笑った。イギリス人魔術師も表情を和らげ、誰が言い出すでもなく、三人はテーブルをかこんで計画の相談にかかった。

「スキタイ゠パンノニア゠トランスバルカニアでイギリス人魔術師がどうしたのこうしたのと、いったい何だ、これは？」本国から指示を受けたパリ駐在の書記官らは顔を見合わせた。

「どうせ、誰かの悪ふざけだろう」

「こいつはロンドンへまわす手だな」パリの面々は衆議一決した。

「どういうことだろうか？」ロンドン組は首を傾げた。「イギリスの、ヴィザール、ミロール、スリー、スミティ……？　これではまるで意味をなさないじゃあないか」

「んー。いや、そんなことはない。ああ、これはヴィジエルだな。トルコの高官、大臣だよ。スリーはインドの導師、先生だろう。スミティは……、さあてな。ヒンディ語か、グジャラート語か……？　うん、そうだ。オーガスタス卿はインドに詳しいから、聞いてみよう」

「それがいい、それがいい。でも、待てよ。この……、チェク・ノヴォスニ、って何だ？　だいたい、パリ発の文書はスペルがでたらめだから始末が悪いな。ノヴォスニ……、ノヴォスニ……。何だろう？」

「知るものか。山岳人種か何かではないか？　どのみち、こっちは知識がないんだから、考えたってしょうがない。これもオーガスタス卿に聞いた方が早いよ」ロンドン組は諦めた。

プラハでは、アベラール・ノヴォトニーにはじまってジグムンド・ノヴォトニーに終わる厖大な人名録を手分けして洗った。時間はありあまるほどあって暇潰しにはちょうどよかったし、自分は巨大なゴキブリに変身したと思い込んでいる厄介な青年の応対よりよほど気楽な仕事だった。

グランド・ドミニクの年取ったボーイは、ミロード・サー・スミートは面会謝絶と言い含められていたが、ププリコッシュ夫人は頑として引き下がらなかった。ボーイの言うことが耳に入ったかどうかさえ疑わしい。みなまで聞かず、夫人はついと脇をすり抜けて、三人が忙しそうにしている古びた広間に踏み込んだ。

「駄目駄目」スミスは顔も上げずに言った。釣り鐘の形をした鉄製の水密装置、ダイビング・ベルのホースを調節しているところだった。「今は会えない」

「いいえ、どうしても」ププリコッシュ夫人は深いアルトで言い返した。「急いでいるんです。だって、愛がなくては生きていられませんでしょ」大柄で、黒い髪の豊かな熟女だった。「それが私の悲劇なんです。ププリコッシュとの暮らしには愛がありませんでした。そりゃあそうでしょう。私、まだほんの子供で、何も知らなかったんですもの」夫人はこみ上げてくる溜息を押し戻すようにふくよかな胸に手を当て、もう一つ力をこめる思い入れか、片方の手でコウモリ傘をふり立てた。傘は雨を防ぐより、三重帝国の斜陽に瀕したレース業界を守る命綱である。

「この場の様子を知ったら、ププリコッシュさんはどう言いますか？　早いところ、お家へお帰りなさい」スミスは親切に忠告した。

「あの人はもういません。別れたんです。結婚は解消しました。今頃は、アルゼンチンでのうのうとしているでしょう」夫人はきっぱり言って、興味深げに室内を見まわした。

「アルゼンチン？」

「アフリカのどこかですよ」夫人は、アルゼンチンがどこだろうと知ったことかと、また傘をふりかざした。傘は傘でも、本当は日傘かもしれない。そこで今度はエステルハージに向き直った。「お願いはたった一つです、魔術師さん。本当に心が通い合う相手は誰か、教えてください。もちろん、聞いてくださいますよね。ええと、どこへ掛けたらいいかしら？　じゃあ、ここで」

エステルハージは魔術師と呼ばれて眼鏡違いを正したが、ププリコッシュ夫人は屈託もなく嫣然（えんぜん）と笑って手袋を脱ぎにかかった。肘（ひじ）の上まである古風な手袋で、夥（おびただ）しい貝ボタンはゴールデン・ハート小路のワイトモンドルが精魂こめた逸品に違いない。それを一つずつはずすのは根気仕事だった。男たち三人は肩をすくめて溜息まじりにうなずき合い、ここは急がばまわれで、ププリコッシュ夫人の希望に沿うしかないと覚悟を決めた。

「それでは、おそれいりますが、そこの取っ手を握って、頭で思っていることに気持を集中してください。しっかり握って、そう、その調子」サー・スミートはいくらか投げやりに言って装置を調節した。

「愛は命。命は愛。私の愛しい人はどこ?」ププリコッシュ夫人は国ぶりのアヴァール語で天空に満ちる精気に呼びかけると、たちまち目を輝かせ、形よくととのえた黒い髪の生え際に届くまで高々と眉を上げた。「きゃあ! もう感じるぅ。きゃあ!」

「もう少し気のきいた言いようがあるだろうに」スミートはつぶやいて、テーブルの端の計器に目をやった。「おっと、これは驚いた! この人の親和力は凄い! こんなのははじめてだ!」

「愛よ」ププリコッシュ夫人は歌うように言った。「愛がすべて。お金なんて、問題じゃないの。私、お金に困ってません。こっちからお断りよ。地位も問題じゃないわ。形ばかり、見え透いた虚仮威しの地位なんて、こっちからお断りよ。私はそういう女なの。ほしいのはただ愛だけ。餓えて渇いて、愛に焦がれているの。ええ、そう。そうよ。この世のどこかに、魂を預けて悔いない人がきっといるの。その人は、どこ?」夫人はますます歌い上げ、悩ましく潤んだ大きな目であたりを見まわした。「ああ、どこなの?」

狂おしいほどに激しく揺れ動いていた計器の針が文字盤を一回転したと見る間に、弦を弾くような音を発してちぎれ飛び、古ぼけた絨毯に落ちた。

同時にダイビング・ベルから、澄んだ弦音とはまるで違う、重たげな音が湧き起こった。エステルハージがかがみこんで針を拾う暇もなく、ダイビング・ベルのハッチが勢いよく開いて、中年前半の元気盛りと思しき男が躍り出た。そう、躍り出たというほかに似つかわしい言葉は考えられない。フランス語なら婉曲に、カシェ・サ・ニュディテの何もない……と表現するところで、男は一糸まとわぬ姿だった。

「きゃあーっ！」ププリコッシュ夫人は装置から手を放してコウモリ傘で顔を隠した。

「これはしたり、女性の前だ！」ダイビング・ベルから現れ出た男は叫んだ。「ほらほら。おい、ペンバートン・スミス。そいつを貸せ！」言うなり男はイギリス人魔術師が看板にしている長着をひったくり、今しも陰謀を暴いて弾劾演説をぶった古代ローマの元老議員よろしく半身にまとった。ひとまず体裁がととのって、新登場の男は怪訝な顔をした。「ここはどこだ、ペンバートン・スミス？　何だってそんな仮装をしている？　頭は真っ白で、どうしたんだ、え？」

ペンバートン・スミスは憮然として言った。「仮装ではないよ。三十年という時の流れがもたらした自然の変化だ。それより、君はこの三十年、星界なり、幽界なりの、どこでどうしていたね？」

「星界も幽界もない」男はそっけなかった。「それは私の与り知らないことだ。こっちは天文台にいたのだからね。だいたい、ウェールズに天文台を設置するというのが愚の骨頂ではないか。一年の三百夜、じめじめしたケルトの靄で星を見るどころではないし、日曜は、パブは軒並み休みだ。たまたま学士院の集まりに顔を出して、私は君の実験台を引きうけたのだね。今ここにいたと思ったら、次の瞬間……」もとウェールズ天文台長はダイビング・ベルを指さし、ふと何かに気づいて陶然とした表情を浮かべた。「三十年だって？　これは驚いた！　だとすると、フローラはもう生きていないな。あのぎすぎすした痩せっぽちは。まだ生きていたら、お気の毒さまだ。この、きれいな方は？」

ププリコッシュ夫人はコウモリ傘を打ち捨て、精いっぱい胸を張って進み出ると、訛りは強いが響きのいい英語で言った。「ププリコッシュよ。ヨジンカと呼んで。あなたはかけがえのない最愛の人！　私のために、イギリスの魔術師先生が呼び出してくださったの！　きゃあ！」ヨジンカはひしと天文台長を抱きすくめた。男の身にとって、まんざらではない成り行きだった。

「おとりこみ中、済まないけれど、ピガフェッティ・ジョーンズ」魔術師は心なしか声をとがらせた。「コートを返してもらえるとありがたいのだがね。その上で、君が学士院小委員会の席上から消え失せて後の三十年、私が強いられた悲惨の限りについて話し合いたい」

「それはまた今度にしよう、ペンバートン・スミス」もとウェールズ天文台長は太り肉のププリコッシュ夫人、いや、ヨジンカの背中を撫でさすった。「また今度……。ああ、ヨジンカ。そのコルセットは、えらく窮屈ではないかな？　うん、そうだろう、そうだろう。どこか、そんなものは取ってしまえるところへ行こう。その後で、荘厳な夜空の神秘を話して聞かせるよ。もちろん、金星にはじまって……」

手に手を取って部屋の戸口へ向かう途中、ヨジンカは感きわまって言葉にならない声を発した。「きゃーぁ……！」

戸口を塞いで、並はずれて背が高く、枯れ木のように痩せ細っているものの、見るからに上品な年輩の紳士がモーニングに縞(しま)のズボン姿で立っていた。紳士はややぎこちなくシルクハットを脱いでつい今しがたまでププリコッシュ夫人だったヨジンカとすれ違い、イギリス人魔術師に向き直ると、あからさまに叱責する態度を装った。「よう、ジョージ」

「おお、誰かと思えば、オーガスタス。間違いないか？」

「ああ、私だ、ジョージ。手紙は届いているな」

「いや、受け取っていない」

「プーナへ、クック気付で出したのだがね」

「プーナはもう何年も行っていないんだ。そうか。それでこのところ、送金が遅れがちなのだな。ついうっかりして、宛先変更の届けを忘れていた」

オーガスタス・スミス卿は眉を寄せて、不審げに弟を見つめた。「プーナへは何年も行っていない？ だったら、おこがましくもヴィジエル・スリー・スミートを名乗ったり、反(ノー)ヴォトニーを叫んで山岳人種を煽動(せんどう)したり、あれはいったい何の真似だ？ ヴォトニーはセポイの反乱の後、コーヒー滓(かす)にかかる税金の廃止を機に姿を消した。知らないはずがないだろう」

「だから、インドにはもう十一年も足を向けていない。オッドの働きを見せたロープの芸の一件ですっかりいづらくなったものでね。そのほかのことは何も知らない。たしかに、ヴィジエル・スリー・スミートを名乗ったことはあるけれども、だといって、人を何だと思っているんだ?」

オーガスタス卿はとっくりうなずき、軽く唇を噛んでこともなげに言った。「そうか、そうか。察するに、これも出来の悪い書記生たちがうろたえて起きた行き違いだな。今にはじまった話ではなし、この先もあることだろう」卿はふっと溜息をついた。「なににしろ、世の中、ずいぶん変わってなあ、ジョージ。今では誰でもイートン校に行けるのだから」

「まさか、そんな!」

「ああ。本当だとも、うん。ほほう……」さしたる関心もない目つきでオーガスタスは室内を見まわした。「いいだろう。ピガフェッティ・ジョーンズが健在で、以前と変わらずお盛んなところをこの目で見たからは、お前がその気なら、国へ帰ってはならない理由はないな」

「オーガスタス! 本気か、それは?」

「ああ、もちろんだ」

スミス弟は衣装ダンスから、すっかり荷造りを終えた古い旅行鞄(かばん)を取り出した。「支(し)

度は済んでいるんだ、オーガスタス」

けたたましい足音が階段を駆けあがって廊下を近づいた。老いたボーイの頼りない制止をふりきって、クメルマン・スワルトブロイが転げこむなりスミス弟の前に額ずいてその足に接吻した。「家内が！　家内がたった今、双子を産みました！　これでベラはもう一代、嗅ぎタバコのスワルトブロイ兄弟商会が続きます！　本当に、本当に、ありがとうございました！」それだけ言うとクメルマンは、もっといたいところだが、十五分後には水車小屋でラピーを挽かなくてはならないのでと、息を弾ませて走り去った。

「あの家では、よく双子が生まれるのかな？」後を見送って、オーガスタス卿は言った。

「いや、もうこれきり子供はできないだろう。私はただ、肉屋を変えるように言っただけだ。たまたま、オックス・マーケットのシュロックホッカーがよく知られた店なので。亭主のシュロックホッカーには息子が六人いて、これが双子三組だよ。一番下のピシトとニシトが日替わりで配達を受け持っている。食習慣を変えるのはいいことだ。もちろん、オッドの効果があってこそだけれども」

オーガスタス卿は帽子をかぶりかけて、ふと首を傾げた。「まさかとは思うが、ジョージ。その商人の子だくさんに、お前が手を貸したのではあるまいな」

スミス弟は身に覚えがなかった。ただ、肉屋夫婦は実の従兄妹同士と聞いているだけである。オーガスタス卿は納得して帽子をかぶり、あらためて古びた大きなテーブルにひしめく装置を指さした。「この哲学めいた仕掛けは片付けなくていいのか？」

スミス弟は思案顔で、曰くありげな銀のメダルを飾った自分の帽子を両手で捧げ持つと、エステルハージ博士の前に進んだ。博士は深く頭を下げた。ジョージ・ウィリアム・マーマデューク・ペンバートン・スミスは、医学博士、法学博士、理学博士、文学博士ほか、何でも博士、エンゲルベルト・エステルハージに帽子をかぶせて言った。

「今から三重帝国の魔術師です。ここにあるオッド装置はそっくり引き継いだものと思ってください。そう、自然力オッドはただ一種類ではない。では、私はこれで。あとはよろしく」

スミス兄弟は腕を組んで部屋を出た。オーガスタス卿はふり向きもせずに尋ねた。

「あの毛色の変わった人物は何者だ、ジョージ？」弟は答えた。「骨相学者だよ。名前は憶えていない。ところで、シンプスンの店では今も旨(うま)いマトンを食わせるかね？」

「シンプスンのマトンは今もって、とびきり上等だ」

「久しく旨いマトンを口にしていないので……」声と足音は遠ざかって、ふっつり絶えた。

エステルハージ博士はオッド装置を打ち眺め、密(ひそ)かに揉み手をしてじわりと笑った。

真珠の擬母

長雨の上がった明るい午後、エステルハージ博士は流行にあやかって、自家用の蒸気自動車で大御苑の改正道路を三周することにした。ダスターコートを着こんで帽子をかぶろうとするところへ、昼番の下男がやってきた。

「何かね、レムコッチ」

「先生。家政婦が、これをゴールデン・ハートのワイトモンドルに、直しに出してほしいそうで」下男はデスクに小さな箱を置き、一礼して立ち去った。

この家の主が、肉屋の親方か、第一司法管区の法廷弁護士なら、気色ばんで言うだろう。「なにぃ？ 人を誰だと思う？ 使い走りと一緒にする気か？」だが、主人は医学博士、法学博士、理学博士、哲学博士、文学博士のエンゲルベルト・エステルハージである。「ああ、いいよ」こともなげに言って手に取った箱は、螺鈿細工のところどころ欠け落ちた針箱で、ポケットにすっぽり入る大きさだった。

忠僕ヘレックが助手席で仰山なブロンズの鐘を打ち鳴らし、機関助手あがりのシュヴエーベルが後部でせっせと缶を焚いた。エステルハージ主従は、目下、新しい燃料の試験中である。故トンク・トンク伯爵は三重帝国の駐米領事として長年ニューイングランドのボストンで暮らすうちにヒッコリーの木の虜となり、トランスバルカニアからゴート中部に跨る広大な地所に何千本ものヒッコリーを植えた。だが、当代の伯爵はヨーロッパ中東部ではほとんど知られていないヒッコリー材の商業利用には気乗り薄だった。ベオ・トンク・トンク伯の学友であるエステルハージは、ヒッコリーの大鋸屑を固めたブリケットを燃料に利用できないものかと考えた。

「こっちに損はないさ」ベオ伯爵は肩をすくめて言った。「ただ、材木を売ろうとしても、返ってくる答はどこも似たり寄ったりでね。『いやあ……、へえ……、なにしろ、ヒッコリーの木なんていうのは聞いたことがないんで』と、まあ、話はそれまでだよ。もっとも、何か呼び名を工夫して……」とはいうものの、伯爵に知恵はなかった。

「トンク燃料はどうかな」エステルハージは提案した。「トンク燃料、パテント・アメリカンスコ」

伯爵はアメリカ新案トンク燃料の発想を大いに喜び、言いだした当のエステルハージははじめから気に入っている。もっとも、伯爵は先代が物好きで植えた木から利益を得ることしか頭になかったが、エステルハージはこれによって炭化水素燃料を使用する乗り物の迷惑な普及を多少とも抑制することになればと考えていた。蒸気推進式の路上交通手段は今や多くがケロシンやナフサを燃料としているし、石油を精製した揮発油で走る自動車が登場しているのも事実だが、目や鼻に負担のかからない燃料が使えるならそれに越したことはない。従来の燃料は、石炭よりいくらかましということを別とすれば、感心できないものばかりだ。

エステルハージの持論を裏づけるように、通りをいくつか隔てた向こうに製菓王グルトロヴィッチの大きな大きな車が見えた。世俗的な名利にとんと関心がない製菓王とは違って、妻は四万エーカーを誇る砂糖大根畑のほぼ中心に新築成った城まがいの豪邸で安楽に暮らすことを喜ばなかった。ほぼ中心というのは、厳密正確を期するなら、製糖工場が中心に立地しているからである。グルトロヴィッチは肩をすくめて、ベラに居を構えることに同意した。都会で暮らすとなると、妻の不平を封じるのになくてはならないのが自動車だった。夫婦とも、新しいものの価値を判断する基準はひたすら大きさと経費である。買った車は炭化水素燃料で、めったやたらに金を食う。これに乗って走ると、道沿いの二階の窓から部屋が覗ける。グルトロヴィッチは家々のテーブルに自分の売ったキャンディや、ケーキや、果物の砂糖漬けが出ているかどうかとそればかりだが、夫人は室内の鏡や窓ガラスに映る自身の姿のほかは何を見るでもない。

いつものようにエステルハージがハンドルを握る隣でヘレックが疲れを知らずに鐘を叩いた。鳴る鐘に驚いて臆病な歩行者は逃げまどい、馭者は手綱を加減する。必要に迫られれば飛び降りて臆病な馬の首を抱く。馬が竿立って嘶く一幕を面白がって見物する路傍の観衆もいるが、馬にしてみれば面白かろうわけがない。怯（おび）えるあまり馭者をふり落として歩道に跳ねあがり、道ゆく人を蹴散（けち）らすのみか、新しがった飾り窓を突き破って店に躍り込むこともある。

もっとも、そんな騒ぎもこのところ目に見えて少なくなっている。

約束通り、改正自動車道路を三周して脇へ寄せた。「新しい燃料はどうだ、缶焚き（ストーカー）の親方？」エステルハージは尋ねた。ここは「ショフール」と言った方が垢抜（あかぬ）けているかもしれないが、シュヴェーベルはフランス語を解さず、それ以上に、もとスキタイ＝パンノニア＝トランスバルカニア国有鉄道の機関助手だったことを誇りにしている。

「火力は強いし、煙も灰もきれいですよ」

「そうか。それは上等。ようし、行くぞ。ゴールデン・ハート小路だ」

燃料はまだ充分だったし、切れたところで補給したにしても、純白の手袋を汚すことはなかったろう。新しい燃料はそのくらいきれいだった。

ワイトモンドルの店内は、目をやるところ、どこもかしこも抽斗（ひきだし）である。床から天井まで奥の全面が抽斗で埋まった棚で、車つきの梯子（はしご）を動かして絶えず誰かが品物を出し入れしている。抽斗には小さな窓があって、ボタンの大きさと形で仕分けした見本が勢揃いで客を待つ風情（ふぜい）である。

売り子の一人が梯子のてっぺんから呼ぶ声に応じて主人が顔を出した。セリグマン・ワイトモンドルは漂白したアーモンドを思わせる小男で、しかめ面をしながら愛想をふりまく芸当の持ち主だった。エステルハージから針箱を受け取って、セリグマンはくっくと喉を鳴らし、舌打ちをして嬉しそうにうなずいた。「ほう、ほう。これこれ！　親父の代の細工です、親父の代の。この菱形模様……。菱形模様は当時の流行でしてね」主人は螺鈿の部分を指先で軽く叩き、ちょっと間を置いて言い足した。「安物です」

エステルハージはあらためて針箱に目を凝らした。なるほど、真珠層はくすんで、乳白色の輝きが失せていた。「最高級の真珠貝ではないようだね。ただ色褪せているだけかと思ったけれども……」

ワイトモンドルはまた喉で笑った。「色褪せているようでもあり、いないようでもあり。もともと艶がありませんから、褪せるというのとは違います。種を明かせば、実はこれ、真珠貝でもないのです。真珠を作る貝を母貝と言いますが、これは真珠擬きでして、私ら商売仲間ではこの手のまがいものを真珠の擬母貝と呼んでいます。南太平洋、北太平洋、ペルシャ湾、といった本場の海で採れる貝ではない。なに、小ウロクスのどこかの川で採る貽貝ですよ。先週ここへお見えでしたら、お断りするしかなかったでしょう。この貝は在庫が切れて、もう何年も何年も経っているもので、修理はお引き受けしかねます、というわけで」ワイトモンドルはものものしくうなずいて、どこからともなく貝殻を二つ取り出した。鼻の孔からだったかもしれない。「これは、この通り、正真正銘の真珠貝です。どうです……、きれいでしょう。ペルシャ湾のものではありませんで、オーストラリア産ですがね。ええ、ペルシャからずっと南の大きな島です。こっちは、ほうら、暗いところで見ても間違いようがない貽貝ですよ。値段が安いので、以前はうちでも売り物にたくさん仕入れておりました」

セリグマン・ワイトモンドルは尋ねに応じ、あるいは自分から進んで、標準品質の真珠が値下がりしていることを話した。オーストラリアや南太平洋など、新しい産地が開発されたことが一つの理由である。加えて製造業や鉄道の発達、物品入市税の廃止、セルビアとグラウスタークの敗戦、慈悲ある法律、国王皇帝の徳政などにより、大衆の購買力が上がった分、廉価な商品の需要が減った。「今ではもう、こんなもの、誰も買いません。うちも、在庫が捌けるまでずいぶんかかりました。兵隊でさえ、恋人に嗅ぎタバコ入れを贈るのに貽貝の螺鈿なんぞは見向きもしませんから。ところがです。世の中、何やかやいろいろで、品物によっては値段も手頃でよく出るのですね。ならば、というんでもっと仕入れようとすると、これが払底していたりしまして」

エステルハージはそれとなく好奇心をそそられて、品物が払底しているわけを尋ねた。ボタン屋の主人は肩をすくめてにやりと笑い、持ってこないので、と答えた。持ってこない？　誰が？　主人が言うのは卸売業者のことだった。ワイトモンドルは遠く帝国のはずれから取り引きに訪れる業者を油断のならない人種と危ぶんでいる節がある。ところが、前の週に業者の一人が品物をどっさり担ぎ込んだという。

「というわけで、修理はじきに上がります。ええと、二週間ほど見ていただけますか?」エステルハージはそれでいいと言い、ワイトモンドルはにんまり頭を下げて奥へ引き取った。用が済んで、行きかける頭の上で声がした。「そうですって。ルールライは貝殻をひり出さなくなりました」

移動式の梯子を降りてきたのは在庫管理を担当している店員で、今しがたのやりとりを聞くともなしに聞いたと見える。血色の悪い顔に髯も疎らな年配の男だった。

「ルールライがどうしたって……?」

老いた店員は床に降り立って堅苦しく会釈した。「ほら、歌にあるでしょう。女が金髪を黄金の櫛でとかして岸の岩に座って舟人はなぜか心侘びるという」

「ああ、ローレライだね。それで?」エステルハージはこの店員がハイネの美しい詩の冒頭を、言葉は順不同ながら、意味をあまさず一息に言ってみせたことに、内心、舌を巻いた。

「いや、しかし、あの歌は貝のことは何も言っていないだろう」

「歌は何も言ってません。あたしが言ってるんです。あの歌をローレライとおっしゃいますが、あたしら、土地の者はルールライで、これが本当ですよ。昔の人の話では、ルールライはあしらいを間違わなければ、金銀財宝を寄越したといいます。ですが、どうしたわけかだんだん打ち絶えて、それを古い人は、ルールライは貝殻をひり出さなくなった、と言うんです」

「でも、ここへ来てまたそういうことが起きている、と？」

老店員はこれに答えず、梯子（はしご）を向こうへ押しやって叫んだ。「二二二〇、コーチマン・グラヴズ、二ダース不足！」

エステルハージはこれまでに何度となく、ふとした考えなり思惑なりが頭に浮かぶと、決まって間を置かずにそれと直結する具象の概念が意識に浸透する感覚を体験している。ただ考えるだけで自身がその思惟を天空の霊気中に解き放ち、それが成長して無形ながらも実体を有するに等しい「触手」となって伸びてくるのか、または他人の思考が霊気中に触手を植えつけるのか、いろいろと解釈を試みはするのだが、今もって確たる結論は得られずにいる。現にこうして書見の最中にも、気がつけば部屋の隅の電話機に視線が迷いがちなのはなぜか、いつしか耳をそばだてているのはどういうわけか、自分でも説明できない。活字に目を落としては顔を上げ、スウェーデン製の鉛ガラスのドア越しに、マホガニーの箱におさめた電話機の大きな乾電池を見ることのくり返しにうんざりしかけたところへ澄んだベルの音が鳴り響いて、ほっと安堵した。

「エステルハージですが」

耳馴（みみな）れぬ声が、長距離通話を接続する間しばらくお待ちをと言い、ややあって、少し遠い別の声がアヴァール＝イステル交換局を名乗って同じことを反復した。前より長く待たされて、もっと遠い声が伝わってきた。「敬虔にして忠実なるウェロチシチ第二公国要塞都市……」要するに、電話の主は小ウロクスからかけているというだけのことである。取り次ぎを押しのけるように、それまでとは違う居丈高な声が割りこんだ。「エングリか。ロルドリ・マッドだ」ぶっきらぼうな挨拶で事情がすっぱり知れるわけでもないが、相手がわかればあらかたは察しがつく。

三重帝国の公式地図には南米あたりの地図でよく見かける剣をぶっ違いにした記号はない。一番下の凡例に「紛争地域」と説明されている、あの印である。とはいうものの……。ロマーノがゴート高地を侵犯したことはなし、スロヴァチコがパンノニア中部の領有を主張したこともなく、紛争の火種は皆無といっていいはずであるにもかかわらず、帝国を構成する民族国家を見わたせば、国境地帯はどこもみな民族分離主義、潜在的国粋主義、多言語の混在、歴史解釈の相違など、さまざまに対立の根をかかえて雲行きが怪しく、情況は流動的である。言うなれば地域全体が傍聴人でいっぱいの法廷で、誰だろうとそこへ訴え出たらただでは済まないと覚悟しなくてはならない。

その昔、ゴートとアヴァールはセーブル河の帰属をめぐって対立したが、有名な六〇年合意により、河口沿岸地域は小ウロクスの領土とする和解が成立して今日にいたっている。アヴァール人は古来の習わしでこの土地に長々しく曲がりくねって舌を噛みそうな名をつけた。その意味するところは「梁（やな）と籠（かご）の材料にいい葦が生（お）い茂る黒い流れの淀（よど）み」である。一方、ゴート人は持ち前の飾らない流儀でこの土地をただ「泥沼（マッド）」と呼んだ。もちろん、ウロクス人はウロクス人でまた別の呼び方をしているが、それはここに紹介するまでもない。

沿岸地域はそっくりフォン・ウロクス家の土地だが、一族の子弟は高貴の血脈を証す六十四通りの四分割盾形紋章(クオータリングス)によって許されるうんざりするほど七面倒臭い称号、例えばフィッツ＝グェルフ・ツー・ボルボン＝スチュアートなどを好まず、シャルルマーニュとキプロスのリュジニャン王家の末裔(まつえい)に当たるロルドランド卿にいたっては泥沼公、ロード・オブ・マッドを名乗って涼しい顔である。一帯は百年前に干拓され、碁盤の目に整備されて、今では帝国随一の肥沃な農地となっている。おそらく、六十四の銀行は一族の免役地代で潤(うるお)っているに違いないが、パリやモンテカルロは言うにおよばず、ベラでさえ、公子たちが人前に顔を出すことはめったにない。巷間(こうかん)の噂によれば、一族は未開の時代に先祖返りしてオオカミの皮を身にまとい、藺草(いぐさ)の筵(むしろ)に寝そべってルートビアを呷(あお)っているという。

「やあ、ロルドリ」エステルハージは声を励ました。「ルールライはここへ来てまた真珠貝をひり出すようになったってか？」

ロルドランド卿はオルガンのようによく通る声で言った。「ははあ……、じゃあ、もう知っているのだな……」

とかく噂は眉唾で、ロルドランド卿はオオカミの皮ではなく、スコットランド風のざっくりしたツイードの上着だった。父親か伯父が誂えたに相違ない旧式な仕立てで、最後に洗ってアイロンをかけたのはいつか、はなはだ訝しい。「何とも、人を食った話だよ、エングリ」気さくに言って、ロルドランド卿は駅長室を指さした。「手を洗うなら……」公衆トイレのドアには万国共通の表示でWCと麗々しく記されていたが、卿は目の前の設備を無視するか、もしくは表示がヒッタイト文字であるかのような口ぶりで肩をすくめた。「なに、どこか途中の道端でやったっていい」

そこは男同士である。

「旅はどうだった、とは聞かないぞ。汽車の旅なんぞ、いいわけがない。窓を閉めれば蒸し風呂だし、開ければ煙が目に沁みる。石炭殻が目に入る」荷物はすでに供の二人が馬車に積みこんでいた。一人は歩兵の制服、もう一人は歩兵の制帽で、ズボンは二人ともロルドランド卿と同じく、最近、シカまたはイノシシを仕留めたことを物語るものだった。

それも、極く極く最近である。

「食事は後ろの籠だ。腹が空いたらいつなりと」卿は馬車を指さした。「駆者台に乗るか？」

「駆者はどこかな？」エステルハージは聞き返した。

「駆者？　駆者なんぞいるものか」ロルドランド卿はちょっと呆れた顔をした。「ここをどこだと思う？　ベラのつもりか？」

なるほど、勝手が違って不思議はない。供の一人が手前の馬にひらりと跨って、喉にかかった声を発した。鞍置きの二頭は勇んで飛び出した。血も凍る虎の咆哮を欺くばかりの喊声が馬を駆り、あたりを払って、ブロンズの鐘もこれには遠くおよばない。公国要塞都市や何やかやの道標が視野をかすめて流れ去った。エステルハージは気に入りの旅行案内から外国人向けの例文をつぶやいた。「大変だ！　馭者が雷に打たれた！」

ロルドランド卿は驚愕と憂慮に顔をゆがめ、金茶の目を剝いて叫んだ。「それはまずい！　どうして守り札を身につけていない？」たちまちその目は細くすぼまり、皺だらけの顔に大口の笑いが弾けた。「はーっ、はーあ！　いやあ、参った、参った！　馭者が雷に打たれたか！　何ごとが起きたかと思ったが、こいつはいい！」ロルドランド卿は笑い転げ、エステルハージはそんなに笑って馬車から転げ落ちたら大変とはらはらしたが、幸い、悲惨な事故にはいたらなかった。雷に打たれた馭者がよほど気に入ったと見えて、エステルハージの滞在中、ロルドランド卿は何かにつけてこれを持ち出し、そのつど言いまわしが変わって、いつか世の中を笑いのめす土地の流行言葉にまでなった。

「黒死病が頭の上を素通りしますように。馭者に雷が落ちませんように……」

ウロクスの田園地帯にちらばる農家は地中海好みの色彩の氾濫だった。直線的な構造の不足を補うかのように、桃色、黄色、白と茶の斑、緑に白の縞模様、青紫に焦げ茶のぼかし、その他もろもろ、ありとあらゆる色相、明度、彩度が入り乱れて溢れかえっている。行くほどに家々は疎らになり、やがて右も左も目の限り、まだ人がすっかり手なずけてはいない水郷の風景が開けた。

並木の間から向こうに見る水辺に葦が生い茂り、ちぎれ雲の流れる空を背に樹林を戴いて島山が浮かんでいる。運河のここかしこに平底船を操る人の姿がある。だが、何よりも目を驚かすのは日も翳るほどの鳥の数だった。鳥たちは鳴きながら宙に輪を描き、あるいは餌を狙って急降下し、また、屈託なげに漣に揺られている鳥がいる一方で、議会で質問に立つ権幕で枝葉に議論を挑んでいる鳥もいる。エステルハージはこれほどの鳥を一か所で見たことがなかったし、知らない鳥も少なくなかった。綺想の交響曲にくり返し登場する主題に似て、時たま白鳥が姿を見せた。白鳥は粛然と群れをなして水面を滑ることもあり、水際の土手に豚のようにうずくまって時を過ごすこともあった。

しばらく黙りこくっていたフォン・ウロクス家の当主、ロルドランド卿がはっと顔を上げた。エステルハージはその視線を辿って前方を望んだ。

おりよく隙を生じた並木の枝越しにウロクス城が見えた。その距離、一キロほどだろうか。城は幻想的な史劇の書き割りのように水に影を映していた。城壁、城門、跳ね橋、濠、角櫓と、城郭建築に付きものの道具立てがすべて揃っている。

「思うに……」エステルハージは感慨にふける顔で言った。「城は高い山のてっぺんでなくてはならないという決まりはないのだね。そもそも、城を築くのに眺望、絶景は二の次だ。沼沢や湿地は敵勢を阻む障害として、険山、絶所におさおさ劣るものではない。

あの城にも、なるほど濠が繞らせてあるけれども、それ以前に、川水そのものが広大な濠であって……」

ロルドランド卿は深みのある声で低く笑った。「その昔、フェルディが城を包囲した」今時、歴史上の人物である神聖ローマ帝国皇帝フェルディナント一世を気安くフェルディと呼ぶのはロルドランド卿ぐらいなものだろう。「これが、実に傑作でね。城攻めをするには軍勢を引き連れてこの泥沼を渡らなくてはならない。そこで、フェルディはとくと思案の末に、名誉の降伏を持ちかけた。王権の笏と銀杯を差し出せば、城攻めは思い止まると言ったのだな。はっ、はっ、は！　これを受けて、時の城主は銅の溲瓶とガンプ・スティックをフェルディの陣中へ届けたよ。はーっ、はっ、はあ！」時の城主とはほかでもない、フォン・ウロクス家の父祖にしてポーランド国王、ジギスムント二世のことである。十六世紀のこの時代、栄華の都から遠く離れた辺地では、銅の溲瓶はそれなりに贅沢品だったに違いないが、ガンプ・スティックは城壁に設けた厠ならどこにでも備えつけてある後始末用の篦だった。フェルディがこれを何と思ったか知る由もないが、とにかく兵を引き揚げて、それきり二度とふたたび攻めては来なかったという。

エステルハージは木の間に見え隠れしながら次第に近づく城を打ち眺めた。「こうしてみると、たしかにここが伝説発祥の地だという確信が湧くね。ドラキュラ城も、フランケンシュタイン城も……」

ロルドランド卿はうなずいた。「ドラキュラ伯爵については、ルーマニア人だったことを別として、ほかに何を言う必要もないな。フランケンシュタインは……」口ぶりはここで贔屓目に変わった。「総じて評判がいい。それはそのはずで、男爵だからね。だって、そうだろう。男爵なら誰でもなれる。が、王子となるとそうはいかない。人は王子に生まれつくか、平民の生まれか、二つに一つだ。このことに、帝王だの大臣だのの気まぐれはいっさいかかわりない」エステルハージはワーテルローの戦いでナポレオンを破った鉄の公爵、ウェリントン将軍がバース勲章について語った言葉を思い出した。「この勲章は手柄に報いて混じり気のないところがいい」俗物根性を寄せつけない超然たる態度である。ロルドランド卿は、迷わず人魚を妻に迎えた変わり種が一族にいるリュジニャン王家の血を受け、片方ではさらに遡ってピピン王の后レンヌ・ペドーク、大足ベルタを母に持つシャルルマーニュの末裔という血筋で、凡俗の目からは雲の上の人である。駅長室の手洗いを使おうと、どこか道端で用を足そうと同じことで、憚りもないとはこれを言う。

ロルドランド卿はひしゃげたポストホルンを空に向けて吹き鳴らした。たちまち跳ね橋が下りて、騎兵隊が胸壁に整列するかと思いきや、ラッパはサモワールに火を入れろという合図だった。馬車は音高らかに橋を渡り、前庭を半周して止まった。数人の男たちが中途半端に腰を浮かし、形ばかり礼をして作業に戻った。作業は最新型ショットガンの分解掃除と、イノシシを突く槍の手入れだった。

イノシシの槍が最新型かどうか、本当のところはわからない。

夜はアップルソースをかけたイノシシが出た。飲み物は長くもたないために小売業者の手にまわることのない地元のワインだった。甘すぎず、辛口でもなく、細かい泡を発するワインは天使たちですら、誘惑を斥けるのは骨だろう。

祭壇の灯のようにあたりを小暗く照らす蠟燭の火を眺めていたロルドランド卿は、やおらグラスを上げてワインに炎を透かした。「ほうら、エングリ。こうするんだ。グラスの中に猿が見えるかな」

エステルハージは主人に倣ってグラスをかざした。蠟燭の火は揺れて瞬き、涙のように滲んだ。束の間、何かが視野に浮かんで消えた。「猿が？」エステルハージは食事を堪能して、快い疲れを覚えていた。

「ああ。昔、当家に抱えの医者がいてね。猿を出してみせると言ったのだよ。昔々の話だ。時の王は猿に用がなかった。どうせなら黄金の方がよかったのだろうな。そこで激しい口論になった。王がよくまあ医者を流しに叩きこまなかったものだと思う……。うん？ああ、『流し』な。普通、何と言っているかな。うん、そう……、地下牢だ。当家ではあれを流しと言う。いずれにせよ、暗いところへ押しこめることまではしなかったよ。医者は、空が硫黄に染まればいい、と捨て台詞を残して出奔した。以来、当家の語り種でね。蠟燭の火をワインに透かすと藪医者テオの化けた猿が見えるという……」

エステルハージにしてみれば、パラケルススの名で知られる医化学の元祖、フィリップス・アウレオルス・テオフラストゥス・ボンバストゥス・フォン・ホーエンハイム博士がここへ出てくるとは思いもかけない奇聞だったが、いずれ史料を当たってみる必要があると頭の隅に書きとめた。「藪医者テオ」は本当にこの城で一寸法師に姿を変えたろうか。真偽のほどはともかく、話の筋がどんなに違っていようと、伝説は伝説で生きている。

「猿も何かと厄介だろうが、ロルドリ……、それ以上に、近頃は酒を醸すことがむずかしくなっているそうだね？」話を切り出すいい機会だった。

エステルハージの判断に誤りはなかった。

「うん……、頭の痛いことだ……」ロルドランド卿はきっと体を起こし、グラスを置いて頭をふった。「どうにかしないと、この土地から蕎麦がなくなってしまう。蕎麦がなくなれば、農民は麦や馬鈴薯を食うだろう。麦や馬鈴薯を食えば、ウィスキーを作る分が不足する。作る分が不足すると、ウィスキーは他所から買わなくてはならない。天地を統べる全能の神よ、ウロクスを禍から守らせたまえだ……。ウロクスがウィスキーを他所から買うとなると……」

エステルハージはわずかながら、ようよう事情がわかりかけてきた。だが、先を急かすのは禁物だ。何ごとによらず、急いてはことをし損ずると言うではないか。ここはたった一言でいい。「ルールライだな？」

「と、世間では言っている……」ロルドランドは頭をかきむしって溜息をついた。「世間では……」

一呼吸置いて、エステルハージは踏み込んだ。「君はどう言うね？」

城主は肩をすくめた。「あれは、伝説のルールライではない。思うに、おそらくは……、水の精――オンディーヌだ……」

蠟燭は金色を帯びた熱い涙を流した。エステルハージはただ無言で濃い赤ワインを傾け、古い昔の伝えに思いを馳せながらひたすら待った。だが、現に土地の人々が信じている話を「昔の伝え」と言っていいだろうか？　長い長い沈黙の後、ロルドランドはまた重苦しく溜息をついて言葉を続けた。「オンディーヌだな。たぶん、医者のテオが呼び出して、王に対する恨みから解き放ったオンディーヌだ。以来……、オンディーヌは待っている……。ずっと、ずっと、待ち続けている……」

蜜蠟とアップルソースの甘い香りが一つに溶け合ってあたりに漂った。いったい、今は何世紀だろうか？　ここウロクス辺境の沼沢地で、かつて戦を交えたアヴァール人もゴート人も、等しく骨は朽ち果てて、殺意を孕んだ槍の穂は錆びるに任せて久しいが、戦に散って恨み晴れぬ亡霊たちが告解して罪の許しを得る機会もないまま、おろおろとさまよい歩いている今は、いったい……？

「それというのはだ、エングリ。ボールドウィン王の后の話は君も知っているだろう。ボールドウィン王妃のことを世の中でどう言っているか、知らないはずはないな」もちろん、伝説の起こりがボールドウィン王ではないことをエステルハージは百も承知だが、語り継がれるうちに脚色が加わったにしても、話の本筋は変わらない。幻想に満ちた長い話を、エステルハージはざっと端折ってくり返した。さる貴公子が素性も知れぬ愛し乙女を妻に望んだのがそもそものはじまりである。女は沐浴の場を覗かないことを唯一の条件に結婚を承諾し、しばらくは睦み合って幸せに暮らした。が、やがて運命の日が訪れ、夫が不意に帰宅して破綻を引き寄せる。遅くなると言って出かけた夫が思いのほかに早々と戻ってすったもんだするのは、世界中どこにでもある永遠不滅の悲喜劇である。歌声と湯の跳ねる音を耳にした夫は固い約束を破って浴室を覗く。湯船の縁越しに見たのは濡れ色に鋼の光沢を放つ人魚の尾だった……。

「うん、ああ……。世間一般ではそのように言い伝えている。だがね、実はそれが違うのだよ。われわれは知っている。われわれ、末の族は。あれはただの人魚ではない。水の精、オンディーヌだ。正体を見られたと知って、濠へ飛びこんで、そのまま流れの深みへ姿をくらましたのだな。以来、このあたりでよく子供をほしがって泣く声を聞くようになった。ああ、オンディーヌだよ。人間と契りを結んだ狙いは何だ？　金塊か？　しかし、それだったら水底をさがせば金銀宝石を山と積んだ船が沈んでいて、いくらでも手に入るはずだろう。いいや、オンディーヌの目当ては別にある。魂だ。オンディーヌは魂を得たいと願っていたのだよ。テオことパラケルススの話では、水の精は人間と結婚して子を産めば魂を与えられるという。ああ、そうだとも。オンディーヌはもともと魂を持っていない……。

「おそらく、それでまたやってきたに違いない。立ち戻ったと言ってもいい。そして、機会を待っている……」

日は傾いて半ば地平に没し、黄昏の薄闇が忍び寄る中でロルドランド卿は淡々と語り続けた。短くなった蠟燭の炎がぬらぬらと燭台を舐めた。

エステルハージははっと顔を上げて、はじめて顎を胸に沈めていたことに気づいた。汽車と馬車に揺られた一日の旅の疲れに加えて、イノシシで腹がくちくなって睡魔に誘われたとしたら不思議はない。そこへ、抑揚に乏しい長台詞である。ふと声が跡絶えたが、ロルドリは居眠りの非礼を咎めているのだろうか？　さて、何の話だったやら。ああ、そうだ……。

「オンディーヌの魂が、どうしたって？」

「いやいや」ロルドランド卿は大きく首を横にふった。「オンディーヌの魂ではない。だから、言っているだろう。もともとオンディーヌに魂はない。魂を得たいと願っているというのは、その通りだ。目当てはこの私だよ。オンディーヌは私を狙っている！」

商人エフライムは別珍ずくめだった。くたびれてはいるが、汚れは目立たない。ズボンの膝を紐で結んで、靴は深い編み上げである。ベラでは半世紀前に廃れた風俗だが、当地ではこれが町着で通っている。帝国の通商事情からすると、エフライムの稼業は服装に劣らず古臭い。とはいえ、礼儀作法はよくわきまえて、どうしてなかなかの人物だった。大都会からやってきた見ず知らずの相手に商売のことを根掘り葉掘り聞かれて気を悪くしない度量もいい。普通なら、同胞に損失を与えるばかりか、そこへつけ込んで自分が利を貪る腹ではないかと勘ぐるところだが、エフライムにそんな態度は微塵もなかった。

「はい、私には姉妹が四人おりまして。家では娘が嫁ぐ時、なにがしかのものを持たせる仕来りですが、なにしろ、しがない商売でとんと儲けがありませんから、持参金なんぞは雀の涙にも届かないほどで。それで、親父は娘たちに家具だの、羽布団だの持たせることにしておりまして。もちろん、タンスには肌着なんぞが入ったままで。それから、親父は花婿に金時計と鎖を贈る決まりで、これも家の仕来りでして。さっきも言いましたが、姉妹は四人でして、どうぞ長生きしてほしいものですが、三番目のエステラが片付いた時はまるで家が火事に見舞われたようでして。いやあ、エステラは泣きましてねえ。お父さん、お父さん、あたしのこと、忘れないで、というんで。後になって、親父はふてくされた顔で言いましたっけ。忘れないでって、どうして忘れるものか。あいつはなけなしのタンスと羽布団を持っていきやがったんだからな、とまあ、そんなわけでして。ところが、もう一人、末のマリアンナがおりまして。婚約がととのったのはいいとして、さあ、困りました。親父の泣くまいことか。ああ、面目ない。娘に持たせてやるタンスどころか踏み台一つない。花婿にやる金時計も鎖もない、というんで。娘の結婚相手に、金時計と鎖を贈る話はしましたっけか？」

エステルハージは根気よくエフライムの話に耳を傾けた。小説なら、検察官か予審判事が手心を加えず、たたみかけるように狙い澄ました質問を発する場面かもしれないが、エステルハージは沈着冷静な審問官であり、右を見ても左を見ても知らない相手ばかりの不馴れな土地で不可思議な事件の解明に取り組んでいる立場もあって、まずは当たり障りのないところから水を向けて聞き役に徹するのが一番という判断だった。手がかりはきっとある。

今はただ聞くだけだ……。

「ええ、私ら、話に聞いている都会の子供たちとは違いまして、年寄りを敬います。親を大事にします。それだけに、親に泣かれるのは辛いんでして。で、親父に言いました。心配するなって。おれが支えになってやるから、とまあ、そんなこんなで私は家を出まして。正直、どこへ行く当てもありゃあしません。そこで考えました。ここしばらく、川沿いにずっと下った者はない。だから、行ってみろ、エフライム。行ってどうなるかは神の思し召し次第だ。実際、何やかやいろいろとありましたが、これも神の思し召しか、眙貝の殻がどっさり見つかりまして。私の話というのは、まあそんなところでして」

どこの誰がどう伝えたかはともかく、高貴の客が訪れることは流域タタール人の年老いた馬子ハキムの耳に入っていた。それが証拠に、テーブルは粗末ながらももてなしの支度で盛りだくさんである。傷だらけの古びた白目の皿に木の実や赤く熟れた桑の実が山をなし、ミルクの瓶を添えて、ナプキンにライ麦を薄焼きにしたフラットブレッドが重ねてある。老人は縫い取りをしたカフタンに着飾っていた。今やこのあたりに数少なくなった流域タタール人は土地のぼろ市で手に入れる古着で夏冬を通すのが普通だから、民族衣装のカフタンは歓迎の意思表示に違いない。流域タタール人は母国語をほとんど忘れている。その分、土地の言葉を身につけたかというと、これが何とも心許ない。老人はカラコルムの宮廷で礼法とされていたのではないかと思うような言葉で長々と挨拶すると、背後に控えていた少年を客の前へ押し出した。おそらくは何世紀も前からの習俗で着ているものはみすぼらしかったが、何はともあれ垢じみてはいなかった。

「貝殻をどこで拾うかって？　ルールライにもらうんだよ」少年はたどたどしくも確信のある口ぶりで言った。「ルールライ淵にざくざくあって、ミルクを置いて、持ってくるんだよ。シャツにくるんで」笑いながら、こんなふうにとシャツを脱いでみせた少年は屈託のかけらもなかった。年がら年中どこへ行くにも下帯一つだから、人目を気にすることもないのであろう。「次の日、また行って、貝殻もらって、ミルク置いて、次の日また行って……」話はこのくり返しで、いつ果てるともしれなかった。「そうだよ。ミルク置いて、貝殻もらって。そしたら、物売りの人が来て、皿小鉢と取りかえっこして、うちはテーブルからじかに食べるから、皿小鉢はいらなくて、そいつを売った金で、塩だの、マッチだの、油だのを買って……」

　エステルハージはげんなりした。ハキム老人の名は、正しくはヨアキムだが、まわりも多くが同名で、区別のためにそれぞれ、鍛冶屋のヨアキム、悪知恵ヨアキム、寝取られヨアキム……、と肩書きで呼び分けている。ハキムは馬子のヨアキムである。エステルハージは馬子のヨアキムに向き直った。「貝殻の出どころがルールライだとどうしてわかるか、聞いてみてくれないか」

ヨアキム老人はあきれ返った顔をした。「どうしてもこうしても、ルールライ淵だから、ルールライに決まってましょうが」

だが、少年の言い分は違った。「おれ、見たことある。素っ裸の女！」

老人は禿頭をぴしゃりとはたいた。「言葉をつつしめ！　不信心者！」

馬子のヨアキムはやむにやまれず思いあまって自分の頭をはたいたに違いないが、そのためかどうかはともかく、少年はそれきり口をつぐんだ。一同は饐えたミルクを飲んで桑の実をつまみ、木の実をポケットに入れて、塩、マッチ、灯油とは違うなにがしかをナプキンの下に置いた。みんながみんなとは言えずとも、一人エステルハージに限ってはこの心得を忘れなかった。あちこちで挨拶が飛び交って、人々は席を立った。

泥濘に馴れた頑丈な馬の背から、エステルハージは尋ねた。「貽貝は、ほかに何の役に立つね、ヨアキム？」

馬子は髯をしごいて答えた。「ええ、先生。あれは食えます」

「ほう。どうやって食べるのかな？」

呆気に取られた顔が返事より先だった。「は？　いえ、先生。あたしは食いません」

「そうか。なら、誰が食べるね？」

ヨアキムは横目使いをして、また髯をしごいた。「誰って……、ルールライですよ」

代官所は廏が半分、銃器室が半分で、残りの半分が間に合わせの役所だった。一つところに半分が三つはおかしいと思われるかもしれないが、それは普通の場所の話で、ここ「泥沼」は普通ではない。壁の地図は帝国地理院の検定で撥(は)ねられても文句は言えない杜撰(ずさん)な出来である。それでも、川の淵がどのあたりかはこれで何とか見当がつく。

「川は……、名はあるのかな、代官？」

「ありますとも」

返事はそれきりだった。

エステルハージは溜息を堪えかねた。

「で、その名前は？」

「名前ですか？　ええ、リトル・リバーですよ、先生」

蛇行する流れの湾曲部は記憶の限り昔からルールライ淵と呼ばれている。美(うるわ)し乙女が岩に坐して、黄金の櫛とり髪の乱れを梳(す)きつつ口ずさむ奇(く)しき魔歌(まがうた)が舟人を死に誘う伝説はここにはない。そもそも、伝説と言えるほどの民間説話がこの土地にあろうはずもないのだが、ただ一つだけ、エステルハージですらまったく初耳の奇妙な話が広まっている。ルールライが姿を見せると蕎麦が枯れ果てるというのである。「世話を怠れば蕎麦は全滅だ！」ロルドランド卿は声をとがらせた。

代官は言葉を返さなかったが、村の長老の一人は首を横にふり、控えめながら頑なに言った。「はい、上さまはそのようにおっしゃいますが、言うはやすしでございまして、ルールライの女が川に姿を見せますと、蕎麦は立ち枯れていっかな稔りません。せんかたないことでございます。蕎麦が穫れないとなりますと、私ども、長い冬を凌ごうにも食うに事欠く始末でございます」

ロルドランド公は重ねて蕎麦作りに精出すことの必要を説いたが、農夫らはルールライが現れた時に野良へ出ると、男女の別なく死を招くことになると言って譲らなかった。この土地で、蕎麦が冬の栄養源であることは間違いない。麦とジャガイモの一部はパンに焼き、ボルシチを作るのに貯蔵して、収穫のほとんどは地代や借金の返済にあてる。換金することもある。しかし、農民が麦とジャガイモの豊作を喜ぶのは、何と言ってもこれが自家製ウィスキーの原材料になるからだ。麦だけでウィスキーを作るのは途方もない贅沢だが、ジャガイモだけでは味と香りが今一つだし、喉越しも悪くて、そこまで格を下げるのは農民の気位が許さない。要は両方の兼ね合いで、たいていは按配よくいっている。

ところが、冬の間、来る日も来る日もジャリジャリと砂を嚙むような蕎麦の粥ではかなわない。たまにはパンやジャガイモの料理も食べたい。と、ここに二重の困苦が生じることになる。まず第一に、食料の貯えが底をつく。加えて、麦とジャガイモを食ってしまえばウィスキーができない。土地の農民にとって、ウィスキーのない暮らしは考えられない。とんでもないことだ。それでも、蕎麦があるうちはまだいいが、天候その他、自然の原因で蕎麦が不作の年がある。するとどうなるかは火を見るより明らかである。どこも似たり寄ったりで、売れるものは何でも売る。女房の装身具さえ売り飛ばすこともある。女房は別に腹を立てるでもない。聖像画を飾っている銀の額縁も同じ運命である。だが、これを売りに町へ出て、帰りに一杯となるとただでは済まない。だいたい、町の居酒屋で、家と同じに黙然と物思いにふけりながらゆっくり飲むなどということが果たして誰にできようか。とうていそれはあり得ない。男が寄ればまわし飲みで、珍しい顔が合えば奢り、奢られ、壜はあっという間に空になる。

そこまで行ったらもう止まらない。馬車、牽き具、ついには馬までと、なけなしの財産が酒の形に消えてしまう。

女房もこれには黙っていないから、夫婦喧嘩が二度、三度と重なって……。

「ええ、ええ。このところ川の上下でルールライを見た者がおりまして。どうも不吉な予感がしてなりません」エステルハージはロルドランド卿と連れ立って広く農民の間を聞きまわったが、すでに酒の上のいざこざから凶事を占っている話も少なくなかった。被害は蕎麦農家にとどまらず、地域一円を脅かしている気配である。漁師らはもはや川に網を降ろさず、猟師たちも危険を恐れて水禽を撃ちに出たがらない。

「この先です」代官が案内につけて寄越した男は言った。「これを行くと……、じきに向こうで川が曲がっていますから、すぐわかります……、ええ、ですからその、曲がっているところが……」

「ルールライ淵だね？」

案内人は非難がましい目つきをした。妄りにそれを言ってくださんすな、縁起でもない……。「すぐ向こうに見えますから」神経質に、ごくり、と唾を呑んで男はおそるおそる尋ねた。「お戻りは、昼前でしょうか？　それとも、昼過ぎですか？　ですからその……」それから先は聞くまでもなかった。案内はここまでだが、迎えに来る気はある。どうぞ悪しからず、と顔に書いてある。「そこへ馬をつないでいってくれないか。大丈夫だ、一人で帰れる」エステルハージは肩をすくめて言い、男が心苦しい様子でもじもじするのを見て付けたした。「私が迷っても、馬が道を知っているだろう」

案内人にしてみれば、それでいいならもっけの幸いだったろう。だが、責任感か、ルールライとは別に恐怖の種があってか、あるいは、目の上の瘤か、いや、それ以上に本心からエステルハージの身を案じているためか、正直を絵に描いたような顔で男は言った。「いえいえ、お迎えに参ります。影がこの辺になる頃に」水を含んで柔らかい地面に棒切れで引いた線から、午後三時の見当と計算できた。「ここでお待ち願えますか？」都合を尋ねるよりは懇願する口ぶりで念を押し、男は遠ざかるエステルハージの背中を見送った。

日は温かく、汗ばむ陽気ながら、水辺はひんやりと心地よかった。木々は次第に疎らになり、道は狭まって谷間へ下った。小さな流れが落ち合って波騒ぐこともなく、ほとんど行き場を失って暗く淀んだ水の面に朽ち葉が散り敷いていた。遠く向こうに遮るものなく日を受けて照り映えている一筋が川の本流に違いなかった。

するとここがルールライ淵か。

エステルハージは腰を降ろして双眼鏡を取り出した。あとは待つだけだ。

日の光は刻々に色と輝きを変えてとどまることがなかった。穏やかな風に茂みがそよぎ、梢を透かして射す日も揺れて、あたりに金と緑の明暗を描いた。光と影があやなす斑紋の動きは水底の連想を誘う。実際、エステルハージはいながらにして水に潜っている幻覚に襲われた。波にもてあそばれて浮き沈みするところへ、ぼんやり霞んだ視野の果てから寄せてたゆたうねりの間に浮かび出た姿こそほかならぬ、水沫の娘、水波の子、オンディーヌ自身ではないか……。

考えるより先に双眼鏡を顔に押し当てていた。

あまりに不用意な動作だった。距離をへだててはいたが、相手はそれと見て取ったに違いない。現れた時と同じく、オンディーヌは忽然と消え失せた。

ほんの一瞬だった。が、それで充分だった。

道端に何人かが額を集めていた。男と女と、爪先立った少女が一人。馬が近づいて、人の輪が解けたところを見れば、男は最前の案内人だった。エステルハージが無事に戻ってよほど嬉しかったか、案内人は泣きそうな顔でまくしたてた。「ああ、これはこれは、先生。やあ、馬も大丈夫でしたか。それにしても、ずいぶんお早いお戻りで」「ちゃんと用は足りたからね、アウグスト。実は……、ほら、この通り」エステルハージは三人を相手に言った。「ほんのしばらく日に当たっただけだけれども、私は都会の人間で、皮膚が弱くてね。これでは日焼けどころか、火傷だよ。塗り薬か、軟膏か、何かないか？　どこかこのあたりの店で売っているかな？　薬局があるといいのだがね」三人は揃って首を横にふった。ここらあたりは田舎だから、そんなものは……。と、そこで、エステルハージが半ば当てにしていたように、知恵が浮かんで女は顔を輝かせた。「ああ！　それだったら、お産婆さんのとこへ行きなさるといいですよ」「そうそう、お産婆さん、お産婆さん！」少女も声を弾ませた。アウグストまでが、誰でも知っている地元の人間を紹介して問題が解決するならお安いご用と、すっかり気が楽になって調子づいた。「そうですとも、先生。産婆に限ります、産婆に！　子供を取り上げるほかに、何やかや薬も作っていますから。もしよろしければ、これから私が……」

エステルハージは、道順を聞けばそれでいい、と案内を断った。教えられた場所はすぐ近くだった。産婆は種をいっぱいつけて俯き加減の向日葵を丹精しているところだった。スカートの裾を端折って惜しげもなく見せているペティコートが眩しかった。しわだらけの顔をして碧い目の産婆は軽く腰をかがめて、エステルハージが馬から降りるのを待った。「ウロクス卿のお呼びで当地へ来ている者だがね」

産婆は心得た様子でうなずいた。何をどこまで知っているだろうかと、エステルハージは胸のうちで首を傾げた。用向きを聞いて、産婆は胡散臭げに客を見返した。「どうぞ、お入りくださいまし」

家の中はこれ以上はないほど片付けが行き届いて、薬草と花と、火にかけた料理の匂いが部屋を満たしていた。パプリカソースに鶏の煮物だろうか。

「それはそれは」相変わらず胡散臭い顔つきで産婆は言った。「ええ、火傷にはお酢と油が手軽で、一番よろしうございますよ」

「サラダにされたくはないねえ」エステルハージは正直に気持を打ち明けた。

産婆は無遠慮に鼻で笑った。位負けする気色は少しもない。それはそれで結構だが、日焼けには効かない。

「軟膏のようなものはあるかな」

産婆はもったいらしくうなずいた。「ええ、いろいろと。でしたら、酸化亜鉛がいいと思いますが、ただ……」

エステルハージは我にもなく驚いた。ツバメの脂と、夏の日盛り、もしくは満月の夜に摘んだヤグルマソウの汁の練り膏薬といったあたりを予想していたが、これは意外だった。

「酸化亜鉛？　酸化亜鉛なんて、よく知っているね」

産婆はきっと眉を吊り上げた。「私、地元の大学で勉強して、産科小児科医の免許を持っております。先代のウロクス公が土地の医療を充実させようというお考えで学費を出してくださいました。酸化亜鉛の知識はあります。知っていることとなれば、ほかにいくらでも……」

エステルハージはみなまで聞かなかった。「ならば、十五、六年前にこの土地で生まれた何物かがここへきて、現ウロクス卿の臣民を無知蒙昧ゆえの恐怖に陥れていることは知っているね？　このあたりで隠し立ては止して、公に事情を明かした方がよくはないか？」

医師の資格を持つ産婆は天井を仰いだ。エステルハージは相手が嗚咽を漏らすか、十字を切るかするのではないかと思ったが、その読みは違っていた。碧く澄んだ目でまっすぐにエステルハージを見て、産婆は静かに言った。「ああ、やっぱり。そんなことではないかと思ってはおりました。前々から、ずっと考えていたのです。先生がここへお見えになった時も、ちょうど考えているところでした。でも、すっきりと答が出ませんで。どうか、あの子を気の毒とお思いなすってください。今、この土地で生まれた何物かが、とおっしゃいましたが、あの子は『物』ではありません。人の子です。密かに生まれた子で……、障害を持っていることは事実ですが、でも立派な人間です」

「これは私が悪かった。言葉を間違えたことは謝るよ。そう、あなたの言う通りだ。それで？　先を聞かせてくれないか」

　とかく産婆は口が軽い。だが、その一方で、最後の最後まで秘密を守る口の堅い産婆がいることも事実である。「お会いしたくなかったのに」唇がふるえて額に汗が滲むと見る間に、堰を切った涙は止めどなかった。ひた隠しにしてきた思いが偽りきれない心の底に凝り固まって、産婆は身も世もあらぬさまに苦悶した。

「何はともあれ、陣痛は普通でした。極く正常な陣痛で……」

　エステルハージは先まわりして言った。「それが、生まれた子供は……」

「下肢が癒着していました。見た目には、脚が一本しかないようで。母親の悲しみといったらありません。手術できっと五体満足になるだろうからと慰めましたが、ヘレナは耳を貸さずに、ただ子供のことを思って泣き悲しむばかりです。不義の子を宿した罰だと言って自分を責めて……」

「ほうほう」

　産婆は肩をすくめた。「私、人を裁く立場ではありません。報告の義務もありません。神父さんにも言いませんでした。神父さんが妻帯者だったら……。いえ、いっさい、誰にも話していません。今の今までは」

　エステルハージはこれほど長きにわたって秘密を守り通すことの苦労を思いやった。産婆ではない。母親の苦しみをだ。「母親は当然、子供の行く末を案じたろうね。それにしても、土地の噂が耳に入らないはずはないな。この数か月、何も聞かずにいるとしたら、よほど森の奥深くに隠れ住んでいるのだね？」

「いえ、それが。母親は……、ヘレナは亡くなりました。つい数か月前でした」

その意味するところが胸に納まるのにしばらくの間があって、エステルハージはつぶやいた。「そうか。そうだったのか……」

たかだか十五、六年とはいえ、人目を避けて秘密に生きる辛苦と悲愁はなまなかに想像できることではない。稀に姿を見せることがあるにもせよ、車椅子で暮らしているのとさして変わらず、昼間はじっと息を殺しているしかない。裾の長い着衣は脚を見せないばかりか、仮にも怪しまれないためである。世界は母一人子一人の小さな半径に限られている。その世界が、ある日、真っ二つに断ち割られて崩れ去る。それまでの生涯はただ警告のくり返しだった。間違っても人に見られないように……、知られないように……。

「話はそこまででいい」エステルハージは言った。「子供をさがさなくては。大急ぎだ。名前は何というね？」

「私と同じ、マリア・アッタナシアです。私がつけました。ええ、さがしましょう」産婆はちょっと考えてうなずいた。「まず船の手配を」

思ったほどの面倒もなく、船はじきに見つかった。桟橋へ急ぐ途中、エステルハージは一つだけ気懸かりだったことを口にした。「子供の父親は……」先に立っていたマリアはつと足を止めて、あの碧い目でエステルハージをふり返った。

「じゃあ、ご存じないんですね。ヘレナが自分の口から話したかどうかは知りません。いえ、言っていませんね。そのことは、またあとで」

マリアは船に乗りかけるエステルハージを押しとどめた。子供が怯えては台無しだ。食べ物と水に、着るものは用意した。だがそれ以上に、マリアが心静かに確信をもって行動しているのを見てエステルハージは頭が下がる思いだった。平底船の櫂を器用に操ってマリアは岸を離れた。

「母親を亡くして、あの子は身投げを考えました」後に、産婆のマリアはエステルハージを相手に語った。「衣類を脱ぎ捨てて、岸まで這って飛びこんだのです。でも、天の加護でしょうか、体が水に浮いて沈みません。気がついた時は泳げていました。よく子供同士で、年嵩の子が小さな子供を水に突き落とすことがあります。落とされた方は泣き叫んで暴れますが、いつの間にか泳いでいるのですね」水を潜った衝撃もさることながら、自分は泳げると知って若いマリアは考えが変わり、二度と死を願わなくなった。陸で障害だった条件が、水の中では有利に働いた。オットセイに似た体形は、泳ぐとなればこれに優るものはない。日を経るにつれて、マリアは川で生きる自信がついた。貽貝を食べていれば死にはしない。めったに人の近づかない淀みがルールライ淵と呼ばれていたのはまったくの偶然で、マリアはそんなこととは露知らなかった。食べるものはほかに木の実や熟(う)れて落ちた果実があり、ほんの一時期ながら、流域タタール人の少年が何の邪心もなく、貝殻の代価として律儀に置いていくミルクも飲んだ。

　これを誰かに聞かせない手はない。当然、エステルハージはまっさきに思い浮かぶ相手に話した。

「ヘレナ?」ロルドランド・フォン・ウロクス卿は眉を寄せた。「ヘレナ……。おお、そうか。思い出した。どこでどうしていることやらと案じてはいたのだが、それきり、いつか忘れてしまってね。ヘレナ……」

ロルドランド卿は悪びれるふうもなかった。「何と言っても、血筋だよ。一方で、ヘレナはオンディーヌを妻にしたボールドウィン王の血を引いている。その片方で、われわれは水搔き(みずか)のある大足ベルタの直系、シャルルマーニュの末裔だ。ああ、そうだとも……」半ばひとりごとのように言う口ぶりには誇らしげとも取れる響きがあった。「血は争えない」話の流れで、ロルドランド卿は若いマリアをベラへ送って医師に診せることに同意した。「手術を受けるなら受けるでいい。拒むというなら、それもまた本人の心次第だ。いずれにせよ、マリアに不自由のないように、私でできる限りのことはしよう」

　やがて、水郷と農村一帯に、ロルドランド卿の友人がルールライをベラへ連れ帰って皇帝陛下に拝謁させた噂が広まった。皇帝陛下に栄えあれだ。土地の農民たちはみな、ルールライを皇帝に会わせるほどの友人を持つ領主の小作人である幸せを思った。

ひとしきり幸運を嚙みしめると、農民は例外なく自分の立場に思いいたって叫んだ。

「さあ、こうしてはいられない！　蕎麦だ、蕎麦だ！」

いい按配（あんばい）に天気が続いて農民たちは汗みずくで畑仕事に勤しみ、この年、蕎麦は豊作だった。

人類の夢　不老不死

「じゃあ、時計のところで」人が場所を特定せずにただ時計とだけ言えば、すなわち古い時計塔の時計である。年ごとに金箔を貼り替えて装いを新たにする文字盤がローマ数字なのは、意図した懐古趣味ではなく、この時計ができた頃はまだアラビア数字がなかったためである。アラビア数字はインドに起こり、ペルシャを経てゆっくりトルコに伝わったが、ヨーロッパまで広まるにはさらに長い時間がかかった。その上、代々の父祖が気ぜわしい小刻みな日盛りとは無縁の生き方をしていた証拠に、大きな文字盤には時を指す針が一本で、分針も秒針もない。

スキタイ＝パンノニア＝トランスバルカニア三重帝国の首府ベラの心臓部、旧市庁舎をとりまく一帯は、今やかつての脈動が嘘のように閑寂な趣を呈している。聖コスモの日と聖ダミアンの日に正装の市会議員が一堂に会して市長選任の儀式を催す伝統行事は残されているが、それを除けば一年を通じて界隈が賑わうことはほとんどない。旅行者は「クックの観光案内」に従って、見逃せない名所に数えられている時計塔を訪れ、カモメが船を追うように、乞食や物売りが団体客の後につきしたがう。マンサード屋根に大理石のロビーで、タイプライターの音が絶えない新市庁舎は地方からやってきた旅行者にとって何の意味もない以上に、その存在価値は限りなくゼロに近い。が、そうした田舎者でさえ、昔ながらの考えで時計塔を行動の起点とする。時を告げるからくり人形を見て皇帝陛下のお出ましかと胸をときめかすというのは黴の生えた古い冗談で、今では笑いの種にもならない。これは、羽毛や綿毛、ハム、キャベツ、ザワークラウト、などめし革、木の実、果物、鶏卵を荷馬車に山と積んでくる近郊の農民も、桶板屋も蜜蠟売りも、市場から手押し車で来る肉屋も同じである。汽車で来たにしても変わりない。誰彼の別なく人は体が空きさえすれば、まだあることをたしかめるかのように、まずまっさきに時計塔に詣でる。どこへ行くにもここが出発点だから不思議はない。「時計塔を正面に見て、最初の路地。角を二つ越して三つ目」などと言う。目当ての場所が眼鏡屋であれ、時計屋であれ、糸とボタンの店であれ、鉄砲鍛冶であれ、時計塔から歩きださないことには安心できないし、仮にそれらしい店へ行きついたとしても、信用できる相手かどうか怪しいものである。買った品物が、童話で金貨が木の葉に変わるように、手の中で粉微塵にならないとも限らない。さてはと取って返そうにも、すでに道がわからないことだってあり得よう。だが、これが時計塔から道を辿ってさがし当てた店なら場所はわかっている。不満があって抗議に戻るにも、気に入ってまた訪ねるにも、天の神が道案内についているのと同じでいと易いことである。

二月も末近く、よく晴れた風の冷たい日、後に伝えられたところによれば、地方から出てきた一人の青年が時計塔の根方に立って心細げにあたりを見まわした。ここでは青年の名をハンズリとしておこう。階段にぼろを敷いて座っていた男がハンズリに声をかけ、何かお困りか、と真面目くさって優しく尋ねた。ハンズリはほっとした。

「ご親切にどうも。金細工の店をさがしているんですが、道がわからなくて」

男はうなずいた。「婚約指輪かな？」

ハンズリはびっくりするあまり、顔を赤くするのも忘れたほどだった。なるほど、話に聞いていたとおり、都会の人間は賢くて何でも知っている。事実、男は都会人で、いかにも品がよく、知性を感じさせる風貌だった。ハンズリは後にふり返って男のことを、哲学者のような人、と語っている。ハンズリはもとより、両親にも、許嫁とその二親にも、これは相手の人柄をよく捉えた説明だったかもしれないが、惜しむらくはいささか正確を欠いている。哲学者のような人物なら、神学校で教鞭を執る平信徒の代数教師でもよかろうし、これからダムの設計にかかる土木技師だっておかしくない。同様に、牛の繁殖不能や子供の胃下垂に効くと言って塩水にメチレンブルーを混ぜただけの偽物を売りつける根っからの悪党にも、一見、哲学者風はいる。

「いやね」男は言った。「婚約指輪が入り用なら、ここにいくつか持っているので、譲ってもいいよ」

にこりともしない男の誠実らしい目つきがハンズリには心丈夫だった。金細工師に嘲笑われた上、さんざん罵られるのではないかと恐れていたからだ。このもの静かな紳士に田舎者を侮る態度はかけらもない。「ベリンダに」ハンズリは言い、男はうなずいてポケットから取り出した小さな布包みを開けた。たしかに指輪だった。金の指輪に間違いない。いや、果たしてそうか。見た目には金の指輪だが……。

ハンズリは時間を稼いだ。「いかほどですか?」値段は半ダカットと聞いて、ハンズリはますます驚いた。牛や馬や牽き具ならどんなに上等でも値切る自信がある。だが、指輪となると、どう言ったものやら知恵がない。「ばかに安いんだな」思わず声が大きくなった。耳の奥では疑う心が意気地なく問いかけていた。本当に、本当に金か?　純金か?

紳士はものものしくうなずいた。「ああ、安い。金細工師のところへ行けば、高いことを言われるだろう。職人は地代を払わなくてはならないのでね。それも、法外な地代だよ。ところが、私は地代を取られない。商売をしているこの場所は……」男はぐるりとまわりを指さした。「皇帝陛下が地主だから。末永く陛下に祝福のあらんことを……」「アーメン、アーメン」ハンズリは帽子を脱いで十字を切った。

「それで、地代はいらない。私の指輪は安い道理だ」紳士は別のポケットから宝石商のルーペを取り出してハンズリに渡した。ハンズリにしてみれば、虫眼鏡から望遠鏡まで、レンズがついているものはみな同じで覗く道具でしかないのだが、ともあれ指輪を仔細にあらためた。ルーペで見る指輪の輝きといったらない。冬の陽に燦然と照り映えるありさまは溜息が出るほどである。なおよく見ると、指輪には三頭の鷲とLXIの数字が刻まれていた。これなら間違いない。ハンズリは財布から半ダカットの硬貨を選って払いを済ませた。哲学者ふうの紳士は田舎青年の幸せを祈り、ハンズリは丁寧に礼を言ってその場を後にした。

家に帰って父親に指輪を見せた。「これほどの金ははじめてだ」暗い森で三マイル離れたところから子ヤギを見分ける視力が土地の語り種になっている父親は紋章に気づいて言った。「おお、帝国の鷲だ！　うん、これは本物だ。ええと、待てよ」どんなに目がいいといっても数字は苦手で、ここはちょっと時間がかかった。「ははあ、治世六十一年か。というと、去年か……、一昨年か……」父親は指輪を高々と差し上げた。品物が父親の眼鏡にかなってハンズリはひざまずき、父は息子の頭に指輪をかざして祝福を与えた。婚礼の支度はととのって、あとは日取りを待つばかりである。夏空の晴れを見定めて、ベリンダは亜麻布を晒しにかかることだろう。

いったい、これと同じ筋書きが何度くり返されたか知れない。警視総監のロバッツも、宝石商協会の会長、デ・ホーフトも、まるで事情が摑めていなかった。

「またしても、またしても」デ・ホーフトは言った。小柄ながらきびきびと生きがいいフランダース人で、髪を赤く染め、髭は蠟でかためている。「指輪はじきにゆがむか、もしくは、ちぎれて駄目になる。きついと緩いとにかかわらずです。買い手は町へ引き返して、その、ああ、『てつ・が・くしゃ』をさがしますね」デ・ホーフトは当てこすりのつもりで言葉を切れ切れに発音したが、区切り方が不正確だった。「が、どこにも見当たらずに、きちんとした宝石商か金細工師のところへ品物を持ちこんで鑑定を頼みます。文字通り、試金、ですな。調べてみると、これが本物です。いえいえ、それどころか、純金よりもなお純度が高いのです。そのせいで、柔らかすぎて指輪には向きません。奥方のためには貞女の証にもう一つ別の指輪をお求めなさい、と勧められることになりますが、これは面白くありませんな。だといって、さあ、どうしますか。ねえ?」

デ・ホーフトは肩をすくめた。ロバッツは押し黙ったままだった。それだけの話なら、すでにさんざん聞かされている。ここにもう一人、指輪についてはまったく初耳の人物が同席していた。医学博士、哲学博士、法学博士、理学博士、文学博士のエンゲルベルト・エステルハージである。「金塊、もしくは延べ板、延べ棒その他、金が被害にあった盗難の届けは?」

「本件に合致する届けは出ていません。歯医者のスパーンが盗難にあっていますが、金歯とこれは話が別です。ペレロからも報告がありましたが、盗まれたのは金貨で、本件とは結びつきません。リッチリ゠グルジウ貨幣検質所の強奪事件は現在なお未解決ですが、あれは淡黄色をしたリッチリの純金で、これとは違います」ロバッツは薄紙を敷いて並べたいくつかの指輪を顎でしゃくった。言うなれば、宝石商協会が買い戻しに成功した指輪である。普通、協会が品物を買い戻すことはない。

エステルハージがルーペを置くのを待って、デ・ホーフトは言った。「私も商売柄、長い間には金という金を見ていますが、これははじめてです。黄金、白金、紅金はもちろん、緑金だって知っていますよ、ええ。しかし、これは……、この中国のオレンジを思わせる光沢は、かつて見たことがありません」

灰色ずくめのロバッツはコートの袖で山高帽の毛羽を払っていたが、ふとその手を止めた。「常のことながら、われわれ調べに当たっては、端(はな)から指輪は盗品と考えましたが、その線はじきに行きづまりました」

エステルハージはうなずいた。「実際問題として、このどこがどう法に触れるのかな?」

ロバッツは思案げに眉を持ちあげた。「それは、その……、ああ……、問題の人物は、もちろん、市の路上通商条例に違反しています。まあ、大したことではありませんがね。それと、指輪に極印を押しているのも、厳密にいうと法律違反です。金細工師ギルド、宝石商協会試験場、帝国貨幣検質所の承認を経ていませんから。しかし、何といってもご承知の通り、この指輪は世にある限りの純金に優(まさ)る最高の品質でしてねえ」

デ・ホーフトは憮然たる面持ちで言った。「見え透いたまやかしですよ。おおかた、外国から盗んできた金を、目立たないように小分けにして売りさばこうという魂胆でしょう」

ロバッツは首を斜めに倒してふった。「どこからも、これという事例の報告はありません。数年前まで遡って、カリフォルニアやオーストラリアの記録を照会しましたが、本件に該当する盗難は起きていません」

エステルハージはあらためてルーペを覗いた。「しかし、臑に傷がないならば、どうしてそうやって普通では考えられない安値で売るのかな？　聞くところ、指輪を買った者はみな、その男がひとかどの学者であるような印象を受けているそうだね。それだけの人物が、もし仮に埋蔵金を発掘したのであれば、遺失物法の規定によって国家は発見者に半分の取得を認めることを知らないはずはないだろう。もちろん、発見後ただちに、適正に申告すればだけれども……」

ロバッツは目を丸くして口をすぼめた。「ははあ、先生。そいつは当たらずといえども遠からずかもしれません。なるほど、埋蔵金を掘りあてたところが欲が出て、一人占めにしようというんで、巧妙に処分することを考えた、と。うん、あり得ますねえ。あるいは、手がまわったと知って、今さら名乗って出る気はないか。となると、ねえ、お二人さん……。これは海賊の黄金か、さもなければ、龍の黄金ではないですか」ロバッツはずんぐりした毛むくじゃらの指で金環をつつき、顔をしかめてひくひく笑った。

エステルハージはすんでのところで喉まで出かかった言葉を呑みこんだ。警視総監が幻の黄金伝説を信じたところで一向に構わない。昔々、ゴートとスキタイに龍の一族がいて、あちこちの谷や祟りのある丘に金塊を埋めたという話は今も語り継がれている。

人がこれを信じて不幸になった例(ため)しはついぞ聞かない。伝説は当今のくすんだ世相にいささかの彩りを添えて、なかなかむげには捨て難い。

「手がまわったと知って、とはどういうことかな、カロル＝フランコス？　警察が捜査に乗り出したとどうしてわかるね？」

ロバッツは時計塔の周辺に覆面警官を張りこませていることを話した。しかし、謎の人物はふっつり姿を見せなくなったという。

思案投げ首でなお話が終わらない二人と別れて、エステルハージ博士もまた歩きながら考えをめぐらせた。都会見物のもの知らずに安い指輪を売りつけるのはよくあることで、珍しくはない。指輪をいくつも持っていて安く処分したいなら、自然な知恵だろう。まだ持っているとしたら？　どこで誰に売るのが自然だろうか？

煙をまきちらす鉄道輸送は歴史ある川船の商売を奪ったが、今もまだ少なからぬ船が運航している。鉄道のように速くはないが、船の方がずっと安上がりだから、石炭、木材、ピッチ、砂利、砂、塩、穀物など、大量の荷を積んだ平底の艀(バージ)がイステル河を上り下る景色は昔ながらである。変わったところといえば、いっぱいに風を孕(はら)んでふくらむ赤い帆が姿を消し、船員が辮髪(ピグテール)ではなくなったことぐらいだろう。船員に会いたかったら白樺(しらかば)並木へ行くに限る。舫綱(もやいづな)を捌(さば)くのに手いっぱいか、陸へ上がってまず何をするか相談で忙しい最中を別とすれば、船員たちは総じて気さくに話の相手をしてくれる。

白樺並木はイステルの流れに沿って伸びる三百メートルほどの石畳(いしだたみ)の堤防である。堤防をずっと延長して手前までと同じ数の白樺を植える計画は挫折したが、まったくの掛け声倒れに終わったわけでもない。夕方、まだ日のある一刻(いっこく)や、週日の閑暇をのんびり過ごすことのできる階層は白樺並木からの眺めをことのほか愛した。好みの度合いは人それぞれながら、ここをセーヌ河畔になぞらえる向きもある。沿道に軒(のき)を連ねる飲食店はもっぱら清潔と上趣味に努め、その甲斐(かい)あって、名流の士女ばかりか、傍(はた)から名流と見られたがっている客が贔屓(ひいき)の常連になった。その手の新しい客たちは艀の船員仲間が飲み食いするさまを興味津々で打ち見やり、船員づれもまたそれに劣らず上客気取りのテーブルを好奇の目で見ているかどうか、さて、そこは何とも言えない。

艀にはたいてい、船長と航海士のほかに甲板員が乗り組んでいる。一日の仕事を終えて、早いところ安い店で飲んだくれるか、または裸足(はだし)のトラル、すなわち最下級の娼婦を買ってちょっと遊ぶつもりの船員たちは白樺並木に用はない。同じ艀乗りでも、ここに集まってくるのはこんがり日に焼けて、身だしなみもよく、それなりに品よくふるまうことを心得ている船員たちである。屋外のテーブルをかこんでザクースカの皿をつつきながら、ゆっくりと黒ビールを傾ける。あるいは、手摺りに凭(もた)れて甲板からの眺めとは違う川の景観を楽しんだりもする。

エステルハージは急ぐともなく、知った顔をさがして並木を歩いた。もっとも、特に誰という当てはなかった。おぼろげにでも見覚えがある顔に行きあえばもっけの幸いで、せっぱつまって金の無心をたのめる相手を見つけるのとはわけが違う。いい按配に、顔見知りがいた。

向こうがエステルハージに気づいたと言った方が正しいかもしれない。

相手は三人で、うちの二人が声をかけて寄越した。「こっちへきて、やりませんか！」やる、と言えばそれだけで意味は限られていようが、とりわけイステルの瀞（とろ）を上り下って荷役労働にたずさわる船員たちの間では、気の置けない献酬の意味である。

年嵩（としかさ）の二人はスピッツ兄弟、〈パンノニアの女王〉号の船長フランコスと航海士コンコスで、若い甲板員はもちろん苗字名前に洗礼名があるはずだが、エステルハージはただボーイとしか聞いたことがない。色浅黒い兄弟と違って、ボーイは色白である。エステルハージは以前、インドネシア原産の巨大な齧歯（げっし）動物をめぐるいとも不思議な事件にかかわって三人と知り合った。

何げない身のまわりのことにはじまって、話がかつての河川交易におよんだのは自然な流れだった。毎年、ひとしきり世間を騒がせてはいつか下火になる噂もあった。ルリタニア人、もしくはルーマニア人がドナウ河に流木止め（ブーム）を渡そうとしているというのだが、取りようによって、これは爆弾（ボム）を仕掛ける意味かもしれない。水路や浅瀬、難破船の沈んでいる箇所などを示す澪標（みおつくし）の得失について三人は論じたが、概して現行の標識は評判が悪かった。二杯目のグラスにかかるあたりから、話題はもっと身近になった。エステルハージは若い世代の多くが船乗りを志すかどうかに関心があった。スピッツ兄弟は口を揃えて、船に乗りたがってわんさと押しかけて来るが、雇ってものになるやつはいないと答え、腹立たしげに髭をひねって、ごつい拳固でテーブルを叩いた。年若いボーイは顔を赤くした。エステルハージが親愛の目を向けると、ますます赤くなった。

「近頃の若い艀乗りはピアスをしなくなったのかな？」エステルハージは他意なく尋ねた。

思いのほかに、スピッツ兄弟はあたり構わず声を立てて笑いころげ、ボーイは赤面を通り越してどす黒いまで紫に顔を染めた。

「何がそんなにおかしいね？」エステルハージは腑に落ちなかった。「現にこうしてボーイの耳を見れば、ピアスの穴が通っていないじゃあないか」

「は、は、は！」船長フランコス・スピッツは大口を開いて笑った。

「くっ、くっ、く！」弟コンコス・スピッツは喉を鳴らした。

と、いきなり兄弟は左右からボーイを押さえつけ、いやいやをするところを無理にも組み伏せて首をねじ曲げた。エステルハージは私刑というしかない絞殺の現場を目撃することになりはすまいかとはらはらしたが、どっこい、ボーイの首はそんなことでへし折れるほど柔ではなかった。なるほど、ボーイの左耳にピアスはない。だが、右にはピアスの痕があって、厚ぼったく赤らんだ耳朶の小さな穴から黄ばんだ糸が垂れていた。

「穴開けた時、おれ、酔ってたみたいだ」ボーイは絶え入るような声で言った。

揃って右の耳に金の輪を通しているスピッツ兄弟はこれを喜ばず、船長フランコスは拳を固めてボーイに食ってかかった。「何だ、それは？　じゃあ、お前、素面ならやらないのを酔った勢いでやったっていうのか！　ピアスは目にいいんだ。ねえ、先生。違いますか？」

「よくそのように言うね」エステルハージは思うところありげに答えた。「ピアスは極めて古くからある風習だよ。私個人としては、今もその風習が守られていることを嬉しく思う」

年上の二人から邪険にされたボーイはエステルハージのひとことに励まされて大いに意を強くしたようだった。この機を逃さず、エステルハージは尋ねた。「それで、耳輪はどうした？」

ボーイはポケットをまさぐった。喧嘩の武器の指金具か、それとも、違法ではないものの、はるかに破壊力のある必殺の凶器か……？　取り出したのは、何度も開けたり閉じたりしたとわかる皺くちゃの小さな紙包みだった。果たせるかな、中身は金の指輪に相違なかった。黄色味を帯びたオレンジの光沢を放っているところを見れば、格別に純度の高い金と知れる。エステルハージは常に持ち歩いている倍率の高い拡大鏡の革ケースに手をやった。

「鷲が彫ってあるの、見えますか」ボーイは身を乗り出した。「上等の印ですよね。半ダカットしたんだから」

「ああ、極上だ」エステルハージはかぶせて言った。「とびきり高品位の純金だよ」

「でもね、ぶら下げる金の糸がないから、普通の宝石屋へ行ったけど、はじめからピアスをたのまなかったからって、いい顔しないんで、悪く思うなよって、言ってやりました」

ボーイは訥弁（とつべん）ながら力をこめて言った。

「例の哲学者から買ったのかな？」エステルハージの問いにうなずいて、ボーイは指輪をもとに戻した。「哲学者は何を言ったね？」

　これは難題で、ボーイはちょっと考えた。

「だから……、ええと、南部の野生の大山猫（リンクス）がどうとかこうとか……」やっと答えてボーイは指輪をポケットに押しこみ、爪楊枝（つまようじ）で乱杭歯（らんぐいば）をせせった。ボーイに関する限り、哲学者の話はこれきりだった。

　船長フランコス・スピッツは片顔（かたかお）を疑問にしかめて言った。「南部って、お前、南部にリンクスはいないぞ……」

「おれが言ったんじゃないよ！　北へ行けば……ああ、そうだ」ボーイはエステルハージに向き直った。「うちの親父がね、北部でリンクスを仕留めたんですよ。リンクスは親父が飼ってるシチメンチョウを捕って食うから。そいで……」

「ちょっと！　みんなにコニャックを」エステルハージが飲み物を注文して、この国に棲息するリンクスはことごとく意識の外へ追いやられた。もう一杯コニャックを奢（おご）って、エステルハージは三人と別れた。

　ターククリング街三三番地へ戻ると、エステルハージは司書のフーゴ・ヴァン・スルツキに尋ねた。「私のところに、バシリウス・ヴァレンティヌスの『十二の鍵』はあるかな？　たしか、あったはずだね」

「ございます。ですが、今ここにはございません」託宣を下すように言ってすぐ、ヴァン・スルツキはそのわけを話した。「あいにく、製本屋に、修復に出しております。前四半期の必要処理事項に掲げましたとおりでございます。ちょうど締め木にかけているところでございましょう。締め木からはずして持ち帰ることもできますですが、それよりは、ほかをおさがしの方がよろしいかと存じます。ええと……」司書は白眼を剝くまで天井を仰いだ。「帝国図書館はいけません。あそこにはございませんから。大学図書館のものは状態が悪うございます」司書は黒目に戻って顎を引いた。「傷みのない一巻となりますと、グランド・ロッジ文庫の蔵書でございます。稀覯本の主任にご紹介いたしましょう」ヴァン・スルツキは名刺に何やら達筆で認め、曲尺と両脚規を組み合わせたフリーメーソンの標章を描き添えて差し出した。

　エステルハージは礼を言って屋敷を出た。自由の大都にただ一か所、七つの学位と十六通りの称号を持つエステルハージにして使用人の紹介がなくては希望のかなわない場所があるという皮肉に、内心、微苦笑を禁じ得なかった。

　名刺がものを言って、正面に同じ標章を掲げただけの大きな建物に通された。床から天井まで、分厚い書物がぎっしりと棚を埋める閲覧室で自由に目録を調べ、件の書名をたしかめると、貸し出しカードに必要事項を記入して名刺と一緒に受付に出した。受付の男は眼鏡を片手に、学位を審査する総長のようにカードを読み上げた。

「バシリウス・ヴァレンティヌスの遺言書、第五巻、すなわち、実践論ならびに十二の鍵、および、古代賢者の大岩補遺」

隣室で床に椅子が軋り、咳払いに続いて問いかける声がした。「マスター・ムマウですか?」見上げるばかりに背が高く枯れ木のように痩せた、すこぶる上品な男がふらりと姿を現した。

「いえ、違います」受付は言った。

「稀覯本の責任者の方にお会いしたいのですが」エステルハージは遅ればせに自分の名刺を手渡した。

「私ですが」稀覯本の主任は自分の公式な職分を理解してくれる人物の登場をまたとない偶然と、かつ驚き、かつ喜ぶ様子だった。「はじめまして。てっきり別の方と思いましたが。この種の本を希望する閲覧者は、近頃めったにいませんもので。ああ、ああ。はい、よく存じております。以前、三重帝国支部の見張り役を務めておりました。かく申す私も同じロッジでして」主任が言うのはエステルハージの私設司書で、マスター・ムマウのことではなかった。ムマウとやらについては、機会が許せば立ち入って尋ねてみたいところだ。主任はことのほか親切で、何くれとなく気遣いを示した。エステルハージに専用のデスクをあてがい、椅子もゆったり座れるものに替えて、床置きの燭台まで運んでくれた。メモ用紙には手まわしよく削った鉛筆が添えてある。ところが、インクは使えない。同じ理由で室内は禁煙だからと、嗅ぎタバコを出されたには恐縮した。

気がつけば、主任も受付も、閲覧室の世話人も姿を消して、エステルハージは一人『バシリウス・ヴァレンティヌスの遺言書』に向き合っていた。ずっしりと持ち重りのする大冊である。古書とも思えないまっさらなページのところどころに、優美繊細とさえ言いたくなるような紙魚(しみ)の穴があった。開巻劈頭(へきとう)の一文は晴々と確信に満ちた調子で、本書中に仮にもキリスト教精神に反する記述があったなら、そのくだりはトリエント公会議の宗規に照らしてばっさり削除したと謳(うた)っている。奥付は一六四七年だった。初版ではない。

この場で今一度、全巻を通読できたら幸せこれに尽きようが、目当てはほかにあって贅沢を言ってはいられない。そこはよくしたもので、緒言に思ったとおりの文章があった。

南の不死鳥(フェニックス)は東の巨獣の心臓を抉(えぐ)り取った。巨獣の龍皮を剝(は)ぎ、翼を切断しなくてはならなかったためである。その後、両者は塩の海に入り、立ち戻る時は美姫(びき)を連れ……

何のことやら、さっぱり要領を得ない。とはいえ、フェニックスとリンクスの押韻を考えれば、「南部の野生の大山猫」がどこから出た言葉か、もはや疑問の余地はない。解人足のボーイがバシリウス・ヴァレンティヌスを知っていようはずもなく、その著作など、生涯、縁もゆかりもない。

ましてや、業績となるとなおさらである。

エステルハージは何の気なしに一巻を取り上げてそっと揺すった。見た目にどれほど保存状態がよくとも、そこは希少な古書だから、傷めないように細心の注意は怠らなかった。めくり返した左ページの下に一片の紙切れが覗いた。すかさず本を降ろしたが、すんでのことに取り落とすところだった。紙片は貸し出し申請カードを二つに裂いた半切れに違いなかった。裏に律儀な性格を窺わせる几帳面な筆跡の書き込みがあった。オーラ・レーゲ・レーゲ・レーゲ・レレーゲ、ラボーラ・エト・インヴィエネス。

ひたぶるに読めや読め。再読、三読、辛苦せよ。さらば報われん。

エステルハージは首を傾げてカードの表を返した。閲覧者の名前が残っていた。

……マウ・K・＝ヘインドリック

☞

住民登録法に基づく帝都居住者年鑑は、かつて一度、たしかに改訂されたことがある。だが、マスター・カロル＝ヘインドリックは他所へ移らず、旧版に記載されたままだったから、場末のうらぶれたアパートの女管理人はその名を知っていた。

「ええ、ここにいますよ。旧市街のスペイン菓子屋に作業場があって、そっちへ行けば会えると思います。いいえ、どういたしまして」

歴代皇帝の一人がカスティリヤの王女を妃に迎えた。遠い遠い昔のことである。ファルドゥエロスであれ何であれ、スペイン風のペストリーが旧市街のその店で最後に焼かれたのはいつか、今となっては知る由もない。文字が読めなかったら、エステルハージはそこまで辿りつけたかどうか、はなはだ心細い。カーテンを閉ざした窓は埃で曇り、正面のドアも塵に埋もれて、もう何年も人が出入りしていない様子だった。しかし、どんな場所にも裏口はある。路地をまわって朽ち葉色の煉瓦の壁に切って嵌めたようなドアを叩いた。

待つほどもなく、ドアが細めに開いた。

「やあ、マスター・ムマウ」エステルハージは努めて穏やかに言った。「もう、金を作ってはいけない。問答無用。法の禁ずるところだからね」

「懲役ですか？」相手は声を落とした。

「私の計らいで、そういうことにはしない」エステルハージはかつてこれ以上にたしかなことを請け合った覚えがなかった。

「どうせ、止めようと思っていました」ムマウはブンゼン・バーナーでリンゴを焼いているところを見つかった小学生のようにおどおどして言った。「あの、お入りになりませんか？　話を聞いてくださいますか？　本当に？　さあ、どうぞどうぞ！」

想像に浮かぶ限りのものが並んでいた。溶炉、坩堝、温浸炉、蒸溜器、乳鉢……。実に壮観といってよかった。中に一つ見馴れない装置があって、エステルハージは目をそむけた。その形を記憶に留めることさえ不愉快で、空気をかきまわすような手つきをしながら、自ずと声が厳しくなった。「そこの……、その道具。今すぐ廃棄だ」

ムマウは不平らしく舌を鳴らして溜息をついた。ややあって、何かが床に砕け散った。

「ええ、ええ。だから、もう止めると、さっきも言ったでしょう。本当ですよ。もう、これはいりません」

「こういうことは二度としないように」

エステルハージはあらためて室内を見まわした。なるほど、菓子屋とはまたとない場所を選んだものだ。最近ここで何が作られたかを知ったら、造幣局や大蔵省は果たしてどう思うだろうか。

「私、神学系の旧制高校で化学科長をしていました」ムマウは言った。「いい教師でしたよ。ええ、体をこわすまでは。校長は親切にしてくれました。『ヘンク君。充分な年金が下りるように取り計らったから、先のことは心配しなくていい。分厚い大きな本は体に毒だ。この後、読んではいけない。わかるね?』と言いまして。私、私、もう読まないと答えましたが、どうして読まずにいられるものですか。それで、ついには告白することになりました。『神父さん、私、読むなと言われている厚い大きな本を読んでいます』この神父は校長ではなくて、教区の司祭ですが、告白を聞いて言うことはいつも同じです。『ひたすら主に祈って、聖母を讃えて、身を慎みなさい』と、そればかりで」

エステルハージは帽子で顔を扇いでいたが、身の上話に聞き飽きて尋ねた。「指輪を売ったのは？　どういう考えかな？」

ムマウは真っ向からエステルハージを見返した。「本当にしたいことをするには金がいりますから。鞴（ふいご）をふかふかやって指輪を作るのは、もう、うんざりです。年金ではとうてい追っつきません。どうしても五十ダカットは必要で、それには指輪を百個売らなくてはなりません。ええ、おかげさまで、五十ダカットの貯え（たくわ）ができました」ムマウは顔を輝かせた。エステルハージがこれまでに見たこともない歓喜の表情だった。

「……これで、ずっと胸に温めてきた本当の計画にかかれます」

エステルハージは辟易（へきえき）してうなずいた。「エリクサ――不老不死の霊薬だね」

「そのとおり！　エリクサです」

さしものエステルハージ博士もこの時ばかりは言葉に窮したが、ようよう頭を絞って押し出すように言った。「何かあったら知らせてくれたまえ」

その後、エステルハージはロバッツと会って話した。「一件落着と思っていいよ」

「本当に？　はあ、そうですか。それはそれは。ところで、一つだけ聞かせてください。金の出どころは、どこです？」

エステルハージは、せいぜい無難なところで答えた。「龍の黄金だ」

ロバッツがはたしてこれを許したかどうか、今もって確信がない。

夢幻泡影　その面差しは王に似て

ルネサンス後期の歴史家パノニクスは書いている。「国の名はたびたび変わる。河の名が変わることはない」これが、国の名は河の名以上に変わることしばしばであるという含みなら、より事実に即しているだろう。スキタイ＝パンノニア＝トランスバルカニア三重帝国の名称は現皇帝の治世五年目にしてようやく正規に採用された。イステル河は最古の地図にその名が見える。パノニクスの著、世に言う『プロコピオス補遺』はローマの史家タキトゥスの失われた断章を引いて「ガランス河はイステルに注ぐ」と述べている。ガリア、ゲール、ガリシア、ガジェゴス、ガラテヤはいずれもかつて広い地域に割拠（かっきょ）した民族だが、今やその言語は北部の高地、半島、霧深い大西洋の島々に細々と残っているばかりである。大都ベラを挟んで岸を洗う二本の河の小さい方は現在も正式の名をギャランツという。もっとも、歴史に疎（うと）い帝都の庶民大衆にとってはあくまでもただ小イステルでしかない。

小イステルの下流、特に南区をかすめる川筋は長いこと露天の下水溝と選ぶところなかったが、ここへ来てベラ市議会と市政当局は流域の治水と景観美化を目的に、河川の改修に乗り出した。市議会と市政当局とは、元老院とローマ市民にくらべていささか尊厳に欠ける嫌いがないでもないが、そこは目をつぶるとして、工事は国王皇帝陛下イグナッツ・ルイの誕生日を祝う趣意である。ただし、万一のことを考えて、いつの誕生日かは限定していない。王帝は遠からず八十二を数える老身である。

河川の改修となれば、当然ながら、沿岸の区画整理は避けられない。地主の一人で、成り上がりのさる醸造家は愚かにもこれに抗議した。市側は法律書をもったいらしく開いて、地主に収用権の何たるかを懇々と教えさとし、鼻先で叩きつけるように閉じたその音は今も谺の尾を曳いている。第一司法管区裁判所は駄目押しの付随的意見として古い諺を担ぎ出した。長いものには巻かれろだ。王権に盾突いて何の得があるものか……。

ある晴れた日、エステルハージ博士はふと思い立って工事を見に出かけた。乗り物は馬車も蒸気自動車も敬遠した。最後に蒸気自動車に乗った時は、南区で喧嘩腰の酔っぱらいに焼き栗代二ペンスをせびられた。路面電車なら気が楽だ。

この春は例年にくらべて雨が少なかった。農民は今から不作を心配しているが、物価が二ペンス上がれば貧乏人は困窮に喘ぐことになろうから、誰にとっても旱は凶事の前触れである。とはいえ、この旱で小イステルの改修工事は大いに捗っている。一連のダムが河の流れをちろちろに細め、最後のダムが完全に堰き止めた。スラム街や廃品置き場を何度も水浸しにした河が乾いて、その跡を緑にかこまれた人工湖にする計画で大規模な掘削工事が進められている。この公園を底辺の市民がどう評価するかは未知数だが、工事が雇用を創出することは大歓迎である。現金収入に結びつくだけでなく、〈ガゼット〉紙が指摘するとおり、工事は社会不安の解消に役立っているからだ。そうはいっても、〈ガゼット〉の読者が仕事を求めて工事場を訪ねるとはまず考えられない。

　エステルハージはスウェーデン橋の人込みを分けて進んだ。かつてロシア軍に大敗したスウェーデン国王カール十二世がトルコに身を寄せ、短い亡命生活の後、帰国の途次に渡った橋である。やっと辿りついた欄干から見降ろす工事現場は、さながら手ひどく暴いた蟻塚だった。

　社会不安はかつてなく深刻の度を増している。パンノニア王国政府はまたしても首都アヴァール＝イステルの学校では少数民族スロヴァチコ系の生徒が母国語を使うことを禁じ、その一方で、ベラの学校では少数派のアヴァール語使用を認めるべきだと強く主張している。セルビア人は例によって性急に、やがて誕生するセルビア＝スロヴァチコ＝ダルマチア王国でそのような情況は起こり得ないと言い立てる。ロマーノ人は市場まで豚を追っていくのにトルコ人街とタタール人街を突っ切る古い習慣を復活した。わざわざ遠まわりすることもなかろうに、何の悶着も起きないのは面白くないからだ。ヴァチカンとの政教条約は間もなく五年ごとの承認期日を迎える。議会の東方教会代表は今度もまた、条約が承認されるなら予算案に反対すると息巻いている。穀物商は不足を見越して買い占めに動きだした。ヒューペルボレオス人たちは頑なに人頭税の納付を拒む構えである。

掘り下げた穴の底から縁まで人夫が長い列を作って革のバケツで土砂を運んでいる。蒸気ショベルを使えば作業は速いが、あの煙を吐く大型工事機械はベラに十何台かあるだけだし、失業者は数知れず、ここは人海戦術でいくしかない。中には、家にゆとりがあればまだ学生に違いない若年労働者もいるが、ほとんどは妻子を養わなくてはならない稼ぎ手である。驚いたことに、老人がやたらと多い。なぜかそのうちの一人が、ともすればエステルハージの視線を引き寄せた。髪も鬚も真っ白に老いさらばえて、ぼろをまとった姿は見た目に痛々しかった。非力の老人は動作も鈍く、ひっきりなしにまわってくる革バケツを大儀そうに受け取っては、よたよたと向きを変えて次へ渡した。エステルハージは気がつけばこの年寄りばかりを目で追っている自分に当惑を覚えた。

欄干まで行きつくのは一苦労だったが、離れるのに面倒はなかった。エステルハージは橋を渡りきって南側の入り組んだ路地を縫った。魚売りの女たちが俎にイワシを叩きつけながら濁声を張り上げていた。「一ペニーおまけ！　一ペニーおまけ！」ひとまわりして掘削現場に戻った。大きな縦穴の内壁が徐々に削られて、底に溜まった土砂を人夫らが傍からスコップでいくつかの山にまとめ、バケツリレーで馬車に積む。その荷を馬車がどこへ運ぶかはエステルハージも知らなかった。革バケツは手から手へ渡って斜路を上る。中身を馬車に移して空になった革バケツは穴の底へ投げ落とすのである。

エステルハージは誰をさがす意識もなしに掘削現場を見まわした。前よりも近いところに相手を認めて、みすぼらしい老人の何があれほど気になったのかはじめて悟った。年取った人夫はどことなく老皇帝を彷彿させる。その連想で、アウグスティヌスが占星術について述べていることが記憶に浮かんだ。犬の出産までが記録される土地で、同じ星の下に同時刻に生まれた人物二人の境涯である。一人は何不自由なく育って家督を継ぐのだが、もう一人は終生、奴隷の軛から解放されることがない……。エステルハージは何やらうそ寒いものを感じた。老人がすぐそこにいたらいくらか施すところだが、それはできない相談だった。

往きと同じ路面電車で戻る途中、思うところあって私邸に最寄りの駅よりはるか手前で降りた。日頃は閑散としているあたりに人が大勢たかっていた。通りを越えた向こうは寂れた古い教会で、高い柵に囲われた付属の墓地も荒れ放題である。人が押し合いへし合い、盛んに出入りしている。ぼろ布で胸を隠し、何やら大事そうにしっかりと握った拳をふりかざして急ぐ年配の女とすれ違った。その後に続く老若男女はいずれもむさくるしい身なりで、畏敬の目で天を仰ぎ、片手を固く結んでいた。

「そこに持っているのは何かな、お母さん?」エステルハージは中の一人に尋ねかけた。

女は蔑みをあらわに言い捨てて過ぎ去った。「聖ドミニクの塵……」

「そうか……」事情がわかって、エステルハージは墓地へ立ち入った。群衆が古色蒼然たる墓石を取り巻いていた。白く粉を吹いたような墓石の傍らに神父が何人か居ならび、端の一人が小刀で墓標の側面をこそいでいる。刃物は画家が新しい絵を描く時に古い絵の具を削り落とすのと同じナイフだった。二人目の神父がこぼれた粉を紙に受けて鉢に移し、それを三人目が一匙一匙掬う間、四人目、最後の神父が詩編を朗読した。一見して堂守とわかる男二人が信者を順に通し、許された信者は墓の前にひざまずいて形ばかり短く祈ると、鉢の塵一匙を押しいただいて立ち去った。ここはビザンツ皇帝家の末流で、少しは世に知られた聖ドミニクス・パレオロガスの墓所である。聖ドミニクスは布教活動の一環として病人を無料で治療した。この伝説が広まって、後世、聖ドミニクスの墓は何度となく毀損の目にあった。破片に薬効があると信じられたためである。懲り懲りした教会幹部は聖人の墓を柵で囲い、年に一度、墓石からこそぎ取った塵を配布する儀式を定めて、やがて数百年になろうとしている。かつては賑やかな行事だったが、今はさほどでもない。見ての通り、霊験あらたかな塵を求めてやってくるのは貧乏人ばかりである。

裕福な信者はほかへ行く。

鐘が鳴って、飛びたった鳩の群れが鐘楼の空に輪を描いた。群衆は哀れな叫び声を上げながら、気が急く様子の神父らにすり寄った。祭事は間もなく終わる。エステルハージのすぐ前に弊衣の老人がいた。くたびれきった紺の粗布は穴だらけで、汚れた雑巾をはおっているのと変わりない。老人は腰をかがめ、神父が鉢からぞんざいに掬った塵を掌に受けて、よろけながら後退った。と、そこへ声と体臭から魚売りとわかる大女があたふたと駆けつけて老人を突き飛ばした。弾みで開いた手から塵はなす術もなくこぼれ落ちた。

老人は石灰の微塵がわずかに白く残った手の窪を呆然と見つめ、ひと声ふた声、年寄りにありがちな疑いの雑言を吐くと、あらためて塵を受けに戻りかけたが群衆に突きのけられ、押し返されて立ち往生した。血走った目から溢れる涙が白髯を伝った。何と思ったか、老人はいきなりのめるように首を伸ばして掌の塵を舐め、これを限りとよろめく足で歩みさった。エステルハージは後を追おうとしたが、人波に揉まれて思うに任せなかった。

最後の鐘が響いて残りの一匙を掬い終えた神父はわざとらしく鉢を頭上にかざして、地べたに叩きつけた。鉢が砕け散って、願いがかなわなかった群衆は泣き叫んだ。

儀式はここに終わった。

エステルハージは教会墓地を飛び出して広場を見まわし、路地から路地を隈なくさがしたが、やんぬるかな、老人の姿はどこにもなかった。

老皇帝に面差しの似た老爺。

諦めて、うらぶれた酒場の隅に腰を降ろし、コニャックを注文した。汚れたグラスで運ばれた酸味の強い薄黄色のブランデーは、本場フランスとは縁もゆかりもないが、それを言っていってもせんないことだ。お世辞にも喉越しのよくないコニャックに噎せながら努めて気を静め、コンクリートの粗壁に蠅がたかって裏手の厠から尿臭の漂ってくる貧寒な酒場で、エステルハージは考えた。

何よりもまず、白髯の老人と見れば皇帝の面影が眼間に浮かぶ強迫観念はいったいどうしたことだろう……。いや、それは思い過ごしだ。とはいうものの、ほんの一時間ばかりで似た顔が二人はどうあっても訝しい。塵の儀式について、司教枢機卿と文化相に抗議することもちらりと考えたが、これは思い止まった。皇帝の血筋に繋がる聖ドミニクス・パレオロガスの没後六世紀の間に儀式は何度となく禁止されたが、いつしか復活することのくり返しだった。今では年に一度、それも一時間と簡素な形になっているし、これが禍を招いたことはついぞない。ものは考えようで、塵の石灰分も体に毒とばかりは言えないかもしれないではないか。

エステルハージはあらためて自分の心情を考えた。はっきりそうと意識してはいないまでも、このところ国を憂える気持が増しているのは事実である。皇帝、すなわち国家であることも大方の世人と変わりない。してみると、老皇帝の健康状態が案じられてならないということか。皇帝が風邪を引いたと報道されるだけで国中が心配し、人々はひたすらボボの快復を祈る。それを思えば、衰えた老人の姿に皇帝の面影を見るのもあながち無理はないかもしれない……。エステルハージははっと体を起こした。心臓の鼓動が速く激しくなった。幻想ではないとしたら！　あり得ないことではない。工事現場で見たのはイグナッツ・ルイその人ではなかったか？　穴の底で土砂を運んでいた最初の老人が、まさかそのはずはない。陛下に力仕事はとうてい無理だろうし、距離も遠くて顔はよくわからなかった。だが、もう一人はどうか？　弛んだ瞼に、飛び出した赤目。二房の髯。高い鼻梁。前かがみのおぼつかない足取り……。皇帝は『アラビアンナイト』にも登場する名君、ハールーン・アッラシードに倣ってお忍びで下々の暮らしぶりを見てまわる考えだったのではあるまいか。さっきの、塵の拝受にしても……。

王帝は、電話や、蓄音機や、自動車の時代に生きて国を治めているが、池の遊び道具といえば玩具の汽船しかなかった頃の生まれである。傍流の小君主を父として、ゴート＝スロヴァチコ国境の森の奥深く、城とも言えない鄙の館で産声を上げた公子は、ナニー、マドモアゼル、フロイラインといった教育係の女性ではなく、昔気質の乳母に預けられてその賤が家で幼少時代を過ごした。朝な夕な、いったいどんな話を聞かされて育ったろうか。運命の仕業か、先帝の狂気が目に見えて進むのを焦慮した廷臣団は野中の狩り小屋に等しい乳母の家から掠うようにして公子を連れ出し、村の神父が引き取って士官学校へ上げた。当時、すでにうっすら髭が生えていたという。軍人教育は、何が何でもこの世継ぎを、将来の重責に耐え得る剛の者に鍛えるためだった。

宗派を問わず、篤信家には往々にして変わり種がいる。根っからのペテン師やはったり屋はこの限りにあらずだが、年を取って耳が遠くなるにつれて、天の声を聞くとしたらさして不思議はない。それによって下情に通じるということもあるだろう。もっとも、皇帝はただ気まぐれの物好きから、今は名ばかりの年中行事になっている聖ドミニクの塵拝受を体験してみたかっただけかもしれない。それがわかるといいのだが。

いや、是非にも突きとめなくてはならない……。

酒場を出て考えにふけりながら、当てもなく歩いた。正午を告げる鐘の音にはっと気づくと、そこもまた、古くからの仕来りが続いている場所だった。貧困者に食事を施す「ベガーズ・ドール」である。どっしりとした石のアーチが城門の名残をとどめている。現皇帝が即位した初期の頃までここは城郭都市で、日没に城門を閉ざし、古式にのっとって日の出までのわずかな時間、鍵を皇帝に預ける決まりだった。その後、市域は大きく広がって城壁のほとんどは取り壊されたが、正面のアーチだけが残って今日に至っている。かつて足萎（あしな）えや盲目や物乞いや癩者（らいしゃ）が施しを求めてたむろした伝説の場所で、毎日、正午の鐘を合図に昔そのまま、貧者にパンとミルクをふるまうのである。

受給者の列はのろのろ進んだ。もはや癩者がいないのはもちろんだし、貧窮の底辺も以前にくらべてずいぶん上がっている。見たところ、年寄りの数は男より女の方が多い。順に摺（す）り足で前に出て、古来の習わしで役目を負った「修道士、尼僧、騎士」から施しを受ける。「騎士」役は帝室の若君が務めるのが普通である。この日の騎士はエステルハージの知らない顔だった。巡査が二人、場違いな博士をつまらなそうに見やって欠伸（あくび）した。エステルハージは受給者の一人一人に観察の目を向けた。おやおや。どうしてまた？　何たること！　ははあ、近頃とんと見かけないタタール人……。ほう、今時めずらしい艀乗り（はしけの）の古装束……。あれはゴート人……。次は……。

そうら、来た。よれよれの外套で、ぼろを巻いた足を引きずり、二か所に穴の開いた帽子の老人がパンとミルクを手にして角のすり減った石段に腰を降ろすところだった。これが国王皇帝その人でないとしたら、そもそも、どこの誰でもない。だが、亡命を企てたルイ十六世とマリー・アントワネットの変装を行きずりの神父が見破った運命のヴァレンヌ逃亡事件を思い出して警戒心が募り、エステルハージは会釈せず、ひざまずきもしなかった。ただ、萎びて縮かまった老人よりも背が高かったから、自然と腰をかがめる格好になって、礼を尽くすにはそれで充分だった。エステルハージは顔を寄せてそっと話しかけた。「ああ、もし」

　老人は目脂に曇った半眼でゆるゆると二つうなずき、パンをミルクにひたしかけて、おもむろに十字を切った。あらためてパンを取り上げた手が、そこでまた止まった。

「今は昔」年寄りに特有の上ずったふるえ声だった。「ユダヤ上流の代表団が、何かのことで私のところへ礼を言いにきた。相済まないことだが、私もまだ若かったもので、中の一人のラビに向かって、面白半分に言ったのだな。救世主はどこだ？　いやいや、若気のいたりながら、よくまあ、罰が当たらなかったものだ。と、そのラビは、ファラオを睨むような目つきで私を見て言った。ここをさがしてもいない。救世主に会いたければ、城門にたむろする病んだ乞食たちの間をさがすがいい」老人はミルクでぐずぐずになったパンの塊を、くずさず器用に口へ運んだ。

　エステルハージは黙って先を待った。老人が音を立ててすすり、噛みしだき、嚥みくだして食事を終えるのに時間はかからなかった。「神はこのくたびれた老体に、帝国と幾多の民族国家がなお数年の平和を享受するだけの時間を与えたもうた。例の、フランス国王は何と言ったかな？　うん、わが後に洪水よ来たれ、と言ったのだな。果たせるかな、洪水に呑まれるごとくにフランスの国力は衰えた。さあて、私は……、私はどうだ？　なかなかのもの知りと見受けたが、昔々、海中に没した大陸の名は？」

「アトランティスですね」

「そうだ。わが亡き後、帝国はアトランティスと同じく海に沈むであろう。子供たちの、そのまた子らは……」老人はまわりで遊んでいる大勢の少年少女を指さした。「地図に空(むな)しく帝国をさがすことになろう」沈黙がやや長引いて、低いつぶやきが口を漏れた。「セド・デウス・スペース・メア」されど、神はわが望みなり。

エステルハージは顔を上げた。今しがたまでいたはずのところに、老人の姿はなかった。

歴史の古い街の一郭(いっかく)を行ったり来たり、隅から隅まで尋ね歩いたがついに見当たらず、もとより皇帝の思惑は知る由もなかった。

「気をつけろ！」耳もとで声がして、エステルハージははたと足を止めた。危険というほどのことはなかった。警告は霊柩馬車を避けろの注意ではなく、脱帽の指示と察してエステルハージは帽子を取った。馬は一頭で、黒い駝鳥の羽根に弔意(ちょうい)を表しているものの、会葬者の列が続いてはいなかった。代わって柩(ひつぎ)を乗せた今風の軽装馬車に付き添っているのは裾長のローブに頭巾姿の悔悛兄弟会だった。悔悛兄弟会——ペニテンシャリー・ブラザーフッドはかつて疫病の犠牲者を葬る役目を負っていたが、今も行き倒れの始末に当たっている。多民族国家の三重帝国に、もし平等と言える組織があるとしたら、このペニテンシャリー・ブラザーフッドをおいてほかには考えられない。紋章をいくつも許されたナイト爵も、仮出獄中の受刑者も、ここではあくまでも対等の身分である。声をかけた一人は見ず知らずだった。霊柩馬車は石畳と路面電車の軌道を鳴らして過ぎ去った。「ほらほら、そこの!」これに応じる声の主もエステルハージは覚えがなかった。「死者のために、また、われらがために祈れ……」手に手に蠟燭を掲げる兄弟会の、頭巾の下の顔はいずれも見たことがない。行きしなに中の一人がちらりとふり返った。またしても、血の気の失せた皇帝の憂い顔だった。

　暮れ近く屋敷に戻ったエステルハージは思案の末に意を決して電話に立った。五〇未満、二桁の番号を告げるとすぐに通じた。

「別当所ですが」感情のかけらもない声が答えた。

「クリストファー・エステルハージ伯爵に取り次いでくれないか。従兄弟筋のエンゲルベルト博士だが」

　待つほどもなく、耳馴れた声がした。「よう、エングリ。何か用か?」

「クリスティ。不躾ながら、ああ……、御大は、どんな様子かな?」

　短い沈黙があって、重苦しい溜息が続いた。「恐れいったな、エングリ。どうして知っている?」

胸を締めつけられるような気がして、エステルハージは口ごもった。「え？　どうなんだ？」

「実は、倒れてな。今日は一日、ほとんど意識がないままだった。時々譫言（うわごと）が出るのだが、何を言っているのかよくわからない……。ああ……、『土砂とは重いものよのう』だの、『早う、早う、それ塵だ』だの……、あるいは『施しだ』かと思えば『誰やらはここにか？』などと……。もっとも、そうしたことは極（ご）く稀（まれ）で、だいたいはものを言わない。われわれ、最悪の事態を恐れたが、侍医のほかは傍へ寄れず、むろん、寝所は出入り禁止だよ。それが、つい一時間ほど前に意識が戻ってな。医者が言うには、昨日と変わらず、ご機嫌うるわしい。というわけで、まずは一安心だ」

電話はそれで終わった。

☜

いったい、どういうことだろう？　何と理解したらよかろうか？　エンゲルベルト・エステルハージは突拍子もない共同幻覚に襲われたということか？　意識の奥底にあらぬ夢想を描き出し、なぜか、それが街をへだてた城中で力なく横たわっている老皇帝の夢想と合致したということか？　信じ難いことながら、ほかに説明のしようがなかった。唯一絶対の解釈ではないとしても、ひとまずはそうとしか思えない……。

もしくは老皇帝の面貌が肉体の宿を離れて、アフリカのカフィル人が言うように、寝ている間にさまよい出たか……、さあ、それは……。

エステルハージは長いこと書斎を行きつ戻りつしながら考えに考えた。丘陵とまではいわずと堂々めぐりの思案に飽きて、新鮮な空気を吸いに屋上へ出た。帝都は目の限り全方位に広がって、ガス灯と電灯が町並みを彩り、市場のあたりにはナフサ、あるいはアセチレンの灯が明るく見える。ネックレス、ペンダント、房飾りと、さながら宝石箱をぶちまけたような夜景だった。街の灯を映すイステルの向こうにひときわ高く城の櫓が聳え立ち、狭間壁と城門が黒々と迫り上がっていた。

今もなお耳もとでささやくような声が一つことを執拗にくり返した。老皇帝か、またはエステルハージの分身か霊魂が語った言葉だった。「わが亡き後、帝国はアトランティスと同じく海に沈むであろう。子供たちの、そのまた子らは地図に空しく帝国をさがすことになろう……」

エステルハージは何度となく自問した。あれは本当だろうか？　仮にも信じる勇気がこの身にあるだろうか？

眼下一円の街明かりが薄れて星は移ろい、川面から霧が流れ寄せた。風が冷たく頰をなぶった。

解説

殊能将之

では、さっそく外国を舞台にした、過激で、物議をかもし、低俗で、アヴァンギャルドな時代物にとりかかろう。たとえ餓死する羽目になろうとも。
――デイヴィッドスン「ナイルの水源」(浅倉久志訳)

アヴラム・デイヴィッドスン三冊目の邦訳書、しかも傑作中の傑作の解説を一任され、ファンとしてこれほどの喜びはない。

本書 *The Enquiries of Doctor Eszterhazy*(一九七五、ワーナー・ブックス)は、一九七六年度世界幻想文学大賞の短篇集・アンソロジー部門を受賞したデイヴィッドスンの代表作である。単行本としては長篇 *The Phoenix and the Mirror*(一九六九)と並ぶ最高傑作といっていい。エステルハージ博士と魔術師ウェルギリウスは、デイヴィッドスンが生みだした最も魅力的なキャラクターだ。

発表当時から評価が高かったうえ、根強いファンも多かった。そのひとりがSF編集者のジョージ・H・シザーズ。正篇刊行から十年近くを経た八〇年代半ば、当時〈アメージング・ストーリーズ〉編集長だったシザーズのたっての要望で、デイヴィッドスンは若き日のエステルハージ博士を描いた番外篇五篇を同誌に発表する。これら新作を併録した決定版 *The Adventures of Doctor Eszterhazy*（一九九〇）も、シザーズが経営する小出版社アウルズウィック・プレスから刊行された。

さて、本書を読了したあなたは、いったいどう感じただろうか。（もし解説を先にお読みであるのなら、ひとつ助言させていただきたい。八つの短篇は必ず順番に読むこと。後述する成立経緯から明らかなとおり、本書は短篇集というよりも、ひとまとまりの作品なのだ）

時は百年以上昔の一九世紀と二〇世紀の変わり目、舞台は東欧、しかも架空の国だから聞いたことのない地名で特定され、背景も状況もすぐには把握できない。登場人物は皆いささか風変わりで、事件はいずれも常識外の不可思議なものばかり。そのうえ随所に外国語が頻出し、真偽不明のうんちくが長々と語られる……。いきなりめんくらい、恐れをなす読者も少なくないかもしれない。

難解、晦渋（かいじゅう）、ペダンティック、と評するのはたやすい。そして、この唯一無比の作品をものしたデイヴィッドスンの学識の深さを賞賛し、「知識がないと真価はわからないのだよ」と鼻孔をひくつかせながら自慢げに語るのも簡単だ。だが、そうだろうか？

わたしが本書を初めて読んだときに感じたのは「懐かしさ」だった。まったくの異世界ではなく、現在につづく歴史のどこかにあったかもしれない過去。なじみがないからこそ異国情緒あふれる舞台設定。ミステリとも幻想小説とも怪奇小説ともつかないジャンル未分化な手ざわりの物語。そして、過剰なまでにちりばめられた外国語とペダントリー……。

わたしはこういう小説を読んだことがある。日本の戦前の探偵小説だ。

> 山の町と一口にいっても、ここは世界に著名(なだた)るアルプス山麓の大遊楽境、宏壮優雅な旅館(ホテル)・旗亭(レストオラン)が甍(いらか)をならべ、流行品店(グラン・モオド)、高等衣裳店(スチユデイオ)、昼夜銀行に電気射撃、賭博館や劇場やと、至れり尽せりの近代設備が櫛比(しつぴ)して、誠に目を驚かすばかりの殷賑(はんじよう)、昼は犬を連れて氷河のそばで five o'clock tea、ホテルの給仕(バレエ)に小蒲団(クツサン)を持たせてブウシエの森でお仮睡(ひるね)。夜は MAJESTIC-PALACE の広間に翻る孔雀服(パウアンヌ)の裳裾(もすそ)、賭博館の窓からは、(賭けたり、賭けたり)(フエト・ヴオ・ジユウ・メツシユー)という玉廻し役(クルウピエ)の懸け声もきかれようという。
>
> ——久生十蘭「アルプスの潜水夫」(初出一九三四)

この一節も本書と同じくらい難解、晦渋、ペダンティックである。さほど抵抗なく読めるのは、ルビによる註解があるからだ。ルビがすべてカタカナで、あるいは"Faites vos jeux, messieurs"と横文字で本文中に組みこまれた場合を想像してもらいたい。さらに「電気射撃ってなんだ?」と細部まで気になりだせば、不幸な愛読者は苦しみと喜びが相半ばする迷路に入りこむことになる。(そう考えれば、百戦錬磨の訳者による翻訳で、つまり註解付きで本書を手にとる日本の読者は、英米の読者よりはるかに幸福だ)

本書原著が刊行されたとき、アメリカでどのように受容されたのか、確かなところは無知なわたしにはわからない。ただ、一九七五年にこのような小説を書くことが時代錯誤以外のなにものでもなかったであろうことは想像がつく。おそらくシャーロック・ホームズやプリンス・ザレスキー並に古めかしく映ったにちがいない。そういえば、『事件簿(Enquiries)』と銘打ちながら、いわゆるミステリだけでなく冒険小説や怪奇小説めいた話まで書いてしまうところも、ホームズ譚に似ている。(もっとも、狷介固陋なデイヴィッドスンは本書を「ホームズ・パスティーシュ」と呼ばれることを毛嫌いしていたのだが)

原著発表時のアナクロニズムは、三十五年後の日本では相対化される。読者の皆さんに切にお願いしたいのは、まずは難解晦渋な個所に拘泥することなく、素直に読んでもらうことだ。そうすれば、この八篇がまるで初期久生十蘭のように、あなたを過去の見知らぬ異国にいざない、わくわくするような体験をさせてくれる無類におもしろい物語であることに気づくだろう。十蘭の初期作品もまた、〈新青年〉に発表された娯楽小説だったのだ。

　もうひとつ付言するなら、本書の持つ多様性、つまり朦朧体の怪談から始まり、スリラー、探偵小説、幻想譚、ドタバタ喜劇、民話を含み、名作「ナポリ」（一九七八）をほうふつとさせる幽玄な雰囲気で幕を閉じる幅広さは、そのままデイヴィッドスンの作風の幅でもある。つまり、本書はシリーズキャラクターで統一されたデイヴィッドスン作品のショウケースともいえる。

執筆の経緯

デイヴィッドスンの経歴や作風については『どんがらがん』（河出文庫）解説を参照していただくとして、ここでは本書成立の経緯を簡単に紹介する。

　一九七〇年代前半、デイヴィッドスンは息子イーサンを連れ、カリフォルニア州ミル・ヴァレーに転居してきた。当時デイヴィッドスンは五十歳前後、イーサンは十代前半。長々と顎ひげをたくわえた父と、時代の洗礼を受けてすでに長髪だった息子を見て、不動産業者は最初「おじいちゃんと孫娘さん」と呼びかけたという。

　紹介されたのは「街で二番目に古いが建築的価値ゼロ」の廃屋のような木造アパートだった。住人は貧乏な奇人変人ぞろいで、麻薬中毒者も少なからずいた。たとえば、あるカップルはいつもデイヴィッドスンの部屋の玄関前でセックスしていたという（外出時にまたぐときは律儀に行為を中断したらしい)。ひと言でいえば、フィリップ・K・ディックの世界である。デイヴィッドスンはこのアパートに「ノミのサーカス」と愛称をつけた。

デイヴィッドスンは「ノミのサーカス」の一室で、ライフワークである〈魔術師ウェルギリウス〉連作のための資料読みに没頭していた。もちろんそんなことで収入が得られるわけがない。たちまち困窮したデイヴィッドスンは、すぐに金になる小説執筆を計画する。

まず思いついたのは映画「カリガリ博士」(ローベルト・ヴィーネ監督、一九二〇)の続篇だった。個人的にはとても儲かる企画とは思えないのだが、デイヴィッドスンがそう考えたのだからしかたない。

下調べを始めたところ、地元では充分な資料がそろわないことが判明し、目論見はあえなく頓挫する。しかし、このときカリガリという「秘儀的な音節(アーケイン・シラブルズ)」がデイヴィッドスンの霊感を刺激していた。

次第にかつて東欧に帝国があったような気がしてきた。完璧に滅亡したため、もはやわれわれの記憶にすら残っていない。セルブ・クロアート・スロヴェーン王国やオーストリア=ハンガリー二重帝国のように。帝国には皇帝がいたはずだ。皇帝には魔術師が仕えていた。魔術師はベラ(ベオグラード Belgrad/ウィーン

Vienna）の街路を蒸気自動車で走っていた。（トム・スイフトの電気自動車を覚えているかね？）（それならきみはわたしより年寄りだ）皇帝の名はイグナッツ・ルイ。そして魔術師の名は……名は……エンゲルベルト・エステルハージ。その瞬間、「カリガリ博士」（*The Cabinet of Doctor Caligari*）と同一の字面と音律をもって、わたしの目の前にあたかもガス灯に照らされるがごとくあらわれたのだ、『エステルハージ博士の事件簿』（*The Enquiries of Doctor Eszterhazy*）と。〔……〕

わたしはタイプライターの前に坐り、六週間で最初の八つの短篇すべてを書きあげた。書き直しは命じられる気配もなかった。

——デイヴィッドスン "The Inchoation of Eszterhazy"（一九八八）

これは十数年後の回想であり、いくぶん誇張と自己顕示が混じっている疑いはあるが、いまとなっては作者の弁を信じるのがいちばんだろう。

ただし、内容から見て、本書が一気呵成（いっきかせい）に書きあげられたことはまず間違いない。しかも、各短篇は執筆順に並んでいる。その証拠に、先行する短篇の登場人物や場所やエピソードがあとで説明抜きに活用される例が散見される。

デイヴィッドスンは書きながら三重帝国を「発見」していった。「三重帝国は実在した」という彼の一見奇矯な発言は、作家の一生に一度あるかないかというこの体験のリアリティを指している。この点においても、本書はデイヴィッドスン作品のなかで他に例のない奇跡的な一冊といえる。

基礎知識

本書の元ネタを詮索するやつらがいる、とデイヴィッドスンは先に引用したエッセイに書いている。彼の答えはこうだ。

「宿題をつづけろ。わたしがしてきたように、五十八年間手当たり次第に乱読してすごせ」

付け焼き刃の知識の生半可な考証で読解できるわけがない、と言い放つ傲慢なまでの自信……。本音をいえば、こんな作者を相手にして解説めいたことを記すのは気が引けるのだが、われわれ日本人にはあまりにも縁遠い設定のため、必要最小限のことだけは説明しておこう。

スキタイ＝パンノニア＝トランスバルカニア三重帝国は二〇世紀初頭、バルカン半島中央部につくりだされた架空の（デイヴィッドスン流にいえば非歴史上の）国である。名前のとおり三国の連合だが、それぞれの国もまた小国家の複合体であり、全体としては恐ろしく複雑な多民族・多言語・多文化・多宗教国家と化している。

二〇一〇年現在のバルカン半島の地図と照らし合わせると、

●スキタイ――ルーマニア西部（ブカレスト以西）とユーゴスラビア北部（ベオグラード以北）
●パンノニア――ブルガリア中央部
●トランスバルカニア――スロベニア、クロアチア、ボスニア・ヘルツェゴビナの内陸部

と比定でき、帝都ベラはクラヨーヴァ（ルーマニア）、トランスバルカニアの首都アポログラードはザグレブ（クロアチア）付近に位置する。

現実の歴史では、オスマン・トルコ帝国が撤退したこの時代、セルビア、ルーマニア、モンテネグロなどの単一民族国家が乱立するだけで、連合国家が形成されることはなかった。紛争が絶えないことから「ヨーロッパの火薬庫」と呼ばれ、ひいては第一次世界大戦勃発の引き金になったことはご承知のとおり。

第一次世界大戦後の一九一八年、デイヴィッドスンの発想源のひとつともなったセルブ・クロアート・スロヴェーン王国が誕生し、ユーゴスラビア王国に発展解消したのち、第二次世界大戦後には社会主義体制の旧ユーゴスラビア連邦へと生まれ変わった。だが、これもカリスマ的指導者チトーの死後に崩壊の一途をたどり、再分裂を経て、一九九〇年代にはふたたび民族紛争が繰り広げられた。

つまり、三重帝国とは第一次世界大戦以前にあり得たかもしれない文字どおりのユーゴスラビア（南スラブ人の国）である。しかも、現実の歴史ではつねに統合の主導権を握ってきたセルビアは、別の国家として存在している。

このある意味で不可能な国家（ユートピア）を成立させるため、デイヴィッドスンは古代を導入する。スキタイ、パンノニアといった古代の地名、グラゴール文字といういまは失われたアルファベットを持ちこむことで、近代国家と古代世界とが交錯する。

ジーン・ウルフが *The Adventures of Doctor Eszterhazy* 序文（一九八九）で鋭く指摘しているように、イステルがドナウ川の古名であったとしても、このふたつは同じ川ではない。なぜなら固有名が含意するものが異なるからだ。その差異を横断し、古代と近代を重ねあわせる「水路」こそがデイヴィッドスンであり、その結果、独自の幻想世界が出現する。だが、それだけではない。

デイヴィッドスンは不可能な国家が存続するにはカリスマ的指導者が必要なことを知っていた。親愛なる国王皇帝イグナッツ・ルイは、いわば古代の王へと溯行したチトー永世大統領である。そしてデイヴィッドスンは一九七五年時点で、カリスマの死後、帝国が滅び、歴史から消滅していくことを見抜いていた……。

もちろん、デイヴィッドスンは国際政治などという俗世を嫌悪していただろうから、イグナッツ・ルイとチトーの類縁性は偶然の産物かもしれない。だが、こうした読み方まで許容してしまうことこそ、本書が傑作たる所以だとわたしは思う。

原題及び雑誌掲載

●「眠れる童女、ポリー・チャームズ」"Polly Charms, The Sleeping Woman"（〈F&SF〉一九七五年二月号）
●「エルサレムの宝冠　または、告げ口頭」"The Crown Jewels of Jerusalem, or, The Tell-Tale Head"（〈F&SF〉一九七五年八月号）
●「熊と暮らす老女」"The Old Woman Who Lived With a Bear"
●「神聖伏魔殿」"The Church of Saint Satan and Pandaemons"（〈ファンタスティック〉一九七五年十二月号）
●「イギリス人魔術師　ジョージ・ペンバートン・スミス卿」"Milord Sir Smiht, the English Wizard"
●「真珠の擬母」"The Case of the Mother-in-Law of Pearl"（〈ファンタスティック〉一九七五年十月号）
●「人類の夢　不老不死」"The Ceaseless Stone"（〈ニュー・ヴェンチャー〉一九七五年九月&冬号）
●「夢幻泡影　その面差しは王に似て」"The King's Shadow Has No Limits"（〈ウィスパーズ〉八号）

まだまだ書きたいことはあるが、すでに与えられた紙幅が尽きた。この偉大なる博覧強記の独学者、飛びぬけて個性的なスタイリスト、オフビートなストーリーテラー、古代からつづく神秘に魅せられた幻視者への尊敬の念を新たにしつつ、このあたりで筆を擱(お)くことにしよう。

（しゅのう　まさゆき／作家）

アヴラム・デイヴィッドスン　著作リスト

●長編

Joyleg, 1962　＊ウォード・ムーアと共著

Mutiny in Space, 1964

Masters of the Maze, 1965

Rork!, 1965

Rogue Dragon, 1965

The Enemy of My Enemy, 1966

The Kar-Chee Reign, 1966

Clash of Star-Kings, 1966

The Island Under the Earth, 1969

The Phoenix and the Mirror, 1969　『不死鳥と鏡』（福森典子訳、論創社《論創海外ミステリ》、二〇二二年）　＊〈魔術師ヴァージル〉シリーズ第一作

Peregrine: Primus, 1971

Ursus of Ultima Thule, 1973

Peregrine: Secundus, 1981

Vergil in Averno, 1987　＊〈魔術師ヴァージル〉シリーズ第二作

Marco Polo and the Sleeping Beauty, 1987　＊グラニア・デイヴィスと共著

The Boss in the Wall, A Treatise on the House Devil, 1998　＊グラニア・デイヴィスと共著

The Scarlet Fig, 2005　＊〈魔術師ヴァージル〉シリーズ第三作。著者の没後に、グラニア・デイヴィスとヘンリー・ウェッセルズが遺稿を編集

●短編集

Or All the Seas with Oysters, 1962　『10月3日の目撃者』（村上実子訳、ソノラマ文庫海外シリーズ、一九八四年）＊邦訳版は原書の全十八編より十二編を収録

What Strange Stars and Skies, 1965

Strange Seas and Shores, 1971

The Enquiries of Doctor Eszterhazy, 1975　『エステルハージ博士の事件簿』　＊本書

The Redward Edward Papers, 1978

The Best of Avram Davidson, 1979

Collected Fantasies, 1982

The Adventures of Doctor Eszterhazy, 1990　＊『エステルハージ博士の事件簿』の巻頭に、若き日のエステルハージ博士を描いた短編五編（一九八三－八六年初出）を追加収録

The Avram Davidson Treasury, 1998

The Investigations of Avram Davidson, 1999

Everybody Has Somebody in Heaven, 2000

The Other Nineteenth Century, 2001

¡Limekiller!, 2003

『どんがらがん』（殊能将之編、浅倉久志／伊藤典夫／中村融／深町眞理子／若島正訳、河出書房新社《奇想コレクション》、二〇〇五年 → 河出文庫、二〇一四年）＊日本オリジナル編集による傑作選

●ノンフィクション

Crimes & Chaos, 1962

Adventures in Unhistory, 1993

＊変名での著作（エラリー・クイーン名義を含む）や小冊子は割愛した。

本書は二〇一〇年一一月、河出書房新社《ストレンジ・フィクション》の一冊として刊行されました。

エステルハージ博士（はかせ）の事件簿（じけんぼ）

二〇二四年 二 月一〇日 初版印刷
二〇二四年 二 月二〇日 初版発行

著　者　A・デイヴィッドスン
訳　者　池央耿（いけひろあき）
発行者　小野寺優
発行所　株式会社河出書房新社
〒一五一-〇〇五一
東京都渋谷区千駄ヶ谷二-三二-二
電話〇三-三四〇四-八六一一（編集）
〇三-三四〇四-一二〇一（営業）
https://www.kawade.co.jp/

ロゴ・表紙デザイン　粟津潔
本文フォーマット　佐々木暁
本文組版　株式会社キャップス
印刷・製本　中央精版印刷株式会社

Printed in Japan　ISBN978-4-309-46796-2

どんがらがん

アヴラム・デイヴィッドスン　殊能将之〔編〕　46394-0

才気と博覧強記の異色作家デイヴィッドスンを、才気と博覧強記のミステリ作家殊能将之が編んだ奇跡の一冊。ヒューゴー賞、エドガー賞、世界幻想文学大賞、ＥＱＭＭ短編コンテスト最優秀賞受賞！　全十六篇

島とクジラと女をめぐる断片

アントニオ・タブッキ　須賀敦子〔訳〕　46467-1

居酒屋の歌い手がある美しい女性の記憶を語る「ピム港の女」のほか、クジラと捕鯨手の関係や歴史的考察、ユーモラスなスケッチなど、夢とうつつの間を漂う〈島々〉の物語。

類推の山

ルネ・ドーマル　巖谷國士〔訳〕　46156-4

これまで知られたどの山よりもはるかに高く、光の過剰ゆえに不可視のまま世界の中心にそびえている時空の原点――類推の山。真の精神の旅を、新しい希望とともに描き出したシュルレアリスム小説の傑作。

歩道橋の魔術師

呉明益　天野健太郎〔訳〕　46742-9

1979年、台北。中華商場の魔術師に魅せられた子どもたち。現実と幻想、過去と未来が溶けあう、どこか懐かしい極上の物語。現代台湾を代表する作家の連作短篇。単行本未収録短篇を併録。

見えない都市

イタロ・カルヴィーノ　米川良夫〔訳〕　46229-5

現代イタリア文学を代表し世界的に注目され続けている著者の名作。マルコ・ポーロがフビライ汗の寵臣となって、様々な空想都市（巨大都市、無形都市など）の奇妙で不思議な報告を描く幻想小説の極致。

チリの地震　クライスト短篇集

H・V・クライスト　種村季弘〔訳〕　46358-2

十七世紀、チリの大地震が引き裂かれたまま死にゆこうとしていた若い男女の運命を変えた。息をつかせぬ衝撃的な名作集。カフカが愛しドゥルーズが影響をうけた夭折の作家、復活。佐々木中氏、推薦。